U0091762

正妻不好當 1

懷愫 著

目錄

自序

懷愫

開始寫《正妻不好當》其實是個意外，愫在上一篇文結束後拖延症發作，構思好故事內容卻遲遲沒有動筆。休息中正值各路清穿劇大熱，不免回憶起年少時猛啃過的一眾清穿文，一一細數，才發現著墨元配正妻的實在不多。究其原因，大約是那些熱門男主角們的元配正妻經歷都非常慘澹。

於是愫熱血上腦打算寫一系列的《砲灰元配翻身記》，立志給像背景似的正妻們一個圓滿的結局，讓那些在電影、電視和文學作品中不得圓滿的正妻翻身做主人。誰知一寫四爺與周婷，就收不住筆，索性獨立成篇，細水長流地寫完這個故事。

熱血中開坑，卻不能只憑熱血填坑，考據癖發作，愫把能找到的資料都啃過一遍，盡最大的努力補足細節，希望故事能更加豐滿有血肉。然而本文並非正史，文中的主角一個穿越、一個重生，再加上諸多穿越者們搧著蝴蝶翅膀紛至遝來，雖然還是為人熟知的清朝，卻已不是大家固有印象中的清穿。因為這些「蝴蝶」的出現，這套清穿有了不一樣的走向。

女主角穿越時，正值嫡子夭折，心灰意冷跌入谷底之際，囂張的妾室和不貼心的丈夫使她一睜眼就要在迷茫混沌中尋找立足點。她想過低調隱忍地過完一輩子，卻還是選擇主動出擊，保有自己在後宅中的地位。她冷靜理智地分析情況，占住情理坐等妾室露出馬腳，一步一步提升自己在男主角心中的地位，與丈夫並肩攜手踏上坤寧之路。

愫一向認為，一個男人喜歡怎麼樣的女人，大致上就能看出他是一個什麼樣的人。歷史上的雍正如何不得而知，我卻希望筆下的男主角能是個疼妻愛子的好男人。他從重生開始就安排後路，慢慢糾正自己在康熙心中的印象，累積人脈、拉近兄弟關係，提前十年做好了奪嫡的準備。同時，經過歲月歷練的眼光，讓他換了一種角度看待自己身邊的女人，珠玉在側，其餘自然相形見絀。

故事開始的也許並不美好，但結局卻是夢想中的「一生一世一雙人」。

最後的最後來大聲呼喊吧：

起來，不願成為砲灰的元配們；

起來，全世界被真愛包圍的人。

滿盆的狗血已經沸騰，

要為逆襲而鬥爭！

第一章　安身立命

天剛濛濛亮，南邊的院子就熱鬧起來，周婷皺著眉頭翻了個身，瑪瑙披著中衣問道：「主子要不要起來送送爺？」

等了半天周婷也沒答話，瑪瑙暗暗嘆了一會兒氣，又和衣躺下去了。

周婷睡不著，睜著眼睛盯著頭頂上石青色的帳子。她原是個大齡「剩女」，做的是廣告策劃，連著幾天加班熬夜，就這樣一覺睡過去了。

再醒來就到了這裡，穿越到剛死了兒子的四福晉身上。周婷嘆了口氣，以後的日子要怎麼過呢？

瑪瑙聽到周婷嘆氣，鼻子一酸，眼淚都要淌下來了，忍了半天還是開了口。「主子也別太難過了，那些人……橫豎總越不過主子去。再說，還有大將軍在呢。」

她口中的「大將軍」，便是這個身體原主烏拉那拉氏的父親費揚古，曾擔任征討噶爾丹的西路軍主帥——撫遠大將軍。

周婷乾脆坐起身來，瑪瑙自己的衣服都來不及穿，就先為周婷披上一件衣服，坐在床邊的榻上跟她說話。「主子心裡不舒坦，可也別拿自個兒的身子骨出氣，養好了身子攏住爺，再生一個小阿哥比什麼都強。」

話是這麼說沒錯，可這幾天周婷也明白了，原主過的日子實在算不上好，雖是大老婆，也最受尊重，可丈夫一個月也不進她的院子幾回。

她既要管吃管喝，還要幫丈夫找小老婆，有苦沒地方訴，親生兒子還病死了。再看掛著丈夫名分的傢伙，傷心了小半個月，又開始往側室屋子裡鑽，有一個還懷上了，原主在又病又氣、急怒攻心的狀況下，撒手走了。

她恐怕是給累死的。原本沒有寵愛，至少還有兒子，兒子不幸死了，傷心絕望之餘她還要硬撐著身體理家，宅子裡上上下下那麼多口人吃喝拉撒都要她管，宅子外頭請客、送禮，人情來往更不會因為她病了就停下。

這幾天周婷躺在床上，腦海中像是看電影似地把她的一生看了個遍，十二、三歲賜了婚，丈夫比她大七、八歲，一進門就先做了兩個孩子的現成媽。

兩眼一摸黑不說，還有兩個在宅子裡彎彎繞繞的側室，一個唱紅臉一個唱白臉，她死咬著牙扭轉局勢，體面是有了，寵愛卻沒了，明明她是正妻，卻變成後來的。

女人在哪個時代都活得不容易啊……

瑪瑙看周婷呆呆坐著不動不說話，慌了神。「主子？主子？」

周婷反應過來木著臉看她，瑪瑙一個沒忍住，眼淚就下來了。「主子寬寬心吧……」

瑪瑙哽咽得連話都說不下去了，這是真心疼她呢。周婷拍著她的手安慰她。「別哭別哭，跟妳說的一樣，大將軍還在前頭呢，她們怎麼也越不過我去，我就好好過我的日子。」

前一輩子已經過勞死了，好不容易又活一回，難道還要再去死？原本過勞死好歹還能上個新聞引起關注，在這兒累死了，什麼也撈不著。

周婷深深吸了口氣，日子怎麼過都是過，她只要不折騰自己，誰還能把她弄死？原主最後可是當上皇后的！

這麼一想，周婷就捏捏瑪瑙的手。「起來吧，幫我梳頭換衣服，我去送送爺。」

瑪瑙聞言笑開了，一面答應著，一面跑出去一迭聲使喚丫頭打水拿衣裳，很快就為周婷打扮好了，捧著鏡子讓周婷看。

也才二十三、四歲的年紀吧，怎麼就到了心如死灰的地步呢？周婷看著一匣子的素淨首飾，搖搖頭說：「太素了。」

瑪瑙聽了，貼心地拿出一支嵌藍寶的珍珠釵為她戴上。

生了幾天病，氣色很不好，本來周婷不想用古代化妝品，但鏡子裡的人實在沒精神，只好由瑪瑙幫她點上胭脂。

整個人都打扮好了，周婷就扶著瑪瑙的手走到前廳去。

掛名丈夫正準備出門，看到周婷出來送他，有些意外。「妳身子好些了？」

周婷半低著頭，不敢多打量他。「謝爺掛念，睡了幾天，身上鬆快多了。」

「有什麼想吃的想喝的，打發人去辦，別累著。」說完，他便穿著朝服出門去了。

從南院跟出來的李氏這才向她行禮，周婷看也不看她一眼，揮手道：「妳也累了，歇著去吧。」

瑪瑙扶著周婷的手，兩人身後跟著一串丫鬟回了正屋，一路走，瑪瑙還一路跟周婷說：「主子您看，爺對您還是顧念的。」

周婷笑了笑，不說話。靠一個男人的顧念，又能過得多好呢？再說，他還是個要當皇帝的男人，能分給女人的精力就更少了。還是那句話，她只要不折騰自己，就能安安穩穩當上皇后，沒兒子又沒寵愛也不怎麼樣，只要占個賢慧和順的好名聲，誰也別想動她。

想通了，周婷心情也變好了，準備開始過悠閒順心的日子。病了幾天，屋子裡一股藥味，她坐在暖閣裡頭，讓瑪瑙帶著丫鬟把屋子整個打掃一遍，開窗通風，插上新鮮花朵，更換床帳、被子，正忙著，珍珠便過來回話。「宋格格來了。」

「叫她進來吧。」周婷嚥下嘴裡的點心渣子，喝了一口杏仁茶，歪在炕上不動。

宋氏比李氏長得要漂亮些，她一進門就先行禮，說起話來也細聲細氣。「請福晉安。」

「坐吧。」周婷發話，珍珠在上了茶和點心後就站到一邊。

宋氏喝了口茶，聊些天氣與衣料的事，誇了誇周婷頭上的髮釵，跟著又吃了一塊點心，這才開口說明來意。「福晉原先病著，這才叫妾管家事，如今福晉痊癒，自然該交還給福晉才是。」

這是賣好來了？管家的事不光交給宋氏，還有李氏，一個過來交權，另一個卻還八風不動。周婷抿著嘴笑了笑。「妳素來懂事，交給妳我也放心。我自個兒的身子自個兒知道，三分病還要七分養，妳且代管著就是。」

宋氏意外地看了周婷一眼，然後又跟著她笑。「既然福晉看重，妾自然應當盡心。」

等到宋氏離開，瑪瑙從屋子外頭進來交代完事情，努起嘴來。「這又是來幹什麼來了。」

瑪瑙是周婷的陪嫁丫鬟，周婷躺在床上這幾天都是她在忙前忙後，聽到她問，周婷就笑。「哪有我忙著，她們閒的道理。」

她又不傻，累死累活幹白工圖什麼？她們就是做得再好，也不可能頂了她的位置。苦是她們的，功是她的，做的不好是她們不堪用，做得好是她會調教人，享清閒有什麼不好？

瑪瑙皺起眉頭。「可萬一她們出什麼亂子呢？」

周婷聽了光是笑，並不說話。

夜裡掛名丈夫到來，這回周婷看清楚了，年約三十歲左右，白臉長眼，身穿藍色綢衫，看上去很嚴肅的樣子。她心裡直打鼓，他這是準備盡「做丈夫」的責任來了？

「爺喝茶。」周婷把杯子往他那兒推了推。

他拿起來喝了一口，大拇指摩挲著茶蓋的邊緣，兩人大眼對小眼坐著，屋子裡的松針香一層層漾開來。「妳沒什麼要說的？」

周婷摸不著頭緒，要說什麼？她沒答話，屋子裡又安靜了下來。

他不說話，周婷也不敢說話。她低頭緊張地捏著手帕，最後他咳嗽一聲。「妳好好休息吧，我還有公務。」

就怕你沒公務呢！周婷鬆一口氣送他到門邊，管他是真公務還是「假」公務，關門落鎖，準備休息。

瑪瑙一等周婷回屋，就又苦口婆心地勸她。「主子好歹也留爺一回。」

周婷甩甩手，把掛名丈夫拋到腦後，問瑪瑙。「熱水呢？」她想好好泡個澡。

瑪瑙恨鐵不成鋼又不好再多說，轉身吩咐丫頭把水抬進來，嘴裡還一邊嘀咕。「主子就是太賢慧了。」

周婷舒舒服服泡在熱水裡，就差沒哼小曲兒了。他想上哪兒就上哪兒，要是留下來，那才嚇人呢，難道還要她跟他「這樣那樣」？想得美！睡他的小妾去。

熱水中加了解乏的草藥，珍珠站在周婷身後為她按摩頭皮，周婷覺得渾身筋絡都通了，不一會兒睡意漸沈，打著哈欠被瑪瑙拉起來擦乾送到床上去。

周婷抬起手等珍珠幫她穿衣服，仰著脖子讓瑪瑙為她擦頭髮，不知不覺竟然也習慣了起來。第一天到這裡來的時候，她下床幫自己倒了杯茶，瑪瑙和珍珠嚇得臉色發白，只差沒向周婷磕頭。

幾天下來周婷也知道了，這兒的人價值觀和她不一樣，她享受她們的服侍再誇獎她們幾句，她們就很高興了，要是哪天她說不用她們做這些，那這兩個丫頭恐怕都要把眼睛給哭瞎。

「天涼了，不要睡在地上，回屋睡去吧。」周婷看著瑪瑙說道。

瑪瑙抱著被子不肯走。「那哪兒行呀，主子身邊怎麼能離了人呢，喝茶更衣總得有人伺候。」不由分說就把被子鋪地上了。

「那妳睡到外頭的榻上去，地上涼呢。」周婷不習慣自己睡在床上，卻有個人在她旁邊打地鋪。

「這是主子心疼姊姊呢。」珍珠一笑就有兩個酒渦，她推著瑪瑙的手。「快把被子給我吧，我幫姊姊鋪床去。」

周婷躺在床上和兩個丫頭說笑了一會兒就睡沈了，連瑪瑙過來幫她掖被角都不知道。

珍珠和瑪瑙兩個人肩並肩睡外屋的榻上，等了一會兒，珍珠貼著瑪瑙的耳朵悄聲說：「姊姊有沒有覺得主子不一樣了？」

她很早就發現了，主子從醒過來就不再說爺如何如何，吃了什麼、睡在哪裡、出門找什麼人，她連問都不再問一句。而今天又突然把管家權全交給兩個側福晉，平時她就是再累再病，也要關心宅子的狀況，要不是病得起不了床，根本不會讓她們代理。

瑪瑙心裡也著急，本來主子凡事都有打算，她只要做好她吩咐的事情就行。可這一病，她就好像變回在家裡做姑娘的時候了，什麼都不關心、什麼都不問，管家權怎麼能放呢，李氏還不翻上了天！她咬著嘴唇憤憤地說：「可不是嘛，我也急呢。」

珍珠輕笑一聲。「我倒覺得主子這樣挺好的……」接著卻不說下去。

瑪瑙的手從被子裡探過去掐了她一把，珍珠才捂著嘴，聲音比剛才還要輕。「主子人精神了，臉上也有笑容，今天還多吃了兩塊奶餑餑呢。」

瑪瑙睜著眼睛盯著珍珠看了一會兒，突然想明白了，跟著笑起來。「是呢，旁的事總有我們。」

說完，兩個人抿著嘴，頭碰在一處睡著了。

夜裡睡得早，早上就醒得早，院子裡鳥叫聲一響，周婷就醒了，想到要送剛睡了小妾的掛名丈夫去早朝，就不願意起來，直往被子裡鑽，還是瑪瑙進來了，她才不情願地睜開眼睛。

「昨兒主子睡得好，許久沒有這麼長的覺了。」珍珠說著，為她盤起頭髮。

瑪瑙捧著托盤。「廚房準備了燕窩粥，主子先墊一墊。」

趁周婷喝粥的空檔，珍珠揀好了周婷今天要穿的衣裳、戴的首飾，小丫頭則捧著盆子等她漱口。

周婷喝了一小碗粥，胃裡暖暖地趕到前廳去，這回卻不見側室，原來他是真有公務。周婷臉皮一抖，按道理她得說點什麼，可想了半天，她才憋出一句。「廚房準備了燕窩粥呢，爺要不先墊一墊吧。」

瑪瑙一聽，縮著脖子藏在珍珠後低著頭抖肩膀。

周婷也覺得說得不太好，這位可是她的直屬上司啊！於是她拿出拍上司馬屁的那一套，又加了一句。「天涼了，下了朝胃都是寒的，不如喝上碗熱粥，養胃呢。」

掛名丈夫臉色柔和下來，等粥一送上，幾口就喝乾淨了，難得跟她說了一長串的話。「妳還是好好歇著，家裡的事交給別人做也好，她們有什麼不懂的再去回妳。等下了朝我去十三弟家裡，回不回來都會叫人過來知會一聲。」

「嗯。」周婷看著他出了前廳，一轉身掐了瑪瑙一把，笑瞪她一眼，還沒張口呢，就看到李氏的丫鬟在前廳門口探頭探腦。瑪瑙眼睛一掃看見了，那丫頭就往回縮，她剛要喝止，珍珠就往她面前一站，兩個人扶著周婷的手回院子。

瑪瑙撇了撇嘴。管她要幹什麼，橫豎都是想去爺那邊討好！

周婷一進院門就問：「那丫頭幹什麼呢？」

瑪瑙從鼻子裡哼出聲來。「這幾天主子病著，那原先不敢的事兒，可不就又幹出來了？想堵著爺，送爺出門呢。」

「哦。」周婷點點頭，小妾想送就讓她送嘛。接著扭頭就問：「那粥再給我一碗。」那麼一點點大的碗，喝下去跟沒喝差不多。

瑪瑙為她盛粥挾菜，早飯吃不完的她全給了兩個丫頭。現在還早，她又沒什麼可做的，不用管事，等於一天都空下來了。

掛名丈夫的一串小老婆要過來請安也被她給推了，有這個時間，她還想睡個回籠覺呢，還是珍珠怕她白天睡多了，拉著她去了暖閣。

李氏、宋氏的屋子進進出出好不熱鬧，換季了要為全家做衣服，月底了要發下個月的月錢，這些現在全不用周婷操心了。

瑪瑙一邊往茶壺裡添熱水，一邊抿著嘴偷樂。剛才那個叫葡萄的小丫頭被爺訓了好一頓，連李氏也鬧了個沒臉，爺在她屋子裡歇了幾天就輕狂起來，沒討到好不說，還被說不懂規矩，樂得瑪瑙一整個上午臉上都還掛著笑。

「我們主子說想過來跟福晉說說話，問福晉這會兒方不方便呢。」進門問話的是八福晉身邊的大丫鬟金桂。周婷在腦中翻了翻，現在掛名丈夫跟八阿哥的關係好像還不錯，兩家又是鄰居，只隔一道牆，串個門兒是常有的事。

她點頭微笑。「讓你們主子來吧。真是，來我這兒還什麼方便不方便。」

泡茶備點心，都準備妥當，八福晉就過來了，她一開口就是噼哩啪啦一串。「妳身子可好了？這幾天都不敢來瞧妳，就怕妳為了見我又要換見客的衣裳，聽見你們院子裡熱鬧起來，這才敢過來看看。瞧那兩個還在管事，妳也放心？」

周婷噗哧笑了出來。「妳還是先坐下吧！珍珠，上茶。」她一邊揀了個桔子剝，一邊把話說了一遍。「我病了一場也想明白了，捏在手裡的都是假的，只有身子是自己的，哪有我忙著她們閒的道理。這兩個都是老人了，大規矩不出錯就行。」說著喝了口茶，這種說話方式快把她累死了。

八福晉眉頭一擰。「妳也太寬心了，我看哪個都不是省油的燈。」她想了想，似乎要說些什麼，又嚥了回去，接著突然嘆起氣來。

周婷大概知道她在嘆什麼氣，沒兒子嘛，這對古代女人來說大概不亞於天塌了。她剝了一瓣桔子放進嘴裡，嚼到只剩下渣了才嚥下去，不知道說什麼好。

她不知道說什麼，八福晉卻不是個會冷場的人，換上笑臉跟她說了好些趣事，又說起時興的衣料，看著她身上的家常衣服說：「這會兒都興三層袖了，我剛想找人做呢，要不妳也做幾身？」

周婷搖頭，她對這個是真沒愛好，要是小黑裙她還想試試，古裝她是真不喜歡，看著漂亮，穿起來卻太麻煩。

兩人說了一會兒話，周婷留八福晉吃了午飯，走的時候她說：「妳既好了，明兒就去請安吧，德母妃都問了我好幾回了。」

周婷這才發現她還是把事情想簡單了，宮裡那些也全部是她上司，都得打起精神好好應付，她有些欲哭無淚，到底什麼時候做皇后啊……

第二章　相敬如賓

從知道要進宮請安開始，周婷就沒閒著，她努力把腦海中原主的記憶翻出來看了又看。其實她也不是什麼都知道，接受記憶是一件很痛苦的事，因為接收的不僅是記憶，還有情感，她剛醒過來知道自己穿越了，就又暈了過去。

那些不屬於她的情感在她腦子裡炸開來，跟她自己的喜怒哀樂攪在一起，一時之間根本分不清楚她是周婷還是那拉氏，昏昏沈沈躺了兩、三天，等她把這些記憶打包好扔到角落裡，不看不想，才覺得心情好多了，不再看什麼都想掉淚。

跟後宮妃子妯娌們一道請安說話，不是什麼情感強烈的事，但也是那拉氏必做的事之一。周婷細細翻看她怎麼說話、動作，拿出當年找工作的拚勁，把後宮女人當成面試官那樣分析，一遍遍在心裡排練該做些什麼，其他人又會有什麼反應，努力揣摩了一天，還是有點心虛，最後決定多餘的全都不說不做，總不會出錯了吧。

第二天被瑪瑙拉起來的時候，周婷眼睛都睜不開，她眼皮掀起一條縫往窗戶外頭瞧，天還是黑的呢，上大學那時看的清穿小說也沒提這麼早就要起來請安，實在太坑爹了，都穿到古代來了，也不讓她睡個好覺。

珍珠、瑪瑙、翡翠、碧玉四個丫頭忙前忙後地為她穿衣服、梳頭，周婷茶都沒顧上喝，瑪瑙便幫她上了妝粉，又畫眉毛又抹胭脂，她一睜開眼睛就被鏡子裡的人嚇壞了，連連搖頭。「太濃豔了，擦掉點兒。」又不是去唱戲！

碧玉捧著托盤進來。「廚房做了杏仁酪，主子要不要來一碗？」

原主不怎麼愛吃甜的，周婷卻很喜歡，再說起得那麼早，要是低血糖就不妙了，她捧著吃掉一碗，又要了一碗。瑪瑙拿乾淨手帕包了幾塊栗子糕，珍珠則蹲下來為她穿上花盆底。

四阿哥已經在前廳等著了，周婷過去的時候宋氏也在，她見到周婷就行禮，周婷有了第一次的經驗，直接叫瑪瑙把她吃的東西照原樣準備了一份。

他在吃的時候宋氏就站在一邊侍候，遞勺子、拿帕子，瑪瑙都插不了手，周婷樂得當甩手掌櫃，也不叫珍珠、瑪瑙幫忙，還裝出關切的樣子問道：「要不要再來一碗？」

結果掛名丈夫很給面子地伸手又要了一碗，走的時候還把周婷送到車上，宋氏跟在後頭送到二門上就停了下來。

馬車直接從府裡出去，周婷連府外面的石板路長什麼樣子都不知道。瑪瑙留下來，珍珠跟車，周婷不好意思在珍珠面前掀簾子，只好捏了塊栗子糕吃，鬆鬆軟軟的帶點甜香味，周婷吃了一塊，又拿了一塊。

不知不覺到了宮門口，馬車是不能進去的，珍珠扶著周婷下車，走了一段就有小太監過來相迎。「德主子正在前頭等著四福晉呢。」

周婷準備了一天，事到臨頭還是氣怯，跟德妃碰頭後也不敢多說話，跟在她後頭進了寧壽宮，老老實實當起布景板。周圍人看周婷木木的也不覺得奇怪，反而可憐她剛死了兒子，看她發呆也不點破。德妃掃了她好幾眼，眼圈差一點紅了，她對兒媳婦倒比對兒子還有感情。

本來還應該留下來跟太后說會兒話，德妃今天卻早早就出來，帶著周婷慢慢走回去，一邊走一邊勸解她。「妳畢竟還年輕，前頭的孩子雖然好，卻是沒緣分，將身子養好了才是正理。」後頭的話沒說出來，是想再要一個嫡孫呢。

周婷本來還想裝裝樣子，結果德妃還沒說完，她心裡就翻騰得受不了，眼眶一下子就紅了，德妃看她這樣，拉著她的手安慰。「妳也別再由著老四的性子，他什麼樣兒我知道，該攏的時候就要攏住。」

婆婆能跟兒媳婦說這樣的話很不容易，周婷努力壓住洶湧的感情，抽出帕子擦掉眼淚。

「我曉得。」

她本來就是那種誰對她好就會對誰好的人，聽到這樣的話，內心對德妃又親近了一點。周婷收了眼淚就問：「上回進的點心也不知母妃喜不喜歡，這次就沒再做，若是好，我吩咐人再送進來。」

「妳別光想著我，我這裡什麼沒有，倒是妳，臉上都沒肉了，女人還是圓潤些好。」德妃叮嚀道。

婆媳兩人手拉著手說了好些話，等到掛名丈夫來領她走的時候，她的眼睛還有些紅，四爺先是皺了皺眉頭，接著又嘆了口氣，珍珠站在後頭，連聲大氣都不敢出。

德妃拉著他交代了好一會兒，什麼要對周婷好、她剛病好不要再讓她煩心之類的話，讓周婷感動到不行，走的時候一步三回頭。

回到家把原主準備送給德妃的抹額拿出來，記憶都接受了，手藝總不會錯吧，不過拿針比了半天，還是覺得不對勁，周婷不禁皺起眉頭。記憶雖有，但那就跟看電視劇一樣，例如德妃，存在於她記憶中，然而也就知道她是德妃，見了面說了話，才開始代入感情。

珍珠、瑪瑙她一開始就信任喜歡，宋氏、李氏差不多，對丈夫的感覺卻很模糊，好像完全沒有好感。難道……原主根本不喜歡四阿哥？還是對他死了心？

瑪瑙輕手輕腳地進來換了一回熱水，珍珠坐在廊下繡帕子，見她出來，抬頭問道：「怎麼了？」

「半天了，也沒見動一下，不知怎麼了。」瑪瑙狀甚稀罕地說。「連我剛進去換水，主子都沒瞧見呢。」說著坐到珍珠身邊。「妳說是不是今天進宮，又把主子的心事勾起來了？」

珍珠覺得八成是，咬了咬嘴唇。「院子裡的木芙蓉開了，要不請主子去看看景兒？」

「成，我去請，妳吩咐廚房準備點心。」瑪瑙一掀簾子故意弄出響動，等周婷抬起頭來看，她就說：「日頭這樣好，又沒風，今歲花兒都開得遲，木芙蓉敗一層又開一層，主子要不要去園子裡走走？」

周婷從來了就沒走出過正院大門，出宮請安也是讓人扛出去的，正好想要出去轉一圈。她點了點頭，瑪瑙就為她加了件衣裳，扶著她到園子裡去了。

這個時候李氏、宋氏都在忙，園子裡下人一直不斷進進出出，瑪瑙皺起眉頭。「原先主子管事的時候，可不像現在這樣沒規矩。」

進出的人多，院門看守就鬆懈起來，還有幾個丫頭、僕婦站在廊下曬太陽，見到周婷來了，貼著牆根向她行禮。周婷也不理會，倒是瑪瑙狠狠掃了她們一眼。

一路走到亭子裡，珍珠早就把面對湖的那一面窗戶打開，木芙蓉的紅花襯著綠水漂亮得很，周婷馬上把煩心事拋到腦後，不會針線活就不會，誰還敢叫她做不成?!

看看藍天紅花碧水，吃吃點心，一天就這麼過去，周婷泡過腳歪在炕上翻著一本繡花樣式，瑪瑙就說：「今兒十五呢，爺恐怕要來，主子要不要換身衣裳？」

「啊？」周婷瞪大了眼睛。

沒人跟她說還有這個義務呀？周婷壓根兒就沒想過還有這種規矩，每月十五還規定要跟老婆交公糧？那清宮劇裡那些大老婆們怎麼還一臉沒被滋潤的枯敗模樣？原來不是丈夫想睡誰就睡誰嗎？

難道她除了當個合格的布景板老婆，陪吃陪喝之外，還要陪睡？

周婷大學時就開始流行清穿小說了，宿舍的女孩子們迷得很，她也捧著兩本出名的看過，哪一本都沒怎麼提到四爺的正牌嫡妻，她就一直以為自己跟背景牆差不多。

再說，書裡的男主角那叫一個癡情無悔，除了女主之外，不管是大老婆、小老婆還是通房丫頭，那是絕對不看不碰，說守身如玉都是客氣了，結果現在冷不防告訴她，原來每個月有固定時間必須睡老婆，她根本無法接受啊！

周婷張著嘴說不出話來，拋開這個不談，她還是黃花大閨女呢，憑什麼要跟他睡啊，憑什麼要跟他「這樣那樣」啊。她先是一翻眼睛想要拒絕，可話還沒出口就縮進去了，就憑她現在是他老婆，他想怎樣都行。

坑穿越女啊！

「呃……」周婷趕緊坐起來捋捋頭髮，不能讓她們看出破綻來！她深吸一口氣，朝瑪瑙點點頭說：「那就換一身吧。」

珍珠拿了件月白色的衫子過來，周婷搖了搖頭。她雖然沒結過婚也沒過「圈叉」經驗，可大概也知道男人喜歡什麼調調的，短裙、美腿、黑絲襪嘛，換成古代版本，大概是肚兜之類的了，只要往反方向裝扮，他肯定沒「性」趣。

珍珠又拿了一件繡著小花的薄衣裳，周婷乾脆自己從炕上爬起來去箱子裡翻找。那拉氏還年輕，但她的大多數衣服都是顏色很沈很重的那種，比她年紀大七、八歲的李氏都穿得比她鮮亮趕流行，她是為了正室的派頭，硬生生把自己弄老了。

原本周婷還偷偷埋怨過，現在卻高興了，她拿出一件再普通不過的鏽色衣裳套在身上，瑪瑙和珍珠面面相覷，周婷卻很滿意。油燈下她本來就不健康的臉色顯得更黃了，要是這樣掛名丈夫還能有興致，只能說他太饑渴了。

他可能饑渴嗎？呿，院子裡的小老婆們又不是擺設！

周婷放下心歪回炕上，繼續翻起繡花樣式。她下午發呆的時候想到，如果禮儀能夠代入，那麼手藝當然也能熟悉起來，瞧她踩著花盆底請安下跪，真叫一個熟練，只要多練練手藝，那抹額一定能做出來。

周婷做好了準備，四阿哥卻遲遲沒來，屋子裡候著的兩個丫頭都開始著急，瑪瑙看了珍珠一眼，珍珠會意地借著換水的工夫出去吩咐小丫頭。「妳去瞧瞧爺在哪兒，別聲張，瞧準了就回來。」

小丫頭小跑著出了院門，周婷不禁打了個哈欠。這麼晚了，到底是來還是不來，不來也說一聲嘛，以為誰高興等他呢。

看到周婷捂著嘴就要往後躺，瑪瑙著急得不得了。以往也從來沒有過這種狀況呀，就算有公事，爺總會差人來說一聲，這是怎麼了？

兩個丫頭急，周婷卻不急，她抬頭瞄了擺在架子上的鐘一眼，皺了皺眉頭，剛要吩咐「不等了，吹燈睡覺」，珍珠就進來了，她手裡拎著銅壺，又為周婷添了點茶。

瑪瑙用眼神詢問她，珍珠的眼睛往外頭看了看，方向正是李氏的院子，瑪瑙的眉毛馬上皺起，這是打臉呢，她也敢！

珍珠搖搖頭示意瑪瑙先別說話，她上前一步走到炕邊，輕聲問周婷：「主子今兒還喝不喝酪？」

晚上吃點乳製品有助睡眠，周婷連喝了幾天，睡著的時候手腳都是暖的，她點點頭。「來一碗吧，妳們也都跟著喝一碗。」

「是。」一邊答應著，兩個丫鬟有默契地對視了一眼，悄聲走了出去。一出房門，瑪瑙馬上拉著珍珠的袖子問怎麼了。

「不清楚怎麼回事兒，只知道爺去了那邊，屋子還有些響動。」小丫鬟機靈地站在一邊，壓低了聲音回話。「那邊院子不好進，我聽了一陣，裡面跟平時不大一樣呢。」

此時碧玉捧著托盤過來了。「我琢磨著主子該吃酪了，就去廚房要了碗來，聽見南院裡像是在摔東西呢。」

瑪瑙接過托盤，珍珠推了推她。「快去，別讓主子等。」

瑪瑙摸摸溫熱的蓋碗，轉身往屋子裡走，碧玉則跟過去幫她打簾子。

翡翠在一旁自告奮勇。「我屋子裡的小丫頭鎖兒是南院扣兒的妹妹，我讓她去，準能打聽出來。」

珍珠搖搖頭。「也別急在這個時候，過幾天再說吧，看好了院門，咱們院子裡人都不許出去，有張望的、嘴碎胡扯的，全都罰月錢領板子。」

瑪瑙再進屋去的時候，周婷已經趴在炕上睡著了，繡花本子落在一邊，瑪瑙估摸著爺今兒也不會來了，便上前推醒她，為她脫掉衣服。周婷聞到奶香，揉了揉眼睛。「是不來了吧，別等了，睡吧。」

周婷坐起來喝了幾口，把碗放在一邊，又用茶漱漱口，直接鑽進被子裡閉上眼睛。瑪瑙拉好帳子關門出來，珍珠就上前問道：「主子歇下了？」

話還沒說完呢，守著門的小丫頭就跑過來說：「爺往這邊過來了。」

天已經完全黑了，胤禛悶了一肚子火氣往正院去，前後跟著四個打燈籠的太監，全都低著頭看著自己的腳步不敢說話。

他一進正院的門，看見丫頭們都規規矩矩貼牆站著，就鬆了鬆眉頭。

瑪瑙是周婷的大丫頭，最能說得上話，此時看他陰著一張臉，也不敢往前湊，可又怕他遷怒了周婷，於是大著膽子說了一句：「福晉等了爺好些時候，精神不濟，剛剛才躺下的。」

屋子裡的油燈還沒全部熄滅，胤禛一進屋門先聞到一股熱呼呼的奶香味兒，臉色跟著柔和下來。瑪瑙走過去想把周婷搖醒，他擺了擺手。「不必了，讓妳們主子睡吧。」

說著，他自己走過去解開了腰帶，珍珠幫他脫了鞋。她看著炕上睡得臉紅撲撲的周婷火燒眉毛，過去從來沒有過這種情形，主子都是親自服侍爺，從新婚開始第一天起就沒假過他人之手，爺還不知道沐浴過沒有呢。

「妳們出去吧。」脫得只剩下一件袍子，胤禛揮手叫珍珠跟瑪瑙出去，兩個丫頭互看了一眼，走出去的時候熄掉了廳前的燈。

「被子還沒熏過呢！」出了房門，瑪瑙一味地著急。

珍珠拍了拍她的手，走過去就問提著燈籠過來的小丫頭。「爺這是從哪裡過來的？」

小丫頭頭都不敢抬。「從側福晉的院子裡。」

這樣到底是梳洗過沒有啊？珍珠與瑪瑙兩人相互看看，都不好意思問，就算問了，也知道小丫頭根本弄不清楚。

翡翠走過來把小丫頭拉走，一邊拉著她一邊問。「妳認識扣兒吧，是我屋裡鎖兒的姊姊，妳過來，我抓把糖給妳吃。」

胤禛一進來，周婷就聽到了，她閉上眼睛裝睡，就是想讓他自己識趣。走了最好，就算不走，她躺在床上裝死，他還能怎麼著？打定主意後，她緊緊閉上眼睛不睜開，支著耳朵聽他到底要幹什麼。

胤禛拿起桌子上周婷喝剩下的半碗酪，發現還是溫的，便張嘴一口氣喝了個乾淨，單袍一脫就想往被子裡鑽，這才發現丫頭沒為他鋪被子。大概是覺得他不會過來了吧，而周婷安安穩穩睡在正中間。

他伸手想把她的被子掀開來，周婷嚇了一跳，死忍著才沒跳起來，誰知寒氣激得她打了個冷顫，剛想繼續裝睡，她的小動作就被胤禛發現了。她聽到他用比平時更冷的聲音問道：「醒了？」

周婷期期艾艾睜開了眼，屋子裡沒燈，她也看不見他現在是什麼樣子，只能「嗯」一聲，往裡面又縮了縮。

「咳。」胤禛也不知道要跟她說些什麼，往常都是她問他答，然後再進行夫妻之間的交流。今天他沒心情，要是她問，他還能說點什麼把事情給了結掉，現在她不問，兩個人就僵住了。

周婷僵硬地縮在床的一邊，眼睜睜看著他鑽進被子，在另一邊躺好，而兩個人中間甚至還能再躺下一個人。

她不知道該跟胤禛說什麼，可就這麼躺著不說話太詭異了，她趕緊在腦子裡翻找兩人閒聊的片段，誰知找了半天也沒有可以拿來當「教材」的，難道他們根本就沒有好好交談過？這肯定不是正常夫妻的相處模式，至少在周婷看來不是。原主的記憶中，除了每天吃什麼喝什麼、要幹點什麼事，他們夫妻幾乎沒有純粹的談心，所以就算她現在不說話，也是正常的？

周婷等了半天，也沒等到胤禛有什麼表示，於是她安心地閉上眼睛，沒過一會兒就睡了起來。

胤禛忍了一肚子的火氣沒地方傾訴，梗在喉嚨吐不出又嚥不下，更讓他覺得奇怪的是，她竟然一句都沒有問。這是又不舒服了？胤禛的手從被窩裡伸出去，他並不那麼想「辦事」，但正妻不像院子裡其他女人能那樣說冷落就冷落，他可以隨時甩臉子給那些女人看，卻不可以輕慢她。

指尖碰在周婷的肩膀上，纖細薄弱。胤禛皺起了眉頭，想到進宮時母妃心疼地直說她瘦了，瘦到大衣服都撐不起來了。

胤禛不記得她削瘦起來是什麼時候的事。孩子病了，她衣不解帶地照顧，等孩子沒了，她也倒下了。恍惚想起來的，還是她剛剛嫁過來時臉龐圓潤的模樣，怎麼就瘦成這樣了呢？

他們家嫡子運都不好，大哥生了四個女兒才得到一個病懨懨的兒子，到現在還不敢取名，就怕養不活。太子庶子倒有一堆，嫡子卻一個都沒有，更不要說還沒子嗣的老八。算起來兄弟裡有嫡子而且長到現在的，只有老三，即便是這樣，前頭還死了一個。

弘暉走的時候，胤禛這樣安慰自己，也說給病床上的周婷聽，她聽了之後卻只是木木地坐在那兒，不看他，也不說話。從那以後她的話就少了，連眼淚都沒了。

算一算過去了半年，她的身子骨一直不見好，風一吹就要病一場。可就算她一直躺著、病著，也從來不曾讓他煩心過一樁後宅的事，她才放權沒多久，李氏就在院子裡不安分起來。

現在她病好了，眉目間也沒了鬱色，雖然瘦，精神卻不錯。可她還是不太想看他，也不怎麼願意跟他多說些話。胤禛心裡像是堵著塊石頭，搭在她肩膀上的手一用力，把她攬了過來。

周婷本來已經半夢半醒，這一下讓她輕輕「呀」了一聲，接著就感覺後背貼上了人。她全身汗毛都豎了起來，咬緊著牙大氣都不敢出，腳趾頭也僵住了。

胤禛等不到周婷的回應，在她耳邊嘆了口氣，過了半天才硬邦邦地說了一句：「是弘暉同我們沒緣分。」

他不會安慰人，兄弟們不需要他安慰，妹妹從出生到出嫁見的次數一隻手都能數出來，而老婆不論大的小的，都從沒給他臉色看過——雖說她們也不敢。

他這是在說什麼呀？周婷有點疑惑，卻不敢回頭。背對著他，讓她覺得自己的貞操還安全一點，萬一一回頭，被他當成有回應了，可怎麼辦？過了一會兒，周婷才明白，這話是安慰原主的。

周婷在心裡罵過他七、八百遍人渣，娶妻回家不好生疼愛，讓她死了兒子又死心，她剛來的兩天可沒少掉過眼淚，原主的記憶一遍遍在內心翻騰，看到什麼都能想起兒子。

周婷吃不下睡不著，眼睛一閉就出現一張小臉蛋，烏黑的眼睛裡沒有一點神采，張著嘴巴叫額娘。她都受不了，更別說是孩子的親娘，還得死忍著不哭不叫苦，不病才怪。

想到這個，她的心口就開始痛，眼眶一濕，眼淚順著臉頰滑下來。周婷不想哭，可她控制不住，就像在德妃的宮殿裡一樣，連假裝都不用，鼻子一酸就想要大聲號啕，把憋著的那口氣全都哭出來。

本來她還咬著被角不想被胤禛發現，可她這人一哭就有個毛病——抽氣。小時候姊姊、哥哥從來不敢惹她哭，停不下來不說，時間長了就上氣不接下氣，跟誰要了她的命一樣。年紀一大眼淚少了，出了社會更是再沒哭過，周婷有好久沒這樣了。

她一抽起氣來，背上貼的人就開始伸手拍她的背，等了好一會兒周婷都沒好，還開始咳嗽，愈咳愈凶，讓外頭當值的瑪瑙連問了好幾聲。「主子要不要茶？」

胤禛不好意思叫丫頭進來看，見周婷把頭埋在被子裡又覺得彆扭，便用力把她扳過來摟在懷裡，她的背一摸就剩下一把骨頭，他的嘆氣聲更重了。

他的聲音也不像剛才那樣冷硬，想到她嫁過來只有十二歲，這麼些年從沒任性嬌氣過，就一邊拍她一邊安慰。「別哭了。」他還是不會安慰人，翻過來倒過去只有這一句。

周婷自己慢慢忍住了，她胸口悶得慌，大口大口往外吐氣，全噴在胤禛胸膛上，熱呼呼的奶香味直往他鼻子裡鑽，讓他摸她的動作愈來愈重，摟得也愈來愈緊。好不容易等她平靜下來，他抱著憐惜的心準備要幹點什麼的時候，懷裡的人卻睡著了。

胤禛頓住了，黑暗中看不清她的臉，而記憶裡除了大方端莊的淺笑，就再也沒有別的表情了。

原來她會哭，原來她會發脾氣。這麼一想，摟著周婷的那隻手怎麼也抽不回來了。周婷手裡捏著的被角縐得不成樣子，胤禛一點點從她手裡抽出來，一隻手摟著她的肩膀，一隻手幫她蓋好被子。

周婷是真的太累了，這一覺她睡得很沈。天已經有些冷了，她病又剛好，這幾天一到下半夜腳就開始發冷，現在貼著一大塊熱源，舒服極了，腳不自覺地伸過去貼著他的小腿，臉埋在被子裡，全身暖呼呼。

胤禛可就難過了，他本來不想幹什麼，等到他起了這個心思，周婷又睡得像隻豬一樣。原來兩個人從來沒睡過同一個被窩，「圈叉」完了整理乾淨就睡進各自的被子裡，從沒有像現在這樣貼在一起。

皇子從小就一個人睡，奶嬤嬤是不能陪著睡的，她們全是下人、奴才，沒資格跟主子睡一張床，更別說是一個被窩。習慣了這樣的結果，就是從胤禛記事起，他就沒有跟別人睡過一個被窩。

想不到這樣還挺舒服的。胤禛摟著周婷的手開始不規矩起來，手貼著她背往下摸，而懷裡的她根本沒有意識，還舒服地輕哼出聲。胤禛大半夜裡跟自己的慾望進行鬥爭，到底要不要弄醒她呢？

第三章　改變心意

周婷醒過來時天還沒亮，她很容易養成一項習慣，上班時生理時鐘就讓她連休假也睡不了懶覺，到了這裡更是這樣。她身體一動，就感覺出身邊睡著個人。

胤禛一個晚上都沒有睡好，夢夢醒醒，心裡癢癢的想把周婷弄醒，又覺得不好意思，只好用手吃吃豆腐。

周婷一醒過來就往旁邊滾，無奈旁邊的炕很冷，哪有貼著人舒服，牙齒一打顫就被胤禛發覺了。

他大手一伸把她撈過來，讓她背對自己貼著，全身肌肉繃緊，小腹下面沒有紓解的慾望直接頂在周婷大腿根上。

周婷嚇得身體圈起來縮成一團，誰知後面那個男人不管，伸手就要把她的身體給扳開來，兩隻手還摸到衣服裡去了，不只隔著肚兜揉搓她的肚子，還一點點地往上探。

周婷全身都燒紅了，她剛伸出一隻胳膊想要逃出去，後面腿就壓上來了，隔著衣服，周婷還能感覺出「那東西」的形狀來，除此之外，他竟然還有四塊腹肌！

男人跟女人的力氣無法相比，更別說她現在還是個四肢不發達的女人。原本遇上色狼，估計周婷用擠地鐵的力氣搏一搏還能逃掉，現在她卻一動也不能動，嘴巴裡發出來的聲音都打顫。「爺，爺，早朝呢。」

這種情況下只能示弱，貼著她的男人喘氣聲愈來愈粗，聽到她的聲音停了一下，好像是回頭看了眼時鐘，然後抱著她的手就漸漸鬆了下來，可又不願意放過她，手往上伸一把捏住一邊揉了起來。

周婷眼淚都要飆出來了。雖然身體對他是熟悉的，可心理上還很陌生，這樣就範她肯定不願意，於是一咬牙轉過身把敏感點藏起來，手搭在他的胸膛拍摸他，也不管有沒有用，嘴裡就不停說話分散他的注意力。

「爺早上想吃點什麼呀？栗子糕不錯，又甜又軟，這幾天早上吃了甜的，就覺得一天都有精神。爺要不要嚐一嚐新下的栗子呢？再喝一碗酪，酪比粥厚些，也頂能撐。」周婷的聲音含含糊糊，聽起來就像在撒嬌，其實她口乾舌燥，就想喝一杯冷茶。

胤禛的火氣順著周婷拍摸的手消了下來，也不那麼熱了，時候是來不及了，他遺憾地想，再說，白天做這事兒也不莊重。這麼想著，他就放過了周婷，可手卻還是從背上滑下去捏了她一把屁股。

流氓！周婷在他看不見的地方咬牙切齒，覺得被他手捏中的地方熱辣辣的。

她的臉紅到耳根，胤禛看著心癢難耐，又伸出兩隻手指揉了她一把。想想突然覺得不好意思，往常也沒有這麼放肆，看周婷瞪他的眼神，不禁咳了一聲。「我先起了，妳再睡會兒。」

周婷哪敢真的睡，她快手快腳披了件衣服踩在鞋子上，就見那位爺站在那兒等著人幫他穿衣服。

屋子裡除了周婷哪兒還有人呀，她又不敢不理他，便磨磨蹭蹭地套上鞋子走過去為他穿衣服。她低頭幫他扣扣子的時候翻了個大白眼，她來這麼幾天，自己的衣服都沒穿過呢。

瑪瑙提心弔膽了一整夜，天濛濛亮就趕緊起來了，她拉著珍珠站在外間，主子不喊她不敢進去，只好支著耳朵聽裡面的動靜，聽到裡面有響動了，才輕聲問：「主子可起了？」

周婷趕緊把這活兒讓瑪瑙接手，胤禛看著正彎著腰替他繫腰帶的瑪瑙皺了眉。往常不覺得，現在想起來了，自她嫁過來以後只要在她屋子裡，他的事她就沒假借過丫鬟的手做，全都是親力親為。

原來他是習慣了，現在冷不防沒這待遇了，又覺得彆扭起來。

周婷沒注意他的臉色好不好，珍珠正在為她梳頭髮，她對著鏡子左照右照，這才後知後覺地發現這鏡子照得真清楚，這時候已經有鏡子了？

周婷不知道歷史上何時有這種鏡子，壓下內心的疑惑，就當這個時代已經有了，反正人影照出來跟現代她在店裡買的鏡子沒啥差別，她才不費心關注這個呢！

珍珠打了熱水進來，瑪瑙捧著盆子侍候胤禛洗臉，幾個丫頭進進出出，碧玉去了廚房，翡翠則收拾起床鋪。

胤禛坐在桌前用早飯，周婷才剛剛整理好頭髮。珍珠三、兩下把周婷的頭髮盤起來，對著光線細看髮尾都有些乾枯了，周婷正想著等會兒把這位爺送走後要瑪瑙把她的髮尾給修一修，順便再弄個蛋清面膜什麼的，誰知胤禛卻在此時出了聲。

「晚飯我在這兒用。」

話一出口，瑪瑙的臉上都帶著喜色。她剛趁著為周婷穿衣服的空檔偷偷瞄了眼床鋪，被子掀在一邊，床單雖然縐卻乾乾淨淨的，她本來還默默為周婷嘆息了一回，一聽這話臉上都發光，心裡直唸佛。

周婷趕緊把這話題轉開。「給爺也盛碗酪來，弄些鹹甜各樣的糕點，爺要早朝，禁不得餓。」

碧玉領命轉身出去吩咐，珍珠則打開妝匣子，拿出一對藍寶石耳墜幫周婷戴上。

周婷心裡不舒服，手一伸把耳朵上的耳墜拿下來又放回匣子裡。「又不出去，掛這麼些東西幹什麼。」

衣服是素的，首飾也是素的，屋子裡沒有鮮亮的東西，那拉氏這是在為兒子哀悼呢。平時胤禛也沒這麼長時間跟那拉氏待在一起，進宮請安又有特定規格的衣裳可穿，他還從來沒注意過原來私底下她穿得這麼素。這麼一來，胤禛更加覺得她可憐，筷子一放走到妝檯邊。鏡子裡周婷的臉蛋泛黃，看上去可比李氏憔悴多了。

珍珠一個眼色，丫頭們就全都識趣地退到門邊，胤禛的手撐在周婷的肩膀上。「咱們，咱們總還會有孩子的。」

要是以前，這對那拉氏來說就是承諾了。給她一個孩子，不論是男是女，都能讓她有個寄託，周婷內心屬於原主的感情又跑出來，她眼睛濕潤，而因為這淚水的潤澤，雙眼顯得有神明亮，看上去整個人都有了光彩。

從鏡子裡看過去，胤禛的臉色好看許多，他嘴角勾了勾，大拇指摩挲著她的臉。「妳也別再累著。」說著又捏了一把耳垂，轉身出了門。

瑪瑙送他出去時腳步都在飄，嘴巴險些合不攏，她進來伺候周婷用飯時眼角眉毛都是喜意。「阿彌陀佛，阿彌陀佛。」

珍珠也跟著高興，兩個丫頭妳挾一筷子我舀一勺子地為周婷添菜，等她吃完飯又打開箱子拿衣裳出來給她挑，全都與有榮焉的模樣。

周婷有苦說不出，忍了半天還是覺得這話一定得說出來，不說出來，就算她不招惹他，她院子裡的丫鬟也消停不下來。「有什麼法子能叫爺別來我院子嗎？」

瑪瑙手一抖，衣裳掉在地上。珍珠趕緊左右張望了一下。「主子，這話可別敢再說了。」往常盼都盼不來呢，怎麼現在還要往外推呢？

瑪瑙眼睛一紅，她跟著那拉氏的時間最長，知道她心裡計較什麼。「主子就算是為了小阿哥，也該為自己想想。」

這後宅裡依靠的到底還是男人，就算周婷占著嫡妻的位置，日子能過得不錯，但絕對算不上好。如果能算上好，過去的那拉氏又怎麼會心灰意冷呢？

珍珠和瑪瑙早就揣摩過周婷的想法了，她們都覺得是死了小主子讓主子傷心，對爺的心就淡了，可現在機會自己送上門了呀！兩個丫頭對視一眼，都從對方眼裡看到了堅決。

「主子……」瑪瑙剛要開口，周婷就擺了擺手。

她明白在後宅體面永遠跟「寵愛」掛著勾，她想要順順當當升格成皇后，要走的路還長著呢。只不過道理雖然都清楚，可要她跟一群女人爭寵，她還真做不到。

拒絕他肯定不行，可迎合他，簡直等於要了她的命！

周婷在真死和假死之間徘徊了一下，還是選擇了迎合。形勢比人強，這時候不低頭，等想低頭估計就晚了。就當……就當工作了這麼多年遇上潛規則了唄！

她本來就不是軟弱的女人，性子很硬，這一點倒跟那拉氏差不多，只要她能放下身段說兩句軟話，撒個嬌、弄個巧，就不會把裡子輸得這麼乾淨。不是有句話說「分手比低頭要容易」嗎？周婷就是這樣的人。

她大學時交過的男朋友就是因為這樣分手，男孩追她時忍讓她、遷就她，什麼都考慮她的喜好，時間一久周婷就習慣了，突然有一天他煩了、厭了、不肯再退讓，兩個人就走不下去了。這段愛情的唯一收穫，就是讓周婷改掉了脾氣，起碼她願意做表面工夫了，心裡再不樂意，再覺得不必要、不想幹，起碼會假裝出個態度來。

她的骨頭還是硬的，只是外面圓滑了。

珍珠小心翼翼地瞅著周婷的臉色說話。「主子，要不要跟廚房說一聲。」

周婷回過神來嘆了口氣。「說一聲吧，問問有什麼時鮮的菜色，揀爺喜歡的。」博寵是避無可避的了，周婷敏感地感覺到後院的氣氛在她放權後又開始暗潮洶湧了。

她原是不想管事，只想享清閒，現在看來只要她在這個位置上，就不可能清閒下來，李氏院子裡的事她本來不想知道，現在是不得不知道了。

周婷問起最近李氏與南院的動靜，瑪瑙一聽她問，竹筒倒豆子一樣全倒出來了。李氏在那拉氏沒嫁過來之前也是管過家的人，宅子裡的事原來她是沒機會，現在有了機會，當然要搞些小動作，頭一個就是換掉備馬備車的人。

胤禛去哪兒總要有代步工具，在這個位置上安插自己人，就能掌握他去了哪兒、什麼時候出去的、什麼時候回來的。

「爺怎麼發現的？」周婷笑咪咪地問。

「是那邊那個捅出去的。」瑪瑙指了指宋氏的屋子。兩個人一起管家，李氏幹了什麼，宋氏自然知道。她沒有李氏後臺硬，也沒李氏得寵愛，只生過一個沒養活的格格，除了巴結周婷，沒有別的辦法了。

「誰能想到爺會發這麼大的火呢！」瑪瑙幸災樂禍。往常主子管事的時候，李氏是沒毛病也要三天兩頭找點毛病出來，這回掉到坑裡了，活該！

照這麼說，這李氏當真不怎麼聰明呀……宋氏都能明白的事兒，她卻看不清楚？這是仗著這院子裡只有她有兒子，以為自己就比旁人高一頭呢！有一種人，妳壓著她，她就老老實實，妳給個好臉，她馬上就蹬鼻子上臉。這種人，周婷工作幾年見得可多了。

她笑了笑，拿起茶蓋撇著茶碗裡的浮沫。反正捅破這件事的不是她，該煩心的也不是她，看樣子李氏也不是安分的人，從過去到現在，除了那拉氏的嫡子，剩下的兒子都是她生的，這還能沒手段？

事實證明周婷沒看錯，她準備好了食物，也勉強做好了心理準備，拿出犧牲奉獻的精神一咬牙一跺腳決心與他當「夫妻」，可沒想到他人沒來。聽說李氏那裡的阿哥病了，胤禛一回來就被拉去南院看兒子，過了晚膳時間還沒出現。

珍珠氣得對著南院啐了又啐，碧玉、翡翠連氣也不敢出，只有瑪瑙嘴最毒。「夜路走多了，總有她遇見鬼的一天！」

都說一鼓作氣，再而衰，三而竭。周婷好不容易才鼓起勇氣，他不來，她就又洩了氣，心頭堵得難受，覺得好像受到輕視，哪怕她其實根本不想。

不樂意歸不樂意，但看到胤禛沒把他自己的承諾放在心上，她就覺得這男人真是渣，怨不得那拉氏看不上他，這是有多少的柔情密意都被磨乾淨了呀！

瑪瑙兀自憤怒，卻不敢在周婷面前多說，怕勾起她的傷心事，幾個丫頭看起來比之前周婷躺在床上生病的時候還要灰心喪氣。周婷笑了笑。「既打聽好了不來，咱們也就別等了。」

他不來，難道她們全都要等到天亮？

「主子，要不要差人去問一聲？」珍珠試探道。

周婷還真沒有想到這個，衝著珍珠點點頭。這幾天看下來，她是四個丫頭裡最聰明的一個。生氣歸生氣，正妻該做的事卻不能不做，雖說是庶子，但算起來也是她的兒子，病了、痛了要是她不差人去問問，就是不慈。

瑪瑙幫周婷散開頭髮，碧玉準備好乳酪，翡翠熏暖了被子，周婷則坐在妝鏡前發呆。鏡子很清晰地照出她現在的樣子，尖下巴、大眼睛，眉心鬱鬱，不屬於她的情緒又跑了出來。周婷深吸一口氣進行自我調節，她明明應該高興，卻偏偏覺得難受，這麼多天了，她還是拿這具身體裡原有的記憶沒辦法。

倒頭往炕上一躺，這次胤禛沒再過來，之後連著幾夜都歇在李氏那兒。

周婷又好氣又好笑，這個李氏真有本事啊，讓胤禛才剛對她發過火而已，就立刻又被她一個藉口給攏過去了。

有孩子就有話題，再不濟還能說說孩子今天都做了些什麼，更別說現在胤禛的兒子處於金貴的階段，一點小毛病就夠他關注的了。

即使如此，周婷還是覺得氣憤。這是踩著那拉氏的痛腳上位呢，因為前頭已經死了一個快長成的孩子，再死不起了，所以胤禛才會這麼上心，而她也不能說些什麼來打擊李氏，既要做慈母又要當賢妻，這真不是人幹的活兒！

第四章　夜見原主

原以為過幾天就好了，誰知道過了一陣子南院那邊還這麼折騰，隔著院子都能聞見藥味，就連德妃都從宮裡叫人來問話，問阿哥是不是不好了。

這下周婷坐不住了，她領著一串丫頭往李氏那邊去，宋氏那兒一聽到動靜，就在半路上截住了周婷。「福晉是去瞧阿哥吧？」

照排行應該是二阿哥，可前頭的弘暉沒了，這排行就含糊起來，現在大家都只叫阿哥。周婷點了點頭。宋氏比李氏要乖得多，就連原來的那拉氏也不討厭這個總是小心翼翼的女人。宋氏問過了一句，就跟在周婷後面進了李氏的院子。

李氏正紅著眼眶咬牙，原來只不過是一個說詞，她也不存心折騰自己的孩子，反正哪個小孩沒個頭痛腦熱的，三、四歲又說不清楚話，乳嬤嬤什麼的都在她手裡捏著，她說孩子不舒服，下頭總有人會為她找個說法出來，什麼不吃飯了、午睡時不安穩了，都是現成的藉口。

李氏把胤禛勾了過來，製造機會軟言為自己辯解。她知道胤禛的性子，強是強不來的，只有擺低身段直接認錯。果然，他就是吃這一套，只不過寵愛是回來了，兒子卻真的生了病。

太醫當天晚上就被叫過來診治了一回，根本沒事，含糊地開了點溫和的藥方給孩子吃，吃著吃著不知怎麼就真的生病了。李氏這回後悔得不得了，丈夫、兒子都重要，可要說哪個更重要一點，當然是兒子。

周婷一進屋就看到李氏紅著眼圈，一屋子的丫頭、婆子圍著，廊下還在煎著藥，熏得屋子裡都是苦的，她不禁皺了皺眉頭。

瑪瑙最清楚她的喜惡，先開了口。「這一屋子的人，外頭的事都不做了？」

李氏這才回神看見周婷，朝她行禮，周婷應了一聲，宋氏則等李氏向周婷行完禮才向李氏行禮。周婷往內室看了看，小孩子正裹著被子發汗，一張臉悶得通紅，屋子裡又是人味又是汗味，她都受不了，更別說這麼小的孩子了。

要說開窗通通風吧，又怕好心辦了壞事。她雖沒經歷過宅鬥，但她看過電視劇，從宅鬥到宮鬥，什麼招數、手段，說的一句話、幹的一件事，再細小都能變成死人的原因。

她來也是因為德妃關心這件事，就不再做多餘的事給自己找不痛快了。於是她問了兩句「阿哥今天醒過沒有呀？吃了幾回藥呀？太醫是怎麼說的呀？」之類最普通的話，又安慰了李氏兩句。「德母妃今兒還差人來問呢，大的雖病著，也別忘了小的。」

除了這三、四歲的阿哥，李氏還有個不足半歲的兒子呢。

「福晉說得是。」宋氏站在周婷身後為她捧茶上來。「前兩日還說不礙，怎的吃了幾日藥反而不好了。」

李氏臉上的笑都要掛不住了，偏偏在周婷面前還要裝樣子。「想是小孩子的病情容易反覆，新開的藥正煎著呢。」

「妳如今管著家，要什麼也便宜，叫他們拿來就是了，不必問過我。」慰問過後，周婷抬腿就走，她才不蹚這渾水呢。

瑪瑙一直到了正院裡，抿著的嘴才鬆開，周婷不明所以地看著她，她輕輕一笑。「這下子我可要算是鐵口直斷了。」

珍珠先是作勢要捂她的嘴，後來又跟她一起笑成了一團。周婷這才明白過來她在說些什麼，板起臉說。「她是她，孩子是孩子，我知道妳們不是這個意思，可也再別說這些話教人聽見。」

小妾的孩子生病了，也不能幸災樂禍，不然她這主母算什麼。

「是。」兩個丫頭齊齊答應，收斂起臉上的笑意。

周婷撐著頭正研究抹額的針法，胤禛卻進來了。她有些吃驚地放下抹額，這些天他不是都直接去李氏的院子嗎？

「妳去瞧過了？」他一掀袍子坐了下來。

周婷馬上給了他一個笑臉，她一緊張舌頭就打結，只好把話往小孩子身上轉。「悶得一張臉通紅，想來是難受呢。」

胤禛一來，她剛放下的心就又吊起來了。對她來說，「潛規則」這種事能拖就拖，拖不過再說，總不會有人趕著被「潛」吧。

胤禛卻很滿意，這幾天他沒來，她不但沒有怨色，反而關心李氏的孩子。「妳行事一向端方，我很放心。」說著往南邊望了望。「我去那邊看看，我在，她也安心些。」

周婷咬著牙，差點沒吐出來。

那個「她」是自己作賊心虛現世報，下面有丫頭說她這兩天都在自己的院子裡敬香，你知不知道啊！弘暉生病的時候，你怎麼沒天天待在正院裡呢？

周婷差點就從鼻子裡哼出聲來，偏偏還得衝著他笑，一路送他出屋子。她吸了好幾口氣才平復下來，想了想，就又阿Q地安慰起自己，不管之後怎麼樣，反正她暫時安全了。

周婷大大地伸了個懶腰，就躺到炕上去了，一覺睡到後半夜，迷迷糊糊醒過來想要喝口茶，就聽見屋子裡有個女人在嘆息。

周婷一開始以為是瑪瑙，胤禛不來，屋子裡幾個丫頭們就跟被霜打過似的，一個個全都死氣懨懨，她有心說兩句，又怕被她們給識破。今天碧玉不過就說了一句「主子原來也不愛吃甜的」，就把周婷嚇個半死，大方向她跟那拉氏沒差多少了，畢竟原主的底子在那兒擺著，可小細節上，她真的學不像。

她翻了個身，心想這下瑪瑙該停下了吧，誰知嘆氣聲竟然更近了。周婷覺得不對勁，一睜開眼睛，就看見一個穿古裝梳著旗頭的女人正站在她身旁。

周婷沒叫也沒暈，她屏住氣閉上眼，扭頭把被子往上拉了拉，心裡默唸「我什麼都沒看見，我什麼都沒看見」，等了半天睜開眼睛，那個古裝女人卻還在，就這麼不說話也不動，定定站在那兒。

李氏有沒有遇鬼周婷不知道，她只知道這下自己見鬼了。

這女人不會是正牌的那拉氏吧？周婷這樣一想，膽子前所未有地大起來，她爬起來抱著被子，看著那個女人，想問問她這到底是怎麼一回事。

周婷還沒開口呢，那女人就開始掉眼淚，一滴一滴，還沒落下來就在空氣裡消失了。周婷仔細一看，她的眼睛、眉毛跟鏡子裡照出來的一樣，這下子確定了，她就是那拉氏。

周婷清了清喉嚨。「妳別哭了，要是妳有辦法，我就把這身子還給妳。」她說的是真心話，這苦日子她還不想過呢，當然了，要是能讓她活著回到自己的世界，那就更好了。

那拉氏抹乾了眼淚，竟然朝她盈盈一拜。她的嘴巴沒有張開，但周婷卻能夠清楚聽到她的聲音。「垂髫之年與他結褵，這許多年，在他眼中也不過是孝順端方。」

接下來的話周婷聽得模模糊糊，想要安慰她，又不知道該說些什麼，只能她說話，周婷就點點頭表示知道了。最後那拉氏說了一句：「再未有留戀纏綿之意。」說完就又拜了一拜，飄出窗子走了。

周婷瞪大了眼睛，什麼跟什麼！這是來跟她交接的？這就交接完了？

說起來，周婷一點也不覺得害怕，她其實很想勸勸那拉氏，為了個男人何苦呢？只是話還沒來得及說，她就消失了，跟著一起消失的，還有一直在心裡隱隱作痛的感情。

她的腦子一下子清楚了，就好像大冬天往她腦門上澆了一盆冷水。自從她莫名其妙來了這裡，就從來沒有像現在這樣清醒，她這才知道原主對她的影響竟然這麼深。

周婷看著黑暗中帳子上垂下來的珠子，輕輕勾起嘴角。原來那些時不時冒出來的患得患失，就像煙一樣散去，那不是她的想法、不是她的感情，那拉氏要的她絕不想要，可是她也不想過得像她那麼辛苦。

處在這位置上，要麼就做個賢良婦人，懂得閉上眼睛和嘴巴，要麼就放下身段去胡鬧，而不論哪一條路，都讓周婷覺得窩囊。忍氣吞聲又怎麼樣？撒嬌作癡又怎麼樣？女人們想要得到的，不過是丈夫更多的寵愛。

可為了這麼一個男人，真心不值得！她在心裡輕哼了一聲。老娘認識的男人比你睡的女人加起來都多，你不待見我，我還不待見你呢！

周婷翻了個身，面朝裡閉上了眼睛。八福晉那樣胡鬧的一個人，不也是穩穩坐在正妻位子上嗎？無子又怎麼樣，太子妃也無子，誰還能讓她下臺不成?!

你好、我好才能大家好，要麼就相安無事，要麼她就看看誰能讓她過得不痛快！

這一覺周婷睡得前所未有的酣暢，瑪瑙叫醒她的時候，她還在夢鄉裡，醒來後一伸懶腰精神十足，不像之前萬事都讓丫頭們安排。從現在起，她要過得比院子裡的女人都好。

「讓廚房往酪裡加些核桃、芝麻，單這麼吃著沒味兒。」周婷慢悠悠坐在妝鏡前由珍珠為她梳頭髮，手指拂過耳垂、頸項，細細看著鏡子裡二十出頭就面色泛黃的年輕女人。她跟周婷原先長得很像，額頭飽滿、臉頰圓潤，調養好了去了黃氣，也是一副好容貌。

長得是不如李氏豔麗，也不如宋氏窈窕，但勝在端莊大氣。回想一下進宮請安的那次，在太后宮裡見過的妯娌也都是同一個類型的，皇家挑兒媳，「穩重」擺在第一位，可惜皇子們都不太領情。周婷悄悄在心裡翻了個白眼，全是些有眼不識金鑲玉的東西。

碧玉端了食盒進來。「今兒特地吩咐廚房做了蝦餅，配粥吃正好。」

蝦餅是用白米蝦做的，和麵粉合在一起煎得微微冒油，看上去晶瑩如玉，讓人很有食慾。周婷胃口大開，就著玉蘭片喝了兩碗粥，說是兩碗，其實跟現代的一碗差不多，倒是小菜她都吃了一半。碧玉撤碟子的時候，一直抿著嘴笑。

「主子好些天沒吃得這麼香了，該賞這丫頭呢。」瑪瑙瞧見周婷吃得好、睡得香，比什麼都高興，不等周婷點頭，就轉身往箱子那兒走，回來的時候往碧玉手裡塞了串手串。「上回我收拾箱子打點賞人的東西，就瞧中這手串了，既然妳今天伺候得好，就忍痛給了妳吧。」

碧玉還推讓著不要，珍珠捂著嘴就笑。「主子又不是小氣的人，瑪瑙姊姊也真敢說！」語畢，屋子裡的氣氛頓時歡快了起來。

周婷被她們逗得笑了好半天，但她還記得府裡有位阿哥「據說又不好了」，笑了一會兒就問：「上回八福晉來串門，今兒我去鬧鬧她，差人去問問她得不得空。」

八福晉正坐在暖閣裡頭，貴婦們著實沒什麼消遣，不年不節也不能聽戲、吃酒，就只有看看書、繡繡花了。

她見周婷來訪，就笑了起來。「我還以為四嫂如今不得閒呢。」說著打量了她一回。「這是到我這兒來躲清閒了。」

就隔著一道牆，「有人生病」這樣的事，還真瞞不過這邊的耳朵。

真是快人快語！周婷原本就喜歡跟這樣的女人打交道，就是跟這種人吵架，也比跟那些扭扭捏捏的人待在一起強。

「可不是，我還想在妳這兒用飯呢。」周婷也不跟她客氣，如果要交朋友，這個八福晉最順她的眼了。

八福晉聽了倒是有些吃驚，偏過頭看了她一眼，笑得頭上垂下來的珠子跟著身體晃，臉色明媚。「難得聽妳一句爽利話，今天這頓我就請了。」說著便吩咐丫頭。「叫廚房做兩個好菜，燙一壺金華酒。」

周婷擺手。「菜便罷了，酒可不能喝。」難保今天瞎眼四還要過來問問小老婆和庶子的情況呢，喝了酒就有酒味兒了。

八福晉眉毛一挑。「要我說，這就是慣出來的。妳看看我這院子裡，有敢拿捏身分的嗎？」

這話倒是真的，八阿哥府裡女人不少，光是上頭賜下來的就夠住上一院子，但個個都無聲無息，老實得要命。

周婷微微一笑，捏了一塊腰果酥往嘴裡送，不再說話。八福晉看上去是過得痛快，但這個痛快是犧牲掉了名聲換來的。管那個瞎眼四喜歡誰，要是敢惹到她，她是絕對不會讓那些人好過的，光用「賢慧」這兩個字，就能整死她們了。

兩方都湊趣說些討人喜歡的話題，很容易就能聊到一塊兒去。其實她們說的話題也很有限，外頭的事不能說，也不過說些衣服、首飾、素齋、點心，最多再說說城裡的八卦，到了上菜的時候，周婷已經開口叫八福晉的閨名「宜薇」了。

「這道丸子湯好，細膩嫩滑。」周婷才誇一句，宜薇就已經叫賞了。

叫了賞，自然有人來謝賞，不一會兒暖閣外頭就立著一道俏生生的影子，姿態柔軟，聲音也軟綿綿的。「謝福晉賞，謝四福晉賞。」

本來周婷沒注意，這聲音一出來她就抬起頭，看了一眼，就跟宜薇打趣。「你們家掌鍋灶的人也這樣出挑，可見這院子裡不知道藏了多少美人呢。」

宜薇臉上還掛著笑，眼神卻淡淡的，一直在身邊的金桂跟門邊的小丫鬟使了個眼色，那小丫鬟很快就過來回話。「原是廚房裡說福晉要待客，楚格格就說要做一道她拿手的珍珠丸子。」

宜薇臉上的笑意更淺了。「可見是下了工夫的。」

這話裡的意思叫人聽了都打哆嗦，外頭那人卻還不覺得，只當是誇獎她呢，腰肢一擰行了禮。「新月當不得福晉誇獎。」

周婷剛放下筷子拿了茶盞漱口，一聽這話差點把漱口茶喝下去。新月？哪個新月?!

宜薇不耐煩跟她多說一句，擺了擺手，自有丫鬟上前把她帶下去。等人走了，她才輕輕一笑。「既然她喜歡下廚房，往後我早上一道湯就讓她做。」金桂聞言應了一聲。

周婷摸不著頭緒，只好出言刺探。「這個……她好歹也是格格，怎麼做起下人的事來？」

「宮裡賜下來的，不知怎麼規矩上卻不大仔細，倒叫妳看了笑話。」宜薇淡淡說道。的確，這時候的女人怎麼會把閨名掛在嘴上呢？好像巴不得別人都知道似的。

周婷的媽媽是瓊瑤迷，什麼「梅花三弄」、「兩個永恆」，光看電視還不夠，還租了光碟回家看。周婷對劇情熟得不能再熟了，這時候冒一個「新月」出來，她覺得壓力很大。

瓊瑤筆下的新月格格就是個為了愛什麼都不顧的女人，為了跟心愛的男人相守，不惜以下犯上，甚至死也甘願。

「怎麼就叫這麼個名兒，太不吉利了些。」周婷壓下心裡的疑問，接了瑪瑙換過的茶盞，一邊看宜薇的臉色，一邊喝了口茶。

「可不是，小選也太不精心了，賜下來說是楚氏，哪裡知道還有這麼個名字。」圓滿的才吉利，這種一聽就悲切的，上頭的主子都不會喜歡。

「小選」跟「大挑」都是選秀制度，只不過小選年年有，大挑則是三年一次。

周婷吃了飯又喝了茶，日頭再盛一點時就告辭了。不管這個新月是從哪裡冒出來的，只要現在她是個「格格」，就鬧不起來。

周婷一回正院，珍珠就迎了上來。「側福晉差人來問過兩次了，求一枝蔘。」

「是給阿哥用的？」周婷現在總算能很順溜地說出「阿哥」兩個字而不想掉眼淚了，「這麼小的孩子能用蔘？」

「不是阿哥，是側福晉自己要用呢，說是每日夜裡守著孩子精神不濟。」珍珠還沒說完，瑪瑙一張臉都黑了，她竟然敢說這話！

「給她。」周婷考慮都沒考慮。折騰是吧，看我怎麼折騰妳！

一回身進了屋，周婷躺在炕上睡了養顏午覺，直到睡得臉紅撲撲的，才起來坐到暖閣裡頭臨窗琢磨了一會兒針線。

等晚上胤禛再來的時候，周婷就用溫婉的聲音「勸」他。「爺也太不會體恤人了，阿哥正病著，她又要管家，白天夜裡都不得閒，你去了，她還得侍候你，就是鐵打的人，也禁不住這樣兩頭燒。今兒還問我這兒有沒有好的蔘呢，可見是累得很了。」

胤禛什麼都沒說，只點了點頭，讚了一句加了芝麻跟核桃的酪好吃後，就出了院門。周婷見他走遠了，帕子一甩。「瞧瞧爺去哪兒了？」

不一會兒小丫頭就來回稟。「爺去了側福晉的院子。」

周婷點了點頭，皺一皺眉。等她洗了澡擦乾了頭髮，躺到床上去的時候，珍珠在她耳邊悄聲說：「爺歇在東面屋裡。」

東面？是宋氏住的屋子。

周婷嘴巴一抿，笑了。

第五章 反攻號角

屋子裡瀰漫著一股人蔘的苦味，胤禛一進門就瞧見李氏坐在那邊抹淚，身上杏黃色粉色繡紋的衣裳，在燈火下襯得她的臉蛋兒黃黃的，好像藥色都滲進了她的皮膚裡。

這段時間南院到處都是苦味，每天不間斷的藥煙把褥子、簾子、帳子都熏出同一種味道，偏偏丫頭們還每天不斷在主屋裡熏李氏最愛的玫瑰香，兩種味道混在一起，讓胤禛皺起眉頭咳了一聲。

李氏見了他就像蝴蝶見到了蜜，其實哪個院子裡沒有小丫頭看門稟報，她這是故意扭著身子等他進來呢。

「爺來了？」李氏站起身來走過去，臉上還掛著淚，一開口聲音就很柔弱。「阿哥剛才睡著了，爺要不要去看看？」

胤禛眼睛一掃就看到桌上的蔘匣，黑漆描金葫蘆的圖案，是今年剛得的好蔘，全鬚全尾，品相完好，他原本給了那拉氏叫她補身子的，她身體虛寒，一到了冬天人就不精神。李氏要蔘也罷，卻沒想到是拿了這個給她。

「這是福晉體恤妾辛苦，差人送來的。」她知道胤禛的脾氣，說是福晉給的比說是她要的，更會讓他憐惜。依她這麼多年來對那拉氏的了解，哪怕她心裡不舒服，也不會特地拿這些小事出來說嘴。

可偏偏今天周婷就說過，還說得萬分賢慧，桌子上的蔘又是好蔘，胤禛看著李氏的目光頓了頓，伸手打開了匣子，裡頭還有一枝半，那半枝蔘上頭還有個新切口。

「妳照顧孩子辛苦，吃這個也相宜。」胤禛說著，袖了手走到內室去看兒子。內室的味道更重，孩子裹在被子裡，腦門全是汗，說是風寒，太醫又要孩子發發汗，李氏就不許人開窗，連掀簾子都小心翼翼的，怕兒子又見了風。

阿哥的病到底怎麼樣，沒人弄得清楚，三、四歲的孩子又容易夭折，可四阿哥府上剛去了一個，再去一個，太醫也不敢擔這個責任，只好將風寒也當成大病那樣醫治。他們一認真，旁人就真的覺得孩子生了不得了的大病，全都緊張起來。

胤禛的眉頭皺得更深了，只覺得這屋子待起來不舒服。「太醫開的藥吃了沒？」

其實小孩子哪肯乖乖吃藥，就算用蜜餞引著也不肯，逼急了剛喝下去的還要吐出來，爐子上只好一直不斷煎著藥，小丫頭們一個人看一個爐子，煎好了趁還熱著，看準了時機就往阿哥嘴裡塞上兩口。

李氏應了一聲，剛準備開始訴一訴辛苦，再掉兩滴眼淚的時候，胤禛就對她說：「妳也早點安置吧，明兒再叫太醫來一回。」說完便轉身出去，留下李氏呆呆站在正屋裡，被冷風一刺，打了個寒噤。

一直在屋子裡伺候的大丫鬟石榴縮了縮腦袋，等了一會兒見李氏還傻傻站著，牙一咬就上前去問：「主子，還要準備酪嗎？」

李氏自從知道胤禛每天都在正院裡喝一碗酪之後，也跟著準備，如今被丫頭一提，火氣就上來了。「拿什麼！沒瞧見爺走了嗎？」

想了一會兒，她還是不知道哪裡出了錯，只好吩咐道：「瞧瞧爺去哪兒了？」

石榴領命低著頭出去了。還用瞧嗎？院子裡就這麼些女人了，還能去哪兒呢？

周婷在正院裡睡得香甜，李氏卻在南院的屋子裡扯綯了一條帕子，她咬著牙隔著窗看著院牆，眼光定定的。

胤禛像往常般來看孩子，她也準備像往常似地說一說擔憂，再訴一訴辛苦，每當這個時候，爺的臉色就會柔和許多。

可今天他一進來還沒說上兩句話神色就不對，卻又不像是惱了她的樣子。李氏咬著嘴唇，屋子裡亮到後半夜，她才吹熄蠟燭躺了下去。她翻了個身，還是覺得這事兒像是宋氏幹的，要不爺怎麼一出南院就進了她的屋子呢？

之前插手車馬房人事那一回，雖說被她給圓回來了，但換人的事就是宋氏捅出去的，不然換一個車馬房的人，爺又怎麼會知道呢？李氏氣得半夜睡不著，喊了兩次茶，好不容易迷迷糊糊睡著了，又被茶水憋得起來小解，折騰了一晚上，別說是她，就連守夜的石榴也沒睡好。

第二天周婷送胤禛出門時，他的神色格外溫柔。「那樣的蔘是兩匣子，一樣的盒子裝的，叫蘇培盛找出來送到妳屋裡。」說著還朝她點點頭，好像安撫她受了委屈似的。

周婷也沒多想，這是補給她的，當然要收著。她站起身來象徵性地為他理理衣裳，嘴上還要來兩句虛的。「我哪裡缺這個了？不過如今還用不著，想著是好東西，白放著可惜了。」一邊說邊一路跟他到前廳門前，看著他走出去。

李氏翻騰了一夜誤了起床的時辰，急忙梳洗換衣服，一路上趕過去的時候，還在想著要說些什麼把胤禛的注意力拉回來。等去了前廳，才知道胤禛已經走了，桌上的茶還冒著熱氣，人剛走沒多久。

周婷看到李氏眼睛底下一片青灰，微微彎著嘴角問她：「送過去的人蔘要吃，妳的臉色瞧著不大好呢，爺剛還說要太醫來了以後也幫妳瞧瞧，看看怎麼調養才好。」

經過前一夜，宋氏的眼角眉梢都帶著喜色，此時聽到周婷這樣說，就有心奉迎兩句，順便暗踩李氏一腳。「福晉說得是，就因為阿哥病著，姊姊才更要愛惜自個兒的身子骨。」

李氏咬著牙根笑了笑，一開口聲音還是很柔弱。「謝福晉關心，妾還撐得住，只是阿哥這幾日不肯用飯，臉上都不見肉了，妾也是憂心太過。」

「可是藥喝得太多，壞了胃口？」周婷細問過，這麼小的孩子本來飯就吃得不多，只能少量多餐，天天還要灌個三碗藥下去，胃口壞了就更不想吃飯了，不吃飯光喝藥，哪來的營養呢？不瘦才怪。

「太醫囑咐的，一天三次，喝完了藥就發汗。」李氏迅速地答道。

這意思就是拒絕了。周婷不惡毒，但也絕對不是聖母，不會趕著教人懷疑她的用心，聽李氏這樣說，也就作罷了。她站起身來說道：「叫丫頭、嬤嬤們都盡心，等阿哥好了，自會賞她們。行了，妳們院子裡事也多，散了吧。」說完，帕子一抽搭著瑪瑙的手回去了。

一進正院瑪瑙就開始幸災樂禍，但因為周婷才剛告誡過她們，不好說得太過。「也不怕人蔘性熱燒心。」

家是李氏在管，藥庫裡什麼沒有，就算沒人蔘，叫人去置辦也便宜得很，偏偏巴巴地差人來跟周婷要蔘！

周婷微微一笑，對瑪瑙說：「把抹額拿來，我再扎上兩針。」一天扎幾針，就慢慢熟練了起來，再加上有那拉氏的底子在，很容易就上手了。周婷準備做好以後，下次進宮時送給德妃。

本來抹額秋天戴正好，現在快入冬了，周婷就琢磨著加上一圈毛。她記得以前看紅樓夢裡的鳳姊好像戴過一個，就不知道是怎麼弄上去的。

「主子，蘇培盛送蔘來了。」珍珠稟報道。

周婷還沒見過這位四爺秘書，也從沒見過太監這種生物，但在她很小、電影也還不那麼普及時曾經看過一部老電影。裡面的老太監對小皇帝非常好，到死了還帶著小皇帝小時候喜歡玩的東西，但小皇帝卻對他又打又罵的。她看電影時還哭了，覺得那些壞蛋怎麼能欺負老人，她還一直以為那個老太監是小皇帝的爺爺，覺得小皇帝真不孝順。從此以後，她就一直認為太監是可憐人。

蘇培盛進來時，周婷正好回想到電影中最慘的那一幕，她眉頭微微皺著，看著眼前的蘇培盛，就覺得他也很可憐，於是和顏悅色地叫珍珠也幫他上一碗酪。蘇培盛愣了愣才謝賞，回了話把蔘匣遞給丫頭後，告退出去。

跟在胤禛身邊的人最知道他的脾氣稟性，蘇培盛原先沒怎麼接觸過這位女主人，就算接觸，也是她問他答。只知道她是很方正的一個人，跟四爺的性子很像，偏偏這兩個很像的人卻處得不像夫妻，反而像上司和下屬。

他一路走著，到前院腰就挺了起來，看起來府裡的風向又要變了。

瑪瑙打開匣子給周婷看，原本她還埋怨過周婷不該這麼大方，現在卻不得不服了。送出去一枝半，拿回來整整三枝，還是從爺的私庫裡拿出來的，意義不同，果然跟珍珠說的一樣，主子做什麼都是有道理的。

太醫來了一會兒準備要走的時候，大格格屋子裡的丫頭就在周婷院門口探頭探腦的，叫進來一問，才知道大格格病了。李氏一門心思都在兩個兒子身上，就怕小兒子也過了病氣，大格格又是不聲不響的個性，自從免了每日的請安，她就沒在周婷面前出現過，要不是這次，她還想不起來胤禛有個女兒呢。

周婷馬上指派珍珠去大格格住的屋子，大格格正歪在炕上，臉上帶著紅，身體軟綿綿地靠著枕頭，見到珍珠來了，還想要坐起身來。珍珠是代表周婷來的，哪怕是個丫頭，她也不能躺在床上。

珍珠瞧大格格這個樣子，趕緊擺手，走上去告了聲罪，把手往大格格額頭上按了按。大格格側著臉咳了兩聲，珍珠就問：「伺候的丫頭呢？是什麼時候開始燒起來的？」

一問丫頭才知道，李氏那裡根本沒有那麼多人手來煎廊下那一排藥，小阿哥那裡的人不好動，只好把大格格這裡的丫頭給抽走，院子裡亂成一團，早上連個拎熱水的都找不到，全都去看著藥爐了，這兒只有兩個大丫頭輪流照顧她，什麼事都要她們做，一個沒顧好，大格格就吹了風。

太醫剛走到前院，還沒出府門，就又被叫了回來，李氏院子裡的丫頭們趕緊四處躲散迴避。大格格躺在暖炕上頭，帳子遮得嚴嚴實實，只露出一隻包了帕子的手，太醫診了一會兒脈，跟著等候的婆子到正院裡向周婷回話。

「怎麼一個還沒好，一個又病了？又是風寒？」周婷的媽媽最相信中醫，一到冬天就去醫院裡排隊買補藥，還經常買芝麻跟核桃磨成粉吃，說是有病治病，沒病強身。大格格在這裡一直吃得好、穿得暖，三天、五天就請一回平安脈，怎麼還能風一吹就倒呢？

太醫也覺得奇怪，這一年四阿哥府上生病的人也太多了些，他趕緊搬出一堆道理，什麼「真虛受損」、「邪因虛入」，周婷半懂不懂，只知道大意就是大格格累著了，再加上季節交替，抵抗力弱的人就容易感冒發燒。太醫又囑咐病人好好將養，不要太過勞累這類的話，留下一張方子，就捏著紅包走人了。

等太醫離開，周婷立刻去了大格格的屋子。李氏正坐在女兒床前罵丫頭，周婷一進去，她趕緊站起來行禮。李氏現在一張臉熬得黃黃的，眉頭皺在一起，這下就真顯出年紀大了，襯著她平時的鮮嫩裝扮，像是忽然老了五、六歲。

大格格掙扎著想要起來行禮，李氏一把按住她，不讓她起來。「福晉恕罪，她起不來呢。」

周婷本來也不會為難一個小女孩，她生病了還非要她起來行禮，但看李氏這麼做，還是在心裡挑了挑眉毛，一張口語氣就有些淡。「妳若缺人，從那裡抽一些便罷了，怎麼能讓她吃苦。」

李氏的臉色有些尷尬，大格格囁嚅著說不出話，兩個大丫頭也不幫李氏說話，只有大格格的奶娘鄭嬤嬤在旁邊插嘴了一句：「阿哥病著，側福晉辛苦……」

她話還沒說完，就被瑪瑙打斷了。「主子辛苦，難道嬤嬤也辛苦不成？大格格病了，竟然沒有人過來回話，嬤嬤是怎麼值的夜？」

有些話主子能說，下人不能說。周婷對丫頭、婆子道一聲「辛苦」是體貼她們，奴才又怎麼能說主子辛苦呢？鄭嬤嬤也知道自己說錯話，立刻閉上了嘴。

周婷掃了李氏一眼，她很知道這女人在想什麼，兒子當眼睛珠子一樣疼，女兒就疏忽許多。下人們雖然不敢陽奉陰違，但藉口在李氏那兒幫忙偷點小懶，肯定是有的。

周婷叫過大格格的大丫頭山茶。「太醫說是勞累所致，一屋子的丫頭、婆子，倒讓格格勞累了？」

周婷這話是同時說給李氏聽的，她慣常向胤禛訴辛苦，一聽這話面子就有些掛不住，但又不好開口，臉色從黃變青，捏帕子的那隻手不禁緊了緊。

「十月底是主子爺的生辰，大格格趕著想做繡件給爺當賀禮。」山茶一說完，大格格就抿起了嘴巴。她學了兩年針繡，東西做得不壞，很想趁她阿瑪的生日顯擺一下，但愈是精心，就愈怕繡不好，都已經拆了好幾次，再不趕緊就來不及了，這才做得晚了些，誰知道剛兩天身體就承受不住。

「大格格這是孝順爺呢……」周婷還沒說話，李氏就先幫起女兒。

她話才剛起，周婷一個眼風就掃了過去。李氏畢竟有些心虛，閉上嘴不敢再說。女兒病了她竟一點都不知道，而這屋子裡的丫頭也該打，竟然越過她去找了福晉。

「知道妳孝順，可也不能由著性子胡來，嬤嬤們說了不聽，就該來告訴我才是。」周婷溫言相勸。大格格只有九歲，細看的話，嘴巴、眉毛都長得像她阿瑪，特別是一雙眉毛襯得小臉冷冷的，一看就知道是誰的閨女。

周婷安慰了兩句，又交代下去不許再讓她碰繡活，大格格著急了。「額娘！」

這都九月底了，她想做個繡屏，再配上玻璃和木頭架子，這會兒趕工都晚了，哪還能再拖。

「妳身子好了，妳阿瑪才高興，其他全是虛的。」周婷嚴厲地盯著丫頭們看了一圈，在瞧到鄭嬤嬤的時候，眉毛動了動。

李氏被捏住了把柄，一個字也不敢多說，恭敬地送周婷出了院門，一回來就埋怨。「就不能差人來說一聲？」

大格格心裡也有怨氣，她雖然不去向周婷請安，但日日都要去李氏的屋子裡看看小弟弟，連著兩天沒去，親娘竟然也沒問一句，於是扭過頭不說話。最後是底下的丫頭們遭殃，每人罰了一個月的月錢。

丫頭們這些日子本來就忙得團團轉，沒盼到賞還多扣月錢，全都垮著臉，當面不敢議論，背地裡則都說李氏不如周婷寬厚。

「這鄭嬤嬤也太不知道規矩了。」只要是李氏院子裡的人，瑪瑙就覺得全都不順眼，就算奶過大格格有些顏面，也不該當著周婷的面說那些話。

珍珠扶著周婷的手，一路從花園繞回正院，把消息說給周婷聽。「碧玉打聽過了，原來小丫頭跟李氏稟報過，正巧阿哥吐了藥，屋子裡忙成一團，沒人理會她，這才去了咱們院裡。」

「她倒是忠心，只怕這回要吃苦頭。」周婷說著，心裡卻在盤算另一件事。大格格的阿瑪，她的掛名丈夫要過生日了，要不是山茶說起來，她都忘了。而李氏恐怕也不記得，兩個兒子就夠她忙的，何況現在又加上一個一向省心的女兒。

她雖然現在甩手什麼都不管，但萬一這事落在她身上，她肯定不能讓人挑出錯來。周婷努力回想過去幾年的舊例，好像除了剛建府那年大辦了一回，這幾年都是請幾個兄弟跟眷屬到府內喝酒、吃飯、聽戲，女眷喜歡熱鬧地隔著水臺聽戲，男人們則有酒就能打發了。

可今年要怎麼安排呢？家裡剛死了一個，又病著另兩個。周婷嘆了口氣，決定先問冷面四討過主意再說，免得她安排好了，又不合他的心意。

第六章 代養幼女

胤禛沒有先到周婷這兒來，反而先去了李氏的院子。李氏昨天準備的苦水沒倒出來，今天又添上了新的，整個人就像被浸在苦汁裡，一張口就是哭訴，原來還有兩分撒嬌的意思，這回沒顧得上掩飾，苦水全部倒了出來。

「大格格也太懂事了些，知道弟弟生病，自己不舒服就忍著不說。丫頭們不規矩，有什麼事不回我，竟越過我去找福晉，這班奴才，我忙亂了幾日就弄起鬼來。」

李氏本來還想再拐著彎說說其他的事，包括周婷叫人盯著她的院子啦、周婷怎麼給她眼色看啦，說詞都想好了——「福晉責備妾也是應當的，這是心疼大格格呢」。

誰知這番話還沒來得及用上，胤禛就沈了臉。「既然妳顧不過來，就把大格格挪到正院去吧，等兩個都養好了，再挪回來。」

李氏愣住了，剛準備端著茶膩上去的身子陡然往後一仰，臉上帶著的笑也凝住了。

「挪，挪過去？」她手一抖，茶水就撒在前襟上。

原先那拉氏一直沒有孩子的時候，想過抱一個女兒養在院子裡，橫豎只是個女孩。當時府裡只有李氏生育過，前頭兩胎還都是女兒，那時她尚且不肯，更別說是現在了。

胤禛皺起眉頭看了看李氏。從弘暉開始，這院子裡生病的人就沒斷過，他倒是真心為了孩子著想，一方面是覺得李氏照顧不過來，另一方面也覺得她能力有限，之前弘暉病得那樣重，那拉氏還把家裡管得好好的，萬壽節、太后生辰這些事全都沒讓他操過心，這一比較，就顯得李氏禁不起事兒了。

「爺！」李氏的嗓子驟然尖了起來，把胤禛嚇了一跳。「妾確有不對，福晉怪罪也就罷了，怎麼還要把大格格挪出去呢？她可是妾的心頭肉啊！」

關心則亂，李氏一張嘴該說的、不該說的全都脫口而出。「阿哥正在生病，福晉怎麼能在這時把大格格要走！」

胤禛的臉黑了。他眯起眼睛看了李氏一會兒，藕色的衣裳原本能襯出她的好膚色，現在卻顯得她老態，豐潤的臉頰一瘦下來，下巴尖得嚇人。

李氏剛說的話是不規矩，但他也還體諒她是孩子生病了憂心所致，並不多加責備，只抿著嘴唇頓了頓。「妳多歇息吧，明兒天好了就把她挪過去。」

他本來就不是來徵求李氏意見的，說完話他就站起身來朝正院去，這事兒除了李氏，還得知會周婷。

那拉氏肯定不會不願意，她老早就想養個女兒在身邊，所以一直都對李氏生的兩個女兒不錯，後來只有大格格一個活下來，她也就不再說什麼「抱過來養」的話了。

本來庶女養在嫡福晉的院子裡就是體面，就算是側室之間換著養孩子也是宮裡的慣例，十三弟不就養在母妃這兒嗎？

胤禛在後頭走，蘇培盛在前頭打著燈籠。他是近侍太監，內宅也不用避嫌，就站在門外，裡頭說什麼聽得真真切切。李氏那嗓子也把他嚇了一跳，但又不覺得奇怪。說起來，他跟李氏打交道的時間還比跟那拉氏長呢，這位側福晉是什麼性格他摸得很清楚，她既然認定是福晉唆使的，那後院這一池春水就又要攪起來了。

蘇培盛能得胤禛的喜歡不是沒道理，太監之流本就慣會揣摩主子的心意，蘇培盛又是有些聰明的，想了想，還是在心裡搖了搖頭。他悄悄側頭打量了胤禛的臉色一下，內心琢磨恐怕這事兒辦得是兩邊都不高興。

周婷當然不高興，她本來都要睡了，既然掛名丈夫沒來，那肯定是去了小妾那兒，用不著她再操心，頂多明天早上去請安的時候順嘴說一下大格格病了的事。結果他現在竟然說要直接把人給挪過來，之前也沒問過她一句！

胤禛是臨時起意，既然李氏管不好院子，那麼身為正妻的那拉氏自然應該分攤，他沒覺得有什麼不妥，周婷卻不這麼想。

多個人可不是多雙筷子那麼簡單，要是小孩子，周婷說不定還會心動一下。她喜歡小孩子，後院的生活也實在寂寞，如果不是李氏的，隨便誰的孩子，她只要一句話就能抱過來，可是大格格已經九歲了！

九歲的孩子能懂是非、辨親疏了，周婷對她再好也沒用。幫別人養活孩子就算了，還是幫小妾養活孩子，更何況這孩子已經養不熟了，這是把她當保母了吧，還是完全免費的那種！

周婷一口氣差點兒沒提上來，她咬牙忍了半天，對著正坐在桌前喝芝麻核桃酪的胤禛慢慢露出一個微笑。「這倒是好事兒，只是爺也該問過大格格的意思才是。」她緩緩吐出一口氣，接著往下說：「大格格可不是三、四歲的小孩子，在親娘身邊待了這麼久，一時之間叫她挪出來，指不定怎麼想呢。」

「為人子女，自當遵從父母。」胤禛的眉頭又皺了起來，跟大格格不高興的時候一個樣。

周婷不能直說，只好勸道：「要不，等她身子再好一些。爺不知道吧，大格格是為了要繡給你賀禮，才吹了風生病的。孩子孝順，父母自然也要為她著想。」拖到她病癒，肯定就不用挪了。

胤禛的臉色果然柔和下來，他一隻手捏著茶蓋，撇了撇茶碗裡的茶葉，並不急著喝。「這才是為了她考慮，那邊我已經說好了，明天天氣好就挪過來，屋子也是現成的。」

你怎麼不直接說保母是現成的呀?!周婷氣得差點翻白眼，這不是沒事給她找事嗎？李氏會捏鼻子認了才怪！

周婷向來不是個被動的人，到這個境況，她只好主動出擊。「既然如此，我這就安排人手，我看大格格身邊現在跟著的都不大機靈。」

來一個女兒就算了，再跟來一堆不知道底細的下人，那她待在自己的院子裡也跟坐牢似的。原本那拉氏就將這裡把關得像鐵桶一樣，她絕對不能再開任何口子。

胤禛同意這點。李氏的抱怨他也不是一句都沒聽進去，雖說李氏不知道女兒生病了是她的不對，但下人不及時回報也有問題，現在一併交給周婷處理剛好。「妳看著覺得好的就留下，瞧著不好就打發回去。」

周婷聽了，先吩咐珍珠去收拾屋子。「去把臨窗那間收拾出來，大格格喜歡繡花，讓她抬起頭就能看看景兒，也好舒散舒散。」

周婷口中那間屋子離正屋有點距離，離門也遠，這樣大格格的人要出去，或者有人要找她，都在周婷的眼皮底下。

胤禛滿意地點點頭，還坐著不動，周婷有些發慌，這活閻王不會是要留在這兒過夜吧？不過她的反應很快。「把我箱子裡大格格能用的東西都揀出來，我記得有對白玉瓶，拿出來幫她擺上。」

她一邊說，一邊又不好意思地跟胤禛打招呼。「時間緊，今兒就得安排好，爺要不先去歇著吧。」

也許是那拉氏賢慧得太過頭了，胤禛竟然一點都沒察覺不對勁，還很滿意她把他交代的事放在心上，喊了一聲。「蘇培盛。」

蘇培盛拿著匣子就進來了，他有點不敢抬頭看周婷。

盒子往上一托，自然有ㄚ頭接了過去，胤禛難得衝著周婷勾了勾嘴角，大方地把手一揮。「妳有什麼要添置的就添置，從這裡頭出。」說著指了指盒子。

周婷等胤禛走了才打開盒子，裡面整齊地放著十錠金元寶。她的眼睛一下子亮了起來，要不是當著ㄚ頭的面，她還真想拿一個起來試試看是不是咬得動呢。倒不是周婷貪財，但有償勞動和無償勞動的積極性本來就不一樣，知道有酬勞，她就有動力多了，不過就是感冒嘛，難道還能一個月好不了？

周婷開始覺得胤禛不錯，以前加個班還要看老闆的心情才有加班費，現在他一揮手就是真金子啊！

瑪瑙偷偷看了珍珠一眼，兩個人眼裡都有憂色。

周婷覺得是好事的，她們反而認為這是爺不重視主子，哪家的男人不是直接買首飾，怎麼會甩銀子呢？本來府裡的銀子就該歸老婆管嘛！

而周婷覺得是壞事的呢，她們倒覺得是好事。走了弘暉阿哥，來個大格格也好讓福晉高興高興，她本來就一直想要女兒的。

於是在周婷不知道的時候，兩個ㄚ頭為了她一喜一憂，她還兀自高興呢，這是她的私房錢啊！然後周婷想了想，這大概等同於秘書的治裝費？要做兩套衣服給老闆看看她沒有貪污？也好，上次宜薇說要做新衣服、打新首飾的，就跟她一起做好了！

開箱籠、掛帳子、添加擺設的事兒就不是周婷的了，找到藉口騙走掛名丈夫，她就把剩下的事都交給兩個大丫頭，自己則躺到燒得暖暖的炕上準備睡覺，明天還要進宮請安呢，她可不能留下黑眼圈。

屋子離得遠就是有好處，那邊忙得熱火朝天，周婷還一點兒都聽不見，睡得安安穩穩。今天值夜的是碧玉，她縮著腦袋等了一會兒就吹熄了燈，外頭還在忙的丫頭就知道手腳要再輕一些。

珍珠、瑪瑙兩個人比周婷還要緊張，就怕李氏借著屋子裡的東西生事，說周婷苛待了大格格，可真要給她換上好的，又不甘心。

珍珠剛去過大格格屋子，就由她盯著丫頭整理，帳子、簾子、靠墊全都換成一水兒的深紅、淺紅。這可不能由著大格格的性子來，小孩子的屋子哪能這麼冷清，就算大格格喜歡，也不能在主子的院子裡用些青的、灰的、藍的，主子才剛回轉過神來，可別再讓她想起弘暉阿哥。

瑪瑙負責掌管周婷的東西，剛剛她說的那對白玉瓶，是上了爺的譜的，必須擺出來，還得從主子從前的嫁妝和這些年攢下的東西裡揀合大格格用的擺上。

瑪瑙想了一會兒，就要人把一件三扇的屏風拿出來。大格格是暫住，病好了還要離開，犯不著給她那些輕巧貴重的東西，屏風就不一樣了，畫著踏雪尋梅，精緻、貴重又合季節，更不能說拿就拿走，而且看起來還讓人感覺主子對大格格上心，於是瑪瑙抿著嘴讓婆子們把東西從私庫裡搬出來。

珍珠看了就笑。「這色兒倒是搭上了，就怕大格格不喜歡紅的。」那邊屋子裡可沒半點紅，連牡丹、芍藥這些富貴花樣的擺設都不見，倒是有個水仙花的小臺屏擺著，卻又太素了些。

瑪瑙皺了皺眉頭。「我聽說大格格喜歡素的，就快要過年了，哪家會用素的？」此時離過年還早呢，珍珠動了動鼻子。「我記得早些年主子有個挺喜歡的牙雕山水，想必大格格會中意。」

兩人對看一眼，誰都沒說要把它擺出來，畢竟這個稍顯貴重了，可主子屋子裡撤下的東西，哪件不貴重呢？瑪瑙的箱子裡倒是有一批舊得不能再用的東西，但那是準備賞人用的，也不能給大格格，這事兒還真得周婷發話才行。

珍珠想了半天。「我記得原先有人孝敬過一對八寶玻璃座燈，要不把那個擺出來？」又占地方又好看，上頭還有圖案。

「這個好，主子嫌它晃眼，從未曾用過，正好添在這裡。」瑪瑙點點珍珠的眉頭。「妳這丫頭機靈，要我說，還該擺兩個瓷器出來才是。」

忙到後半夜才算整理好了，丫頭、婆子們全都沒了精神，但周婷發過話，只要加班就有加班費，所以她們雖然疲累，卻沒有抱怨。鎖兒還悄聲跟別的丫頭講姊姊扣兒在南院被扣了月錢的事，幾個丫頭聽了就衝著南院齜牙咧嘴，慶幸自己沒派到那兒去。

第二天一早周婷還在梳洗，胤禛就來了，他一進屋就問：「大格格的屋子整好了沒？」

周婷說的好話還是有用，父母都喜歡孝順的孩子，聽說大格格是為了幫他賀壽才生病的，他對女兒也就上了心。

周婷眼睛掃向瑪瑙，見瑪瑙點了點頭，就笑。「自然都弄好了，丫頭們到下半夜還沒歇下，我還說每人打賞一百文錢呢。」

做了事就要擺到明處來說，光做不說是傻子。周婷剛進公司時很老實，幹了活加了班也沒人知道，後來公司裡的老員工指點她，這個老闆喜歡員工經常加班，做了事就得讓他知道。後來周婷加班時，總要找各種理由打電話或發簡訊，表面上是請示老闆，其實就是要老闆知道她比別人認真、用心。周婷估計冷面四也吃這一套。

果然，她一說就看見他微微點頭，還加了句：「用心當差，自然賞得。」

周婷笑了，引著胤禛過去。瑪瑙和珍珠都能想到的事，她當然也想得到，叫他親眼去看看，好打個底，要是李氏再翻弄口舌，可就是她自己倒楣了，這叫防小人不防君子。

這種事胤禛問過也就結束了，但既然周婷有心叫他去看看，自然能找到理由。她把碗一放，喝了口茶漱口後，說道：「今兒還要進宮給母妃請安呢，我把她賞我的一對白玉瓶給了大格格，總要讓她也知道。」

那對白玉瓶還真是德妃賞的，聽到周婷這樣說，胤禛還問：「可有不妥？」

「看爺說的！若有不妥，母妃怎麼會賞下來，我怎麼會給大格格呢？」上頭賞下來的東西數量都很清楚，還會歸檔，真有違制的地方，也到不了那拉氏手裡了。周婷內心覺得奇怪，這些事情胤禛該知道才是啊，怎麼這麼小心呢？

兩人說話的工夫，就到了大格格要住的屋子。窗子打開了，還點了水仙香，總要讓這屋子裡有點人氣，還是珍珠說大格格喜歡清雅點的，才找出水仙香，點一個上午，等大格格搬進來也熏得差不多了。

審視屋子的過程中，胤禛還沒什麼反應，可周婷的眼睛珠子卻快瞪出來了。檯燈……落地式的，還帶著玻璃罩！

她的反應珍珠跟瑪瑙自然注意到了，兩個丫頭面面相覷，主子不是不喜歡這燈嗎？

胤禛也看到了那對燈。「這東西倒也有些用處，就是容易爆，還得讓人看著用才行。」

周婷趕緊吸了一口氣說道：「這東西亮堂，大格格喜歡繡活，把眼睛熬壞了可不行，就給了她這對玻璃燈。」

邊說她邊暗忖，也不知道這燈還有沒有，趕緊幫她也弄一個吧，以後她就不用天一黑就閉眼了。

「把這邊的東西換成花瓶吧。」想了一想，好像庫裡就只有一對玻璃燈，於是周婷開口換下一個來。「把這個燈撤了，擺個盆景進來，也好添點綠意。」

轉了一圈，胤禛大致上滿意，還指點了兩處「這裡擺個金魚缸」、「這裡換上竹簾子」，周婷多少知道一點大格格喜歡的東西，現在才明白原來這父女倆的審美觀差不多。兩個人一個要早朝、一個要請安，看過屋子就不再磨蹭了，一同出門的時候，胤禛對周婷說：「妳既然喜歡那燈，就要蘇培盛再去辦一對新的，他知道哪家這個燒得好。」

周婷有些臉熱。她不是存心的，也不想跟小姑娘搶東西，但玻璃燈實在太現代了，一時之間心動沒忍住，心思就露出來了，不過她嘴上還要說：「欠著母妃一個抹額呢，總說要做，到了夜裡又熬不住，所以才想起那燈來。」

胤禛頓了頓，他從來不知道那拉氏還幫德妃做過東西，聽這口氣還不是只做了一、兩回，他輕輕咳了一聲。「明兒就叫他弄來。」說著上了車，背過身去時看起來還真有些瀟灑的味道。

珍珠和瑪瑙對視一眼，都覺得主子開竅了。這才對嘛，平日衣裳、鞋襪做了那麼多，爺卻從來不知道，主子又不屑跟南院那位一樣，縫個襪子還要喊上三天辛苦。這回主子倒做得好，就該讓爺知道才是，會哭的娃有奶喝嘛！

周婷去的不早也不晚，寧壽宮裡還沒坐滿，太后年紀大了睡得少，一早就穿戴整齊地等著小輩。

上了名牌的妃子陸陸續續到了，八福晉宜薇才姍姍來遲，一邊告罪一邊甩著帕子嗔道：「都怪四嫂才害得我來晚了。」

周婷跟她熟悉了，就笑著接了一聲。「該打才是，妳來遲了怎麼怪我？」

「四嫂府裡乒乒乓乓鬧了一晚上，我就在被窩裡琢磨了，這到底是拆屋子還是上房呀，弄得我半宿沒睡著覺，這才遲了，自然要怪妳。」八福晉借著說話往惠妃身邊一坐，口裡還接著說：「德母妃快幫我問她，這到底是幹什麼呢！」說著就朝周婷眨了眨眼睛。

由於八阿哥母親良妃出身較低，因此自幼便交由大阿哥的生母惠妃撫養，算起來是八福晉的婆婆，同她親近些也是自然。

周婷捏著帕子笑得端莊。「這是咱們大格格病了，爺說要挪到我屋子裡來，說風就是雨，這會兒怕已經挪好了。原本簾子、帳子什麼都沒有呢，可不就準備到了下半夜，偏妳耳朵靈！」

「大格格病了？」說到孩子，德妃也很關心。

太后聽了八福晉一串話正笑著呢，聽周婷一解釋，也跟著問：「聽說病的是阿哥呀，怎麼是格格？」

這時候不表現，什麼時候表現？周婷緩緩吐出一口氣。「可不是，之前太醫來幫阿哥瞧風寒，大格格那邊的小丫頭過來支支吾吾的，話又說不清楚，我差人去問，才知道大格格也病了。」

不是周婷不厚道，李氏的存在對她真的是很大的威脅，愈是模糊她的存在，對她愈是有利。

德妃一雙好看的眉毛微微皺了起來。「下頭人也太不精心了。」誰都知道那拉氏想抱個女兒沒抱成的事，雖然李氏進門早，但德妃見她的次數有限，當然就更偏向那拉氏。「她額娘也是，怎麼這麼不小心呢！」

「我把母妃給我的一對白玉瓶擺進大格格屋子裡，她屋外幾株臘梅剛含苞，正配得上這白玉瓶。」周婷淺笑道。

德妃輕輕拍著周婷的手，目光含著笑，屋子裡幾個福晉相熟的就交換了個眼色，年輕的則露出異色來。四福晉變聰明了呀，原來只會請罪，話雖然說得端正大方，卻沒有這樣討巧。

周婷因為這一齣戲，回府時又帶上一堆德妃的賞賜，就連皇太后都說「妳既把妳母妃賞的給了大格格，那我這兒一對就給妳吧」。拿出來的是對牙雕花瓶，質感細膩，上面的圖也雕得精緻得很，擺在妝檯上正相宜。

周婷和宜薇結伴回去，坐了她的車。宜薇還調侃周婷。「四嫂也開始壞起來了，妳說，光那對牙雕的花瓶，妳可怎麼謝我？」

周婷抬起手來捏了捏她的臉。「妳快老實說了吧！什麼吵得睡不著覺才來晚了，我可不信。」

宜薇臉色一沈，吸了口氣。「哼，還不是那個楚格格。」想了想才又說：「昨兒夜裡竟敢溜到前院裡去跟爺『偶遇』！」

「這，這也太不老實了！」周婷對古代的規矩還沒深刻到融進骨子裡的地步，但也知道哪些事可以做，哪些不能做，這難道還真是個穿越女?!

「可不是，正巧被爺的幕僚瞧見了。」宜薇一個冷笑。「再這麼下去，難保不弄出些醜事來，院子裡上門的全部我發落了，她正禁著足呢。雖說是宮裡頭賜下來的，可……」

宜薇後面半句話沒說出來，但周婷已經明白了她的意思。咬了咬嘴唇，掙扎了一會兒，周婷就沒再說話。

要是那位同鄉能明白世態最好，若是到最後還不明白，也只能由得別人發落了。

第七章　守株待兔

一回府，周婷就搭著瑪瑙的手進了花廳。「家裡一切可好？」她剛進來的時候沒聽見一丁點動靜，按時辰算，大格格應該已經搬過來了呀？

「主子跟爺出了門，那邊就鬧了一回。」珍珠是特地被周婷留下來看著的，她做事比瑪瑙機靈，有她在周婷更放心。

「怎麼說？」周婷問道。

「側福晉不肯動呢。」珍珠低著頭，周婷不在正院時，一切事務全是珍珠做主。「我去請過兩回，都沒見著大格格的面。」

按規矩，她還要在李氏那裡打聲招呼，李氏能好好地把大格格送來最好，即便說兩句酸話也屬正常，但不讓人動大格格，就不對勁了。

「她這是存心想鬧出來。」周婷說完這句就不動了，此時碧玉送上茶來，她掃了一眼，吩咐道：「上幾樣點心，甜的、鹹的都要。」

「主子，爺可說了，正午就要挪過來。」周婷不急，瑪瑙就皺起了眉頭。就連她都知道，李氏這是逼著周婷去她院子裡跟她說軟話，好借著這個扳回一城來。

周婷不去，李氏就不讓大格格過來；去了，她又能找到藉口明示暗示福晉給她臉色瞧。

原本的那拉氏是胤禛一個口令就一個動作的人，他說正午要挪進來，她就絕對不會多出一分鐘。那拉氏不是軟弱的人，李氏又擺明了不合作，這個臉是甩定了，李氏的黑狀也告定了。

可現在大格格來不來，周婷還真的無所謂，反正掛名丈夫給的錢不可能再要回去，她就偏不動，看最後急的是誰。

碧玉上了幾樣奶製點心，她很快就摸清楚周婷現在的飲食習慣，知道她更愛甜食，四樣裡有三樣是甜的，另一樣是周婷誇過不錯的蝦餅，還有一小碗燕窩粥。

周婷拿起銀勺子，一點點往嘴裡送燕窩粥。有本事就來，她才不怕呢！在宮裡可是剛得了德妃的誇獎和寬慰，就連婆婆都覺得是她受了委屈，可見原來的那拉氏賢慧成什麼樣子。

瑪瑙還想說什麼，珍珠推了推她。「姊姊就由著主子吧。」

主子的性子愈來愈像未嫁之前了，但日子卻愈過愈好了。以前爺可從來沒有給過主子銀錢做私房，還有今天早上說的玻璃燈，那可不是「賢慧」就能討過來的。

「主子，宮裡頭的賞賜到了。」翡翠進來回了一聲。

「請送東西來的公公喝碗熱茶，再叫幾個仔細的丫頭把宮裡賜的東西攤開來。」周婷放下碗擦擦嘴使了個眼色，珍珠就捏了紅包過去了。

因說是裝飾屋子，太后跟德妃賜下來的大多數是擺設，周婷就叫婆子們抬進來，一件件拿出來擺在院子裡，正好蘇培盛去置辦的玻璃燈回來了，那東西更占地方。

「叫他進來回話吧。」現在周婷知道太監的聲音並不是特別尖細，甚至臉上還要抹粉塗紅，那全是電視劇拍出來的，他們就是很一般的模樣，只是聲音比平常男人細一些，反正什麼娘娘腔的歌曲沒聽過，周婷一點也沒覺得不習慣。

「給福晉請安。」蘇培盛一進來就先請安，他自然看見擺出來的兩只箱子。他的消息靈通，知道今天周婷帶著賞賜回來了，腰就彎得更低一些。「落地的大玻璃燈兩座，還有擺在炕上的炕燈和妝檯上的妝燈，全都是加厚的玻璃，不容易爆，馮記是做這個起的家，福晉儘管放心用。」

周婷對他當然要和顏悅色，談話間還要帶到大格格。「炕燈就罷了，妝燈有沒有為大格格備一個？」

蘇培盛抬起眼睛打量周婷的神色，看她笑的樣子，心裡打了個突，趕緊又低下頭去。「有兩種花樣，一個拿了一樣過來。」

「你辦差爺都是誇獎的，我自然也放心。」周婷說道。

瑪瑙很自然地拿了紅包過去，只不過因為這事是胤禛吩咐的，蘇培盛就不敢拿這份紅包。周婷見狀，又加了一句。「大冷天兒的要你跑一趟，這就當是喝茶了。」

蘇培盛這才謝過，出了屋門。

院子裡擺著玻璃燈和好幾樣貴重的擺設，周婷沒想過獨吞，這裡面有幾樣看著也是給大格格的，但是怎麼給，可是她說了算。李氏試了幾回都沒得到好處，竟然還一門心思地鬧騰，她到底是為了女兒，還是為了寵愛？是覺得一向依著她的胤禛，不愛她了？

周婷為自己的想法掉了一身雞皮疙瘩，她咳了一聲，瑪瑙就在一旁問道：「主子可要喝茶？」

「主子，那位公公進來的時候，蘇公公正好送玻璃燈來。」珍珠掀了簾子進來，臉上帶著得意的笑。「我就順口說那是給大格格的。」

周婷衝著珍珠點點頭，有一張嘴說給宮裡聽自然更好，她不想跟李氏糾纏，奈何李氏認定這事兒的根在周婷身上，她也犯不著跟她解釋。反正這事就算辦不好，太后跟德妃也全都知道了。

裝模作樣地差人拿了幾樣擺設往大格格的屋子添減幾回，又吩咐好廚房將大格格的飯食送到正院來，她人沒來，周婷也要當成她已經來了。等胤禛看到的時候，院子裡已經萬事俱備，只有他說的那個女兒還沒挪過來而已。

周婷打的是這個主意，李氏也不笨，她一開始還堵著口氣，也算準了那拉氏不會放任不管，只是不知道皮還是這具皮，心已經換了。

「主子，我瞧福晉那邊可一點也不急呀。」這幾天李氏的脾氣特別不好，石榴不敢觸她的霉頭，然而眼看時間愈來愈晚，那邊只象徵性地過來說了兩回就沒下文了，石榴不禁慢慢開始心慌。

李氏也覺得不對勁，但她還咬著牙，再等了一會兒，就說：「叫大格格那邊準備好，等下回正院那邊再來請，就挪過去。」

誰知一直等，卻一直沒人來請。李氏熬不住了，她都能想到胤禛知道這件事之後的臉色，想了半天，她咬了咬牙。「走，咱們去正院。」

周婷還在吃點心，酥軟噴香奶味重，裡面裹的棗泥餡甜而不膩，拇指大小，一碟子都不夠吃。那個玻璃炕燈她不到晚上就點了起來，也不知怎麼做的，用了走馬燈的原理，燈點久了，外頭一層燈罩就開始轉動，要是有變色的燈泡，就更美了。

一聽說李氏來了，她漫不經心地笑了笑，熄了炕燈，對珍珠、瑪瑙說：「妳們瞧，自然有人比我急。」

李氏進來的時候周婷剛好洗完手，正拿著錦帕擦拭。李氏咬著下嘴唇先請罪，心裡卻嘔得半死。「妾昨天一直在忙阿哥的事，今天才想起來沒為大格格準備，這才遲了，福晉恕罪。」

說是請罪，其實還是炫耀，炫耀她兒女多、炫耀她得寵，歸根究柢還是炫耀她是院子裡被睡得最多的女人。周婷拂了拂袖子，看看了指甲。「側福晉言重了，知道妳事兒多，阿哥的病又是那樣。」說著關切地望了她一眼，還嘆了口氣。「大格格如今又病著，妳多擔心一些也是應當的。」

得寵不得寵，真的刺激不到周婷的神經，你說她最近又多了一條皺紋，她都會比較緊張。

兩個人皮笑肉不笑地扯了半天，最後李氏鬆口了。「大格格的東西也準備好了，不知福晉這裡可方便。」

「屋子爺今天早朝前就瞧過了，若是大格格不方便，那我同爺說一聲，明天再挪也一樣。」周婷此時的笑容特別真誠。

李氏氣得一抖，臉上卻還是陪著笑。「方便方便，她那兒的丫頭、婆子都已經收拾好了。」

周婷眉頭一皺，責怪似地看了珍珠一眼。「妳這丫頭，怎不把話說清楚了，爺說大格格身邊的奴才們不盡心，要我來添呢。」

李氏是真不知道這事，珍珠也故意不提，此時周婷說到了，珍珠就趕緊請罪。李氏當然不好真的罰她，直氣得肝疼，本來以為走了女兒好歹還能插兩個人進正院，結果是賠了夫人又折兵，還在胤禛眼裡留下不會約束奴才的印象。

李氏扶著丫頭的手出去的時候，珍珠捂著嘴巴偷笑，瑪瑙不等周婷開口，就轉身去箱子裡拿出一只白瑪瑙鐲子往珍珠手上一套。

「喏，拿著吧。」說著嘴一努，手伸上去就捏珍珠的臉。「妳這丫頭哪兒想到這個整人的法子？」

周婷咳了一聲，而她院子裡的丫鬟都很樂意瞧見李氏吃癟，全都抿著嘴捏著帕子笑。笑了一會兒，周婷才說：「瑪瑙，妳帶幾個丫頭去大格格那兒，看看大格格有什麼東西要搬過來。」

瑪瑙轉身出去點小丫頭的時候，周婷又加了一句。「仔細著點，慢著點兒。」這個「慢」字上面加了重音，瑪瑙先是一頓，接著一笑。「知道了，奴才肯定萬分仔細小心的。」

周婷吩咐了要「慢」，瑪瑙肯定不會督促小丫頭們快點，一行人以她為首像逛花園似地慢慢蹓躂到李氏的院子前。石榴已經在門上等了，李氏這時候就怕她們不快！

石榴看見瑪瑙，仰著笑臉湊過來。「瑪瑙姊姊可來了，咱們大格格已經等著啦。」

正院的人沒少吃過南院的暗虧，有機靈的丫頭不等瑪瑙開口，就頂了回去。「咱們主子那兒剛得了宮裡的賞賜，有好幾樣準備給大格格呢，瑪瑙姊姊的腳呀，就沒停過。」

瑪瑙回頭嗔了那個小丫頭一句。「妳這丫頭，不知道的，還以為咱們在側福晉面前邀功呢。」

石榴是李氏的大丫頭，李氏得寵，她自然跟著臉上有光，在後宅裡面隱隱是跟瑪瑙並肩的，這時候被個小丫頭刺了回來，偏又不好發作，氣得咬了半天牙，還是她旁邊的葡萄拉了拉她的袖子，她才說：「知道妳們辛苦，側福晉這兒少不了妳們的賞。」

「這哪裡敢呢，都是給主子辦差，自然應當盡心盡力。」瑪瑙一面走一面吩咐。「可仔細大格格的東西，若磕著碰著了一點，看我不揭了妳們的皮。」

幾個丫頭齊聲應是，動手的時候就裝著小心謹慎的模樣，一點點抬著箱子往外挪，石榴有心想叫幾個自己院子裡的人動手，瑪瑙就推託道：「主子吩咐的，等回去瞧見是妳們出的力，可不顯得咱們偷懶了？」

石榴急得上火，跑到正房裡告訴李氏，李氏沒法子，只好拿出荷包叫石榴打點，除了瑪瑙得到一只手釧，幾個小丫頭或是耳環、或是墜子，各有所得，拿了賞就顯得比之前更出力些，但照樣還是慢，石榴三催四請地才把她們送到院門口。

走的時候，瑪瑙還要摸一摸手，笑咪咪地客氣道：「這怎麼當得起呢。」石榴臉上的笑都要僵住了。「這有什麼當不起的，妳們好歹也算出了力。」

就因為這個「好歹」，幾個丫頭回去的時候就靠著柱子在廊下又休息了一會兒，捶腿的捶腿，揉腰的揉腰，把還在遠遠觀望的石榴氣得直跺腳。

大格格早就裹著毛披風被婆子抱到正院，那裡床暖好了，香也點著了，屋子裡又暖和又亮堂，比她在南院的廂房還要寬敞。

正院本來就比南院大，李氏那裡人多，伺候的人更多，大格格就被分到西廂，朝向不好不說，屋子還淺窄。這裡一打開窗子就能看見風景，她還高興呢，直說：「把外頭的臘梅折一枝進來。」

恰巧珍珠這個時候捧著白玉瓶進來了。「主子原就說大格格愛那幾株臘梅，特地把德妃娘娘賞的白玉瓶找出來給大格格，說配在一處正好，大格格看呢？」

周婷跟著進來了，她換上一件淺藍色的家常衣裳，頭上插了兩枝珍珠簪，顯得精神又大方，她走過去摸大格格的頭。「這屋子妳阿瑪也瞧過，還說為妳添一個魚缸，養兩條錦鯉什麼的，我剛想問呢。妳喜歡玻璃的，還是喜歡別的？」

大格格臉上還帶著紅暈，人窩在錦被裡，襯得小臉晶瑩，她嘴巴微微一抿，露出兩個笑渦來。「玻璃的看著更清楚。」

珍珠笑了一聲。「我記得庫裡有個蓮花型的玻璃魚缸，剛好擺在大格格這兒，湊一個四季花開。」

臘梅、白玉瓶上雕的菊花、蓮花型的玻璃魚缸，加上大格格喜歡的水仙臺屏，正巧是四季花樣，大格格一聽，眼睛往屋子裡一掃，眸子閃閃發亮。

周婷還真說過玻璃的魚缸更好些，裡面弄些水生的花草，不用湊近，抬個頭就能看清楚，剛想在自己的屋裡也擺一個呢。

周婷知道這是珍珠有意融和她和大格格的關係，於是衝著她微微一笑，抬起手摸摸大格格細軟的頭髮。「先睡一會兒，妳阿瑪今天鐵定要來瞧妳，妳精神些，他也安心。」

大格格的臉更紅了，張嘴就叫。「額娘費心了。」她自然看得出這屋子是精心打理過的，特別是那一架屏風，她前兩日還想畫一幅出來呢！

周婷臉皮一抖。「我是妳額娘，這都是應當的。」

她還未婚呢，這就當媽了，叫姊還差不多！周婷心裡一陣彆扭，但彆扭完了還得吩咐丫頭們照顧好大格格，留下茉莉，帶著大丫頭山茶出了門。

大格格身邊的丫頭不可能全留在南院，總得有幾個侍候熟的人跟在身邊，大丫頭山茶跟茉莉肯定離不得，另外兩個二等丫頭薔薇、紫竹也跟了過來。

四個丫頭加上大格格總共就五個人，要是這樣還能成了李氏的眼睛、耳朵、嘴巴，那周婷就不用混了。她領著山茶到了暖閣，指了指面前的矮凳。「坐吧。」

山茶自然不敢坐，看了周婷一眼，見她笑得溫和，才敢倚著凳子一角坐下。

周婷照過鏡子，知道她現在的臉長得就是一副和藹的模樣，只要微微彎起嘴角，就顯得特別溫柔。那拉氏只在長輩面前笑得多，在後宅裡因要立威，一直不苟言笑，真是白長了一張好人臉。

「大格格才來，定有諸多不習慣的地方。若是有不便之處，即便她不好意思張口，妳們貼身伺候的也不能輕忽，定要報上來讓我知道才是。」安撫一番以後，周婷又說：「用心當差，大格格好了，妳們自然都好。」

珍珠拿出一個托盤來，上頭擺著一對手鐲、一枚戒指和兩副耳環，山茶站起來謝賞，行了禮慢慢退出去。

「這個山茶看著倒是老實。」珍珠低聲說道。

「看看再說吧，這幾天叫丫頭、婆子將門戶看緊一些，不拘來人是誰、來幹什麼，都要記住名字相貌，不要輕易放進來。」堵著門不讓人進來是不可能的，李氏也不是傻子，定會找各種理由往正院鑽，周婷不用想都能說出一堆來，什麼大格格落了東西啊、什麼側福晉想念大格格啊，她可不能引狼入室！

「開了一個洞，就能引來一群耗子。」周婷還想過舒坦日子呢，反正也只有這麼一段時間，正好趁著大格格在，多弄點好東西。她伸手比劃了一下大小。「就在這兒再擺個魚缸，弄個玻璃的，裡面栽點花草，無事亮亮眼睛也好。」

珍珠臉先是臉色一肅，後頭又跟著笑。「這事交給碧玉吧。」接著虛指一下。「正在那兒拉著大格格的丫頭說個不停呢。」

瑪瑙這時候才帶了人把箱子搬進院子，小丫頭們去交差，瑪瑙回了正屋，一亮手上的手釧。「瞧，側福晉給的，紅石榴都成青皮石榴了。」

周婷噗哧一聲笑了出來。「每人再賞些大錢。」

瑪瑙應了一聲，喜氣洋洋地出去了，珍珠在後頭拿手刮著臉皮笑她。「倒比過年還高興了。」

第八章　親密接觸

胤禛到底還是知道了李氏那裡拖拉著不肯讓大格格挪屋子的事，倒不是周婷有意告狀，而是送賞賜來的公公是德妃那兒的人，德妃既然知道這一齣，自然要透露給兒子聽，也算幫周婷一個小忙，話還說得特別漂亮。「你媳婦早七早八收拾好了屋子，我還為大格格又添上一對貝雕擺件，就連太后都有賞賜，怎麼這個時辰了，還說沒挪過去呢？」

胤禛回來時臉色就有些不好看，原本他覺得李氏跟那拉氏那些小不對盤都是常理，李氏拐著彎的訴苦他也不是不知道，只是李氏伺候他更久，相處的時間更長，他就更偏向李氏，偶爾還真的覺得是那拉氏對李氏不夠寬大。

可大格格挪屋這事是他決定的，裡頭沒有那拉氏一分半點的影響，李氏抓著這個鬧，還鬧得宮裡頭都知道了，讓他很不高興。

他沒耐心去李氏那邊，直接去了正院。大格格剛睡醒，周婷正看著大格格喝粥湯。她生得一副弱相，九歲大了，看上去還如現代五、六歲的孩子般，風一吹就要倒的樣子。粥湯養人，大格格脾胃又弱，周婷就吩咐廚房把粥最上頭那層米油盛出來單給她吃。

山茶在旁邊餵粥，周婷囑咐茉莉。「等會兒讓瑪瑙給妳一張表，記著上頭的時辰，往後大格格午睡不能超過半個時辰，不然夜裡就睡不著了。」

胤禛一進來就看見大格格臉帶紅暈喝粥吃藥，周婷在旁邊安撫勸慰的樣子，他心裡先是一鬆，再看周婷就順眼起來。家常的首飾，身上也沒有多餘的花粉味，清清淡淡的藍色裳子襯得臉龐細白，心頭突然一動。

還沒等他說什麼呢，外頭打簾子的丫頭就通報。「側福晉來了。」

李氏一進屋，眼睛就盯在胤禛身上，她委屈地紅著眼眶，走過去拉住女兒的手。「睡得可好？」

她這是一心一意過來扮慈母的，可惜這回連大格格都不吃她這一套了。

大格格吃飯的時候不來，午睡的時候不來，午睡醒了還沒見人來，偏偏胤禛下朝過來了才來，說她是無意的也沒人信。

胤禛站著背著手不說話，只是當著大格格的面，也不能讓場面太冷，周婷便開口打圓場。「我瞧這是睡得香了，胃口也開了，喝下大半碗粥，還進了這麼些小菜呢。」玉蘭片幾乎都被吃光了，還有加了蝦油拌的香乾菜也吃去一大半。

這全是碧玉從紫竹跟薔薇那裡套出來的話，捨出一盤精緻糕點，得到大格格平日的喜好，就是怕李氏挑刺。

李氏的目光溜了一圈，她沒這個膽子當著周婷的面找碴，女兒還在她手裡捏著呢，更何況這屋子裡裡外外胤禛都已經看過了，她來只不過是為了扳回一點印象分數而已。

偏偏胤禛不給她面子。「她在這兒我很放心，妳且去吧。」這句話等於把李氏趕出了屋子。

大格格咬著嘴唇，生母得了難堪下不了臺，她也覺得沒臉，周婷輕輕扯了扯胤禛的袖子，使了個眼色給他。要吵架出去吵，別吵給孩子看。

胤禛心裡熨貼了，覺得還是周婷識大體。「大格格這兒自有福晉操持，妳去照顧阿哥才是正理。」

李氏這才不情不願地走了，走的時候還給了大格格一個眼色。

胤禛自有正事做，看過了大格格也要去前院，周婷跟在他身後把他送出去，走正房門口的時候，他突然回頭從頭到腳打量了周婷一眼，嘴角微微一勾。「夜裡我過來。」接著轉身邁步出了正院的門。

周婷那顆放下的心又提了起來，她覺得自己現在肯定心律不整。不該這麼玩弄人的，她準備好的時候，他怎麼也不來；她一點準備都沒有的時候，他又突然襲擊了。

丫頭們倒高興壞了，特別是瑪瑙，還打著讓周婷再生一個的主意，一迭聲地吩咐小丫頭去廚房加菜，胤禛要來，那就是慣常要吃晚飯的。

碧玉在一旁出主意。「加一疊子豆腐皮，那個爺愛吃。」還興沖沖地轉頭問周婷。「主子，要不要燙一壺酒？」

胤禛對吃的不怎麼挑剔，就是喜歡喝點酒，最近還愛上吃周婷這邊廚房做的芝麻核桃酪。

珍珠扶著周婷的手。「主子可要換一身衣裳？」

見到周婷發呆，珍珠咬了咬嘴唇，趁別人不注意的時候表現出歡喜的樣子，說道：「大格格一來說不定還能帶個弟弟呢。側福晉原來也沒兒子，可不是生下大格格才有阿哥嗎？」

其實李氏之前有過兩個兒子，只是都沒能活下來。

這種姊姊能招來弟弟的話周婷並不相信，大格格九歲了，阿哥才三歲，最小的阿哥更別說，才半歲不到呢。

周婷剛要笑一笑反駁珍珠的話，就看見珍珠擔憂地看著她，心裡不禁暗嘆一聲。她知道古代女人最正常的想法，肯定是跟丈夫生一個兒子出來，這樣在後宅的地位就穩當了。

但周婷不這麼想，太子妃比她位分高，還只生了個女兒，康熙不是照樣對她稱讚有加嗎？原主好歹也有過兒子，再說，她又不會攔著掛名丈夫跟別的女人生小孩。

只有八福晉苦哈哈，不僅自己沒孩子，後院也沒人懷上過，只要讓她有個孩子當擋箭牌，不管是不是她生的，別人也不會說八阿哥懼內了。

要周婷說，這肯定是八阿哥的問題，但封建思想就是這樣，生不出是女人的事，就算生了，生出來的要是女兒，那還是女人的事。即使在現代，還有婆婆認為生不出孫子都怪兒媳婦，年年去普陀山求子燒香、一擲千金的人可從來沒少。

都說八福晉愛吃醋，她愛吃醋是不假，可她再吃醋也沒攔著丈夫睡小妾，八福晉內心也未必沒有嘀咕，可替丈夫背黑鍋，她還真不能往外訴苦。

其實周婷一點也不介意這麼過一輩子，她在胤禛那裡的印象分愈來愈高，讓他的心不是總偏著小老婆，只要能不找她麻煩，那這日子還真能過得不錯。吃穿不愁、私庫豐厚，裡頭有一群丫頭、僕婦，外頭還有嫁妝裡的鋪子、田地，比起過去要錢沒錢、要房沒房、要人沒人的日子好多了。

但是孩子，她真的不想要！跟個男人「圈叉」還能當成是各取所需，只要功夫不太差，周婷也就忍了，然而她實在不想跟這個沒有感情的男人生孩子，不管是為了自己還是為了孩子，都不行！

掛名丈夫最後會當上皇帝，經過為數不多但比較靠譜的電視劇洗禮，周婷大概知道公主生來就是要和親的，而如果是兒子，說不定更悲劇，打仗什麼的不說，還得看自己的丈夫高興給他什麼位置。

周婷的腦子瞬間切換到豪門劇模式，哪怕是大、小老婆的兩個兒子，還要爭家產呢，更何況是皇位！到時就算她不爭，還能保證孩子不爭？就算孩子不爭，也自然會有下頭的人替他爭。

周婷悠悠吐出一口氣來，這是她來了古代後第一回想得這麼長遠，一直到剛才她都只想著好好過日子，時間到了就好好升職做皇后，再好好升一級做皇太后，壓根兒沒有煩惱過以後會過得不好。

現在面臨這種狀況，她倒有些能體會那種孩子還沒出生，就開始存教育基金的家長是怎麼樣的心態了。這還沒當媽呢，就得為孩子計長遠了。

四阿哥這塊肥肉，別人恨不得撲上去撕一塊下來，她是沾上一點兒油腥都要消化不良。周婷忍不住在心裡埋怨起李氏，她要是乖乖的不惹麻煩，怎麼會出這樣的事呢？

珍珠看到周婷的臉色不停變換，最後眉目間一派沮喪，心裡更急了。她向瑪瑙打了個眼色，瑪瑙從喜悅裡清醒過來看明白了，也跟著為難。兩個丫頭交換了一下眼神，都在困惑，難道那個糊塗心思主子還沒放下？這可怎麼好！

瑪瑙上前一步挽住了周婷的手，周婷知其心意，拍拍她的手微笑一下。「叫廚房準備著吧，衣裳不必換，倒是屋子裡該點些香了。」

點清淡些的香，最好是能降火去慾的！周婷暗暗想著。

不管各人心思如何，該來的總歸要來，周婷再忐忑，胤禛還是來了。周婷站起身來，手腳都不知該往哪裡放，只好上前一步說：「爺先淨手吧。」

丫頭捧著水盆上前，胤禛把手浸在溫水裡，扭過頭對周婷說：「把該辦的都差人辦起來，這回太子恐怕要來，叫後宅的人避著些，別衝撞了。」

周婷正拿著錦帕等他擦手，一聽馬上反應過來胤禛指的是他的生辰宴，看這樣子是要交給她了？這事難道不歸李氏管？現在可是她在管家呢！周婷略一停頓，試探著說：「還像前兩回似的辦成家宴？」

胤禛抖抖手，接過錦帕擦拭。「就辦成家宴，下帖子請幾個兄弟來，不要大辦，有戲有酒就成了。」

胤禛不是個喜好奢華的人，別的阿哥總有所好，有的好書、有的好畫、有的好騎射，甚至還有好財的，只有胤禛自持到了極點，仔細想一想，他大概最喜歡工作吧。

周婷正愁沒有話題扯，胤禛自己就湊了上來，她馬上說了一堆。「戲酒是自然的，你們爺們在前院，後院我就用來招待女眷，隔著水臺一樣能聽見戲，院子裡花開得都好，再擺上些盆景，若是不耐煩聽戲，還能賞花。」

胤禛點了點頭。「交給妳辦我都放心。」

說著滿意地看著她，一伸手就要摸上周婷的肩膀了。周婷往後一縮，借著丫頭進來上菜躲了過去。「爺坐吧。」

「大格格那裡可送去了？」剛拿起筷子，周婷又想到了一件可以拖延的事，馬上拿這個當藉口，放下筷子對著胤禛一笑。「今兒才來，該去瞧瞧呢。」

「後半晌瞧過便罷了，這時候再去妳和她不好用膳。」胤禛抬手按住周婷，挾了一筷子豆腐皮放到她碟子裡。「安心用吧，用完了我和妳一同去瞧瞧她。」

他臉上的表情是從未有過的溫和，哪怕是她哭泣後的那天早晨，也沒有像現在這樣。

周婷的心不住地發抖。看長相吧，掛名丈夫還算不壞，身材也強健，臉皮、指甲都乾乾淨淨的，忽略那古怪的辮子，就當他是剃了個光頭。要是穿越到一個農婦身上，那還不如讓她再死一回呢！這樣安慰自己，周婷拿筷子的手才算穩住了。

「怎麼？不愛吃？」胤禛問道。

「不是，今天下午試了試點心，現在還飽著呢。」周婷心裡的小人一咬牙一閉眼，她抬起臉慢慢對胤禛露出一個微笑。「蘇培盛送來的炕燈倒是精巧得緊，還會轉呢。」總不能一上床就「圈叉」吧，得先幹點什麼培養一下氣氛。

「馮九如做這個倒是很在行，妳有喜歡的就叫蘇培盛去拿，出了什麼新花樣想添的儘管添，橫豎都是自己家的生意。」胤禛此時倒是顯得大方。

周婷眨了眨眼，原來冷面四也做生意啊？她還以為只有九阿哥才精於此道呢！「那敢情好，八弟妹湊趣送了對珊瑚擺設，說是添給大格格的，我正想著要送什麼回禮呢，這個雖不貴重，但勝在與眾不同。」馮記新研發出來的貨品，除了周婷這兒，別人全沒有。

「八弟妹送的？」胤禛皺了皺眉頭，他對八阿哥夫婦還真沒有好感。「既是她送的，該還個貴重的才是。」

說了半天話，兩人又各自洗了澡，瑪瑙就怕周婷到了關鍵時刻又發昏，跟珍珠一起不由分說地為她換了衣裳、鬆開頭髮，洗得香噴噴地坐在暖炕上，胤禛出來的時候，周婷已經把玻璃燈打開了，一室流光。

周婷嚥了一口唾沫，手心汗濕一片。胤禛走過來踢掉鞋子坐在她身邊，挨著她問：「這就是炕燈？倒是精巧。」

借著燈光，他的目光溜進領口，盯著周婷白膩的頸項，臉跟著湊了過去。

都說男人從眼睛開始戀愛，女人從耳朵開始戀愛，周婷不知道別人是不是，反正胤禛湊過來還沒說什麼好聽話呢，只不過貼著她的耳朵呼熱氣而已，她一顆心就跟著打顫，緊張得要命。這這這，這就要睡了？

胤禛的手扶在周婷腰上，她身子一軟靠在他懷裡，被開發過的身體異常敏感，他還沒動手，她全身的細胞就在尖叫了。周婷默默無語，都說三十如狼、四十如虎，這具身體才二十出頭呀，怎麼就這麼禁不起撩撥呢？

胤禛另一隻手跟著摸了上去，撫在周婷臉上燈光停留的地方。養了這些日子，又天天揀補氣養血的好東西吃，不僅臉色好了，身上還多長了幾兩肉，有料了。

散開來的頭髮搭在她肩上，脂粉不施的樣子反倒顯得比實際年齡還小些。「這樣瞧倒像剛嫁過來的時候了。」胤禛溫言，說著勾起嘴角一笑。他回憶起大婚那天晚上，滿眼都是鋪天蓋地的紅，蓋頭一挑開來，下面的小人兒垂著頭，手合攏著放在腿上，一動都不敢動。帽子上的東珠顫巍巍的，眼睛在燈光映襯下顯得晶亮無比。

周婷口乾舌燥，眼睜睜看著胤禛的臉愈湊愈近，手指頭從耳根後頭一點點滑進脖子，最後解開了領口盤的蝴蝶扣，露出裡頭水紅色繡著鴛鴦紋的肚兜。周婷聽見胤禛輕輕一聲笑，腰被他往上一托，衣裳敞開來正面對著他。

記憶重疊，胤禛想起她洞房那天裡頭穿著的也是一件繡鴛鴦紋的肚兜，皮膚跟綢緞那樣滑，纖瘦的腰肢裹在裡頭，好像一隻手就能掐住，他想要解開來看看，她還束手束腳地羞怯著不肯。

再看她現在閉著眼睛的樣子，就覺得跟當時相比，她真是沒變多少，心裡微微一動，嘴唇往她鬢邊落下，耳垂小巧飽滿，白嫩透明帶點兒粉色，捏在手裡軟呼呼的，舌頭一吸就含了起來。

周婷癢得發抖，身體往後縮，而胤禛已經解開她的衣裳扣子褪到胳膊上，瞧見鴛鴦底下繡著的那片水紋，她身體一扭動配上轉動的燭火，就顯得那水紋像是真的一樣蕩漾開來。再往底下，是一色的褻褲，白生生兩隻腳丫子縮在大褲管裡頭，只露出前頭粉色的半圓指甲，胤禛手不禁往下一伸，握住她的腳趾捏揉起來。

她側過頭去皺著眉頭嚶嚀了一聲，胤禛鬆開含得通紅的耳垂，低聲笑了。「從前不點燈，竟不知道妳的胳膊生得這樣好。」

露骨的話還沒說完，他的眼睛就盯著周婷胸口，接著一聲低喘，就把她壓在炕上，兩具身子緊貼在一起。

周婷被曖昧的氣氛感染了，好像抱著她的純粹是個男人，而不是什麼歷史人物。心跳慢慢找到了節奏，身體發燙，腳背磨著胤禛的腿往上勾，兩個人的衣裳要脫不脫的，半遮半掩間腿就絞在一起了，滾燙的兩處地方緊貼著磨起來。

胤禛的手探到周婷背後，拎著那根打結的細帶子一點點抽扯開來，剛要一把拉開看看裡面的風景，外頭忽然喧鬧起來。胤禛抬起頭來喘了兩口氣，周婷耳根通紅半張著嘴巴，身體像不是她自己的，整個掛在男人腰上。

喧譁聲一直不休，胤禛臉上全是不耐煩的神色，想要大聲喝斥又生生忍住，低頭瞧了眼已經支起來的褲襠，抱著周婷又捏又摸不肯撒手。

瑪瑙的聲音傳了起來。「主子爺，好像是八阿哥府上走了水。」

周婷一下子回到了現實，不知道是高興還是失望，身體軟綿綿的沒力氣，又不想睜開眼睛看男人的臉，她摸索著褪下來的衣裳袖子遮住了臉，伸手推了推胤禛，軟聲呢喃道：「爺總要去瞧瞧才是。」

「我去瞧瞧，妳……」胤禛艱難地離開周婷身邊，剛想說「妳先睡」，又瞧見褪到一半的褻褲裡露出來的大腿根，改口道：「妳等著我。」

胤禛套上衣服走到桌邊灌了一杯涼茶走出去，周婷有心歪在炕上不動，又怕被丫頭看見了不像話，趕忙把衣裳扣子一個個扣緊，她的手沒力氣，扣子又盤得緊，好半晌才穿完了。周婷熱得難受，趕緊學胤禛倒了杯水喝。

珍珠在外頭探頭探腦。「主子？可要進來伺候？」

「進來吧。」周婷鬆了口氣說道。

丫頭的臉色都不好看，周婷抬起手。「梳頭換衣裳，叫人去前頭打聽打聽是怎麼回事兒？」想了想，又說：「再去瞧瞧大格格驚著了沒？」

妝燈一點，周婷就瞧見自己臉上紅暈一片，聲音是正常了，但眼角眉梢春意未盡。她對著鏡子正了正臉色，珍珠為她披上一件披風，既是兄弟又是鄰居，那邊有事，怎麼也得去看看。

「大格格睡下了又驚醒，奴才安撫了幾句，叫山茶跟茉莉點燈守著呢。」瑪瑙進來回應。「東院、南院都差人去瞧了，約束了下頭人不許慌亂。」

「爺派人回來了沒？」剛剛才溫存過，周婷提到他的時候還有些不自在。「身邊跟了什麼人？」

「蘇培盛跟著呢。」瑪瑙答道。

周婷到了前廳，李氏那邊也來了人問，她便吩咐道：「叫側福晉安心看著兩個阿哥。天漸漸冷了，氣候又乾燥，若是巡夜上門的人不小心燭火，就容易出事。

等了半天，總算人有來回稟。「爺要各院休息，並未出大事。」

拉著多問了幾句，還是回答得不清不楚，也沒說為什麼起火、有沒有人受傷，只說火勢控制住了。

周婷等了一會兒，胤禛還是沒回來，她到底不放心，還是跑去看大格格。屋子裡正點著燈，山茶坐在床頭，茉莉坐在床尾，兩個人守著大格格說話，山茶還不斷為她揉心口拍背。

這膽子也太小了吧？周婷往日見的那些妯娌、宮妃，哪一個不是大大方方的模樣，怎麼這個大格格被李氏教養得如此膽小呢？她走上去代替山茶的位子，輕聲細氣地和大格格說話。「妳阿瑪去瞧了，並沒有出事，是下人蠢鈍，一點火苗就叫嚷起來。」

一提她阿瑪，大格格就好了許多，臉色也不那麼白了，她擰著的眉頭鬆開來，靠在枕頭上不好意思地望著周婷。「額娘受累了。」

「妳還病著，養好精神才是正理。」周婷為她拍背。「山茶和茉莉一起守著妳呢，外頭還有這麼多人，別怕。」

雖說女兒家是該嬌養，可也沒必要聽見著火就白了臉呀？這種碰不得、吹不得的樣子，讓周婷覺得讓她在這裡養病不再是那麼簡單的事。這年紀也不小了，雖說皇室的格格沒那麼早出嫁，但十虛歲放在民間都要開始備嫁了，那拉氏不就是十二歲嫁給胤禛的嗎？

安慰了半天，大格格才開始有了睡意，周婷為她蓋好被子，給山茶使了個眼色。「今夜怕是睡不安穩了，妳們輪著人看好她，若有不妥的就去找瑪瑙，她自會回我。」

忙了一通回到房間，剛才的綺思都沒了，周婷燈也不點，脫了衣服就往被子裡鑽，管他來不來呢！她被子一拉蒙住臉，吃個肉而已嘛，怎麼就這麼難呢？接著又在心裡安慰自己，這樣也好，肉都吃不成，別說做包子了……

天色都要發白了，胤禛才回到房裡來，一掀被子鑽進周婷睡得熱呼呼的被窩，她迷糊地發了個聲問道：「沒事了？」

「沒事，是老八那裡不太平。」胤禛話沒說完，嘴巴跟著就啃了過來。

兩片帶著涼意的肉一碰上周婷的脖子根，她就打了個冷顫，男人在後頭搓了搓手，聲音含含混混地說：「該暖暖再進來的。」說是這麼說，手上的動作可沒停，一下子就伸進她的衣裳裡。

周婷被激起一層雞皮疙瘩。她睡意正濃，根本不想「這樣那樣」，奈何後頭的人不肯，那根東西頂著她的腰，手上一陣亂摸，但周婷實在打不起精神來。她已經早睡成習慣了，人懶洋洋地不肯動，結果後面的人自己動了起來，翻身上來含著她的嘴唇吮。

他吮著吮著，周婷突然開口：「爺喝了湯？」怎麼嘴裡全是雞肉味？

原來周婷歇下了，李氏、宋氏可沒歇，個個都熬著精神等著，還沒等胤禛走進正院，就被李氏拉著去看了一會兒據說是受到驚嚇的兒子。

等胤禛看過了孩子，李氏偏頭露著脖子目光如水想要他留下的時候，胤禛就抬腳走了。他還惦記周婷這塊沒下嘴的肉呢！

胤禛在李氏驚訝的目光裡往正院趕，此時宋氏總算找到機會在廊下拉住了胤禛。她的姿態擺得比李氏還低，口口聲聲擔心胤禛的身體，又說了些什麼「妾怕爺忙了一通餓著，特地叫廚房備湯呢」。

雞湯上面一層油，耽擱了那麼長的時間還是熱的，胤禛喝了一碗抹抹嘴，根本沒瞧見宋氏軟軟擺動的腰肢，一門心思回來啃周婷。

「嚐出來了？」他急著過來，也沒喝茶漱口，卻還是順著周婷的脖子吻到鎖骨下方，吻得她身上一股雞湯味。

周婷從來沒有穿內衣睡覺的習慣，肚兜對她來說就是內衣，胤禛發現她裡面脫得光光的，急急吸了一口氣，來不及慢慢吃，下面搗了兩下就要進去。

正要探頭進去，外面蘇培盛就喊：「爺，到時辰了。」

周婷還沒來得及動情呢，噗哧一聲就笑了出來，對上胤禛的黑臉，覺得他從沒這麼順眼過。她抬手輕拍他的臉。「爺，到時辰啦。」

說著，壞心眼地往下面一瞄——會不會憋著憋著，憋壞了呀？

第九章 大火餘波

不獨胤禛，周婷也是要進宮，昨天夜裡出了事，今日宮裡頭肯定會傳話出來，就算不傳，也得去安一安長輩們的心。

胤禛忍得發抖，咬緊牙關握著拳頭在軟炕上捶了一下。他哪有過這樣失態的時候？周婷想笑又不敢，又怕他真的急起來不管不顧，男人忍不住胡鬧一下很正常，要是誤了早朝，別人只會說她的不是。

於是周婷順著毛摸他，分散他的注意力。「爺，昨天夜裡到底是怎麼一回事？好歹與我說一說，免得宮裡長輩問起來，我搖頭三不知。」

胤禛喘了口氣，翻身躺倒在床上，眼睛盯著帳子頂，好半天才舒出一口氣來。「不過是下頭人不當心走的水，妳去了也別多話。」

胤禛想起他趕過去瞧見的事，又皺起了眉頭。「八弟妹若有話說，妳也只管聽著。」

他剛想說別與八福晉走得太近，又覺得周婷不是那樣的人，這一對比就顯得周婷渾身都可愛，湊過來弄了一會兒「口舌」，才下了炕。

周婷鬆了一口氣，揚聲叫進小丫頭來，婆子們早已經燒好了熱水等著，瑪瑙先進來收拾床鋪，先把被子輕輕一抖，繼而失望地衝著珍珠使了個眼色。

熱水怎麼抬進來的又怎麼抬了回去，胤禛冷著一張臉，不肯讓小丫頭幫他穿衣服。周婷剛套了件衣裳，頭髮還沒梳呢，瞧見那閻王的樣子，暗暗嘆了口氣，走過去揮揮手。「去準備早膳吧。」自己則彎下腰來為他扣扣子、繫腰帶。

胤禛的眼睛沒離開過周婷的手，昨天夜裡他摸著不肯放的兩條胳膊穿上了衣服彷彿也能瞧見，細白的手指靈巧地從下扣到上，一路到達領口，胤禛鼻子裡的熱氣就這樣直接噴在周婷手指頭上。

吃不到的才是最香的，周婷抿了抿嘴角。她自然知道他為什麼盯著自己不放，不就是因為沒吃著，心裡才會惦記著嗎？現在一想，她根本沒吩咐廚房準備雞湯，他喝的那個湯還能從哪兒來？

她不叫人準備，也自然有人想得到，胤禛喝了湯還沒被勾走，大概是好久沒吃她，在他的眼裡，老樹又成了新芽。

碧玉進來上菜，照樣是八樣小菜、兩碗粥，胤禛瞧見周婷拿銀勺子吃燕窩粥，破天荒地問：「這東西吃著比蔘好？」

周婷笑一笑。「太醫說我身子還虛，燕窩性溫又滋陰，比吃蔘要好。」

「既然這樣，我差人去置辦些好的來，妳每天都喝一盞。」胤禛說道。

周婷有過一次成功摳到錢的經驗，這次就沒再吃驚。其實他還挺大方的，過去李氏常常有意無意炫耀自己又從胤禛那邊得了什麼好東西，現在看來也不太難嘛。

拿了東西，自然要表現得更好一點，她笑咪咪地謝過了胤禛，又問瑪瑙。「山茶夜裡可來回過話？」

「沒有，剛奴才去瞧過了，說大格格夜裡睡得安穩，沒再驚醒過來。」瑪瑙答道。

周婷點了點頭，給胤禛挾了一筷子筍脯。「上回子太醫來我就想問了，大格格身子弱，看起來也要調養。這夜裡聽見聲響就睡不穩，小孩子哪能欠覺！夜裡起來喝一碗奶倒好了些，回頭問問太醫，可能將奶汁同燕窩一道燉了吃。」

大格格不是她親生的，看上去又那麼虛弱，要是有什麼三長兩短，李氏還能哭天抹淚，她只能扛下所有責任。這些話不能說給胤禛聽，只能從小事上一點點教他知道。是大格格自己身子骨不行，真出了什麼事，可不能怪到她頭上。

「嗯。」胤禛並不以為意。宮裡一直死孩子，妃子們看著別人生的孩子只有更盡心才是，他一點也不擔心周婷會疏忽大格格，「這些妳做主就是了，李氏不堪用，妳得閒了去瞧瞧，也提點下頭人，阿哥一天不好，皇阿瑪給的名字也定不下來。」

這話要是原主聽了，心裡肯定不舒服，不過周婷這些日子已經把心態調整到最好了，她聞言一笑。「未必是奴才們不妥，小孩子的病症最易反覆，她瞧著跟眼睛珠子一樣的寶貝，哪個奴才敢在主子眼皮底下弄鬼呢？」

「主子，八福晉問您方不方便一道進宮去。」瑪瑙一等周婷說完就插進來稟報一聲，打斷了胤禛接下來要說的話。正好周婷也不耐煩聽他說那些，不過就是「李氏也辛苦」、「不容易」之類的。

短兵相接了這幾回，李氏雖然步步失守，給胤禛的印象也愈來愈差，但其實她的王牌除了孩子之外，還有跟他相處的時間。人是奇怪的動物，第一印象好了，之後就算這人做了小惡，也會設法為她開脫。

「去回吧，說我等她。」周婷拿起帕子擦了擦嘴，小丫頭捧茶過來讓她漱口，漱完口後她交代道：「把抹額拿去裝好。」

「給母妃的抹額做好了？」胤禛第一次主動問起這些事。

那拉氏從前覺得這都是小事，拿這個出來說未免太小家子氣，然而周婷可不這些想，她恨不得自己做的那些針線活都教胤禛知道，於是很自然地回答。「可不，病了這些日子，手都有些生了。」說著就把抹額遞過去給胤禛看。

胤禛一看就知道是按德妃的喜好做的，花紋熱鬧，顏色也鮮亮。「母妃喜歡這些，妳做的她更高興。」

「可不是，娘娘只愛穿主子做的襪子呢。」珍珠撤下茶盞湊趣地說道。

「爺，時辰差不多了。」周婷不好意思地笑了笑。那些都是那拉氏做的，可不關她的事，她充其量算做了小半個抹額而已。

這舉動看在胤禛眼裡，就覺得周婷是不居功，心思都用在了實處，難得的是還不特地教他知道，怪不得德妃這麼喜歡她。

李氏、宋氏一早就等在正廳，一同瞧見胤禛和周婷並肩而來，舉止不同往常。宋氏還能收斂住，李氏就很驚訝了，胤禛的態度她很熟悉，一看就知道他對周婷不一樣了。

她打定主意要打聽出昨天夜裡胤禛為什麼過來了又走，剛知道宋氏攔了一回也沒攔住的時候，就在心裡嘀咕，難道是八阿哥府上出了事，要同福晉商量？可現在一看又不像，難道福晉終於也學了本事，叫屋子裡的丫頭勾住了爺？

「難為妳們起得這樣早。」周婷忽略兩人各異的神色，話說得分外溫和，眼睛往她們身上掃過去。

李氏總算知道自己最近臉色泛黃，再也不敢揀嫩色穿了，但一換上深色，又突然顯得有年紀，臉上的粉厚厚一層，周婷不用走近細看，都能瞧出她的不自然。

宋氏軟腰細步，說起話來也動聽。「福晉這樣辛苦，妾哪裡敢躲懶呢？」只要那拉氏去宮裡頭請安，她是每回都要過來送的。

李氏的藉口就多了，十次也只來過五次，聞言不甘心被刺，回道：「正要謝宮裡的賞呢。」

福晉和側福晉的年例下來了，她的待遇只比周婷差一點，宋氏根本不能與她相較。

兩方的臉色都不好看，周婷知道她們打的什麼機鋒，而胤禛的心思不在後宅上頭，自然聽不出兩人在說什麼，只略點一點頭。「都各自散了吧。」

俏媚眼做給瞎子看，妳們爭風吃醋的，這位爺自己還不覺得呢！周婷心裡一哂，學起胤禛的樣子，端正著一張臉。「往後不必這樣早起，特別是妳，阿哥還要妳照顧呢。」別總來丈夫跟前露臉，難道真的不要兒子了？或是她覺得自己還能生？

「妾也是這樣說的，李姊姊不聽呢。」宋氏聽了，順著杆子往上爬。

李氏努力憋著一張臉，她已經在疑心阿哥病重是不是因為自己一開始小題大作。她不過想找藉口讓胤禛過來，沒想到不但胤禛愈來愈不想到她那邊，兒子的病也一天重過一天，這幾天李氏日日都要去佛堂上香祈願。

宋氏內心嘲笑她，表面還要說漂亮話。「姊姊虔誠，日日都到佛祖處燒香，為著這一片心，阿哥的病也會好起來的。」

「借宋妹妹吉言。」李氏眼睛一紅，淚就要淌下來。

胤禛剛準備安撫兩句，外頭蘇培盛就說：「爺，車馬備好了。」

周婷走上去拍拍李氏的手。「妳也別太擔心了，不過尋常的風寒，會好的。」

李氏沒等到胤禛的安慰，一雙眼睛釘在他身上不肯轉開，周婷側了側身，讓他們兩人四目相對，胤禛果然開口。「妳好好歇著，等下了朝我去瞧瞧。」

周婷一臉笑意。去瞧瞧好啊，去瞧瞧順便就睡那兒吧，她就不打攪他們郎情妾意了，昨天一晚上沒睡好，今夜正好補眠。

蘇培盛催了第二回，兩人才上馬車，胤禛先走，周婷的車則在八阿哥府門前停下。

宜薇一上車就冰著一張臉，周婷打趣她。「唷，這會兒還沒到凍的時候呀，這臉怎麼就跟降了霜似的。」

宜薇先是嘆了口氣，接著咬牙道：「早知道是個這麼不省心的，還不如打殺了落得乾淨。」

「到底怎麼一回事？昨天夜裡把我也驚著了。」天色黑，火燒得又旺，周婷遠遠從屋子裡看出去，還真能瞧見一線火光。

「我就是太好心，這賤婢就該打死！我禁了她的足，既沒叫人打她也沒讓人罵她，不過讓她做個針線活磨磨性子，她竟然也敢！」宜薇笑起來也冷冰冰的，看著有些駭人，周婷忍不住用手肘推了推她。

宜薇臉上的霜層層結起來。「如今說是她點燈熬到了下半夜為我做針線活，睡沈了沒注意，才走了水的。」

這事既然出了，在上頭也算掛了名，再要料理這個「新月」格格，就沒那麼容易了。

周婷其實很同情八福晉，就因為後院無所出，她背地裡不知受了多少氣，偏偏個性又這麼好強，半點也不肯教人挑剔。

明明知道裝個弱、訴個苦會好上許多，可就是要挺直了脊梁讓人戳，日子過得本就不易，再來個不安分的小妾，這回鬧出來，還指不定有多少人說她嫉妒成心打壓妾室呢……

「我們爺只說沒事，可傷著人了？屋子毀得厲害嗎？想必宮裡也會問的。」胤禛大概是不想說別人後宅裡的事，一點兒也沒跟周婷提。

「燒了兩間屋子，邊上那間睡的人外衣都來不及穿就跑了出來，偏偏著火的那間一個人也沒傷著。」宜薇抿著嘴，狠狠閉了閉眼。「如今那人倒是吹不得、打不得了。」

周婷嘆口氣拉住了她的手。「妳也不必如此，那個丫頭不安分我也瞧過，若有人問妳，就照實說，是她自己咎由自取，走水說不定就是故意的，不然怎麼火燒得那樣大，她一根髮絲也沒燎著？可見是存心呢。」

叫嚷出那麼大動靜，胤禛半夜還去幫忙，雖說是指揮下人不要慌亂，但火勢旺是真的，在起大火的屋子裡還能全身而退，要真像她說的那樣是睡沈了過去，怎麼會一點事都沒呢？

宜薇有苦說不出，她是跟周婷熟悉起來了，但也只比過去好了一點，有些話是真不敢往她那裡說的，現在聽周婷這樣安慰她，眼圈一紅嘴一張，倒把平時不敢說的吐出兩分來。「四嫂知道我的苦處，可誰又不知道呢？咱們沒兒子的，天生就比那些低一頭，上頭看妳的行事就愈發挑剔，我如今是被架在火上烤呢！」

說著，抽出帕子往眼睛上按了按。她年輕底子好，熬了一夜上完粉就像沒事的人一樣，可眼睛裡的血絲卻是遮不住的。

周婷看著，就為她又嘆息一回。「妳這是強給誰看呢，訴一訴苦難道宮裡的長輩還會訓斥妳不成？總也要教人知道妳辛苦，才不會對妳這麼苛責。」

宜薇忍著眼淚不掉下來，拉著周婷的手，聲音都在打顫。「咱們那位爺什麼性子沒人不知道，家裡就是火燒房子，他也照樣搖扇子，這回出了事，他倒比我還急，可見上回是瞧見人，上了心了。」

這話一出口，眼淚就再也忍不住了。她心裡起疑，愈想愈覺得事情就是這樣，周婷卻不這麼覺得，她有眾多穿越文當後臺，很有把握，八爺是愛八福晉到死的。

「妳不該這麼想，平日妯娌們不說，心裡哪有不羨慕妳的？瞧瞧我就知道了，後宅的人已經算少的了，雖不說百花齊放，那也是春蘭秋菊各占勝場。再瞧瞧妳府裡頭，妳們那位爺可曾多瞧別人一眼？」

說到這個，宜薇又有些不好意思。她能放心叫別的女人生孩子，也是因為丈夫待她與別人不同，從上往下數，這麼多兄弟裡也只有他對正妻另眼相看，可就因為這份情，她才會患得患失，旁人再怎麼樣好歹都有孩子，她就怕哪一天連這份情也捏不住。

「要我說呀，妳這是遇著了事難免想得多些，這個時候更該把他拉住才是，若是鬧出來，他本來沒上心的反而上了心，妳才該哭呢。」周婷看著八福晉，就覺得像是看著過去的自己。談戀愛的時候時不時就要發作一下，用各種事情來證明自己在對方心中的地位，一不小心就把對方的情愛全磨掉了。

宜薇是一時之間受不了，又不能把心裡的話跟丫頭們說，再貼心那都是奴才，她又沒個兄弟姊妹，連親生母親都不在了，遇上像周婷這樣姊姊般的人溫言軟語勸幾句，馬上就掏心掏肺了。

周婷車裡的東西備齊全，打開妝鏡讓她補妝。宜薇因才哭過，眼圈就是紅的，看著倒比平時多幾分可人，她把頭往周婷肩膀上一靠。「怪不得我與四嫂做了鄰居，原是該來的緣分。」

兩人下車時，後頭跟著的金桂、銀桂上前福了一福向周婷行禮，跟車的丫頭離得近，裡面有什麼動靜瞞不過她們。周婷擺擺手笑了一笑，丫頭跟主子倒比丈夫跟妻子還要貼心。

「走吧，別讓太后跟母妃們久等。」

寧壽宮裡還沒幾個人在，周婷跟宜薇拉著手進去請安，太后眼睛還算好，一看就樂了。

「到底是鄰居，妳們住得近，感情也好起來了。」

「要不怎麼說是遠親不如近鄰呢，我同四嫂又是親又是鄰，自然應當好的。」宜薇一進宮就跟在車裡判若兩人，口角含笑往惠妃身邊一坐。

周婷很自然地坐到德妃旁邊，德妃心裡還惦記著孫子，就湊過去問：「阿哥如何了？」

「如今還吃著藥呢，大格格眼瞧著要好了，昨天夜裡又驚了一回。」周婷樂意德妃跟她親近，婆婆喜歡她，將來的后位才能坐得穩，她原來是做廣告這一行的，自然知道怎麼幫自己加分。

「夜裡的事咱們也聽說了，怎麼會走了水？」德妃正問著，那邊太后也問起來。

其實真正關心這事的，全宮裡算下來不會超過三個，但於情於理還是要問一回。宜薇大大方方地睜眼說瞎話。「天冷了，下頭人守夜的時候就愛喝口酒，廚房裡起了火苗也沒人知道，這才燒了起來。幸好發現得不晚，只燒了兩間屋子，人全都沒事。」

「底下人可惡，人沒事就好。」太后說道。

太后不過是問一句，惠妃也是面子情，至於大阿哥的繼福晉，本來就沒什麼存在感，倒是太子妃多說了一句。「既然該罰，就別輕饒了，不然有一就有二，教那些奴才怕了，自然就不敢了。」

周婷往太子妃那裡溜了一眼，平時不覺得，現在一聽是字字意有所指，看來誰也不是高高掛起萬事不問的賢慧人，這些端莊大方都是被逼出來的。

三福晉同那拉氏情感一向和睦，這時候就問：「妳們兩家住得近，可有大礙？」

「我們爺聽見聲響，趕過去忙了大半夜呢，回來說了不礙，我才敢合眼。」周婷有心幫幫八福晉，但她自己不說，她也不好張口。「這回倒提醒了我，回去該提點下頭人，讓巡夜的人盡心。」

幾個福晉都說是，就連太后也難得吩咐了一回。「妳們幾個也得分派下去，天乾物燥的，當心火燭。」

宜妃口快先答應了，又指著八福晉笑說：「瞧著是個俐落的，這會兒眼圈都紅了，昨天夜裡嚇著了吧？」

「瞧宜母妃說的，我就那麼不中用？」宜薇不服氣地說道。

屋子裡的女人們全都捏著帕子笑，周婷眼睛掃過去，衣裳跟神態都差不多，就連笑起來的角度也相差不遠，這些「差不多」福晉裡頭，只有八福晉算是出挑的，怪不得那些男人們全都更喜歡小老婆呢！

第十章　婆媳情深

一夥人好不容易散了，德妃就拉著周婷的手準備回永和宮。路過寧壽宮花園的時候，德妃下了步輦，同周婷一道散步看景。「妳瞧著好多了。」

周婷不禁一愣。她上回進宮時，那拉氏的感情還在，這回進宮才是她自己，雖然大規矩不錯，看上去跟妯娌們也沒分別，但親近的人一瞧就知道她變樣了。

「合該這樣才是，不說溫憲，就是老六去的時候，我也撐不住。」德妃走到花叢邊站住了腳，周婷趕緊跟上去，後頭丫鬟們則離得遠遠的。

溫憲公主跟六阿哥胤祚是胤禛的同母胞妹、胞弟，前者嫁人以後年僅二十就逝世，後者則因意外六歲即殤，對康熙與德妃來說都是很大的打擊。

「那時候老四讓孝懿皇后撫養，雖說不能日日見，好歹也是個念想。妳如今好了，更該想著自己生一個才是。」德妃叮囑道。

德妃是官女子出身，起點沒有「四大天王」中的另三個——惠妃、榮妃、宜妃高，卻硬是一起受封為妃，享了十年寵愛，容貌是一方面，了解康熙的心意才是真正的原因。

德妃此刻還沒想到自己的兒子會當皇帝，一心只希望他能更得康熙的喜歡和重用。她一伸手掐下一朵花，捏在手裡揉。「這花呀、葉呀再鮮豔都是假的，能結果子才是真。」

康熙其實很看重有沒有嫡子，太子就吃虧在沒有親娘在旁邊提醒他，康熙挑了那麼久的太子妃，難道只是挑一個兒媳婦？他卻愣是不親近她，胡鬧到現在一個嫡子也沒有。

人心都是肉做的，那拉氏待德妃親近，德妃自然也盼望兒子跟兒媳婦好，她扔了手裡揉碎的花。「如今妳還年輕，趕緊再生一個。」

周婷抽出帕子為德妃擦乾淨手上的花汁，既然別人遞了梯子，她也得說上兩句。「母妃說的我何嘗不知，可……咱們那位爺，重感情呢。」

有了李氏，那拉氏這正妻反而像第三者似的，以前是那拉氏忍著不說，而周婷才不管什麼臉面，跟德妃還有什麼不能說的，讓她知道才好呢。

德妃詫異地看了周婷一眼，忽然笑了，對她更親暱。「妳與他難道就沒有情分了？這情呀，都是處出來的。」

她拉拉周婷的袖子往前兩步。「我這兒子雖不是在我跟前長大的，但他卻是從我肚子裡頭出來的，是個什麼性子我還能不知道？妳多和他說話，再瑣碎的事也說給他聽，你們是正當夫妻，日子久了，比別的什麼情都要真。」

這麼說吧，康熙到如今還如此想念第一位皇后，難道他之前就沒女人了？

周婷支支吾吾地說不出話來，雖然知道德妃說得對，但又不能把胤禛真的當成丈夫，只好點頭作靦覥狀。

德妃見狀，不再多說。「妳是個聰明孩子，可別自誤。」

這話說得周婷一凜。那拉氏可不就是自誤嘛！換成是她，也許會傷心欲絕，但絕不會這樣生無可戀。哪怕為了孩子，百計全施也得把丈夫拉過來，到了那地步，還有什麼體面放不下的，裡子可比面子重要多了。

兩人都不坐輦，一路走回了永和宮。踩著花盆底，雖然旁邊也有人扶，周婷還是吃不消，德妃卻顯得很輕鬆，見周婷盯著她瞧，就淡淡一笑。「過去走路走習慣了。」

德妃是比別的妃子健康，生的孩子多不說，存活率也高，看來還是得鍛鍊啊！周婷暗忖。

周婷坐著喘氣的時候，胤禛來了，下了朝八阿哥被康熙問了一回，連帶胤禛也得了誇獎，進來請安的聲音比平時都要響。「給母妃請安。」

「你皇阿瑪誇獎你了？」知子莫若母，德妃一摸一個準，周婷笑晏晏地拿帕子遮住口往德妃身邊一站，德妃就拍著她的手笑。「這性子跟小時候差不多呢。」

胤禛是跟養母更親近不假，但也不是不重視生母，他心裡是念著德妃的，聽她說起小時候的事，更加勾起他的孺慕之情。等宮女上了茶，他就問周婷。「方才與母妃說些什麼？」

周婷抿嘴一笑。「說起爺小時候的事呢。」她看了德妃一眼，把話題遞了過去。

「阿哥們到了六歲都要上書房，那麼小的人兒偏偏不肯服輸，別人練十張大字，他就要練二十張。」德妃回想起兒子小時候的模樣，眼裡一片慈母情意。「夏天雖有冰盆，房間也還是熱，他懸著手練字，邊上的小太監拿著軟布候著，一有汗珠滴下來，那張字他就不肯再要了。」

「怪不得咱們爺的字連皇阿瑪都要誇獎。」周婷作勢瞧了胤禛一眼。「原來是下了苦功的。」才六歲就這麼堅毅，怪不得最後成大事的是他。

「可不是，我的兒子都是這麼個強脾氣，胤禛也是，拉起弓來就不要命，跟老四一樣到了夜裡就膀子疼。」德妃嘆了口氣。「怪不得人家說兒女都是債。」

胤禛垂著頭聽，德妃難得跟兒子說兩句貼心話，又有周婷在一邊不停問東問西，氣氛和緩不少。德妃從沒跟胤禛說過這麼許多話，心裡高興。「你們也該再生一個才是，哪怕是討債，也有趣味呢！」

胤禛一聽，咳了一聲清清喉嚨，想到他夜裡忍回去的那兩次就全身燥熱，周婷也在一邊跟著臉紅。德妃一看哪有不明白的，剛想問兩句，又覺得兒子大了，同她親近本就不易，不當說這些，就準備等周婷一個人的時候再囑咐兩句。

「你有正事就先去前頭吧，我同你媳婦說說話，晌午就在我這兒擺飯。」德妃說道。

「是。」胤禛在周婷面前還能說上兩句，在德妃面前就是個悶葫蘆，答應一聲後衝著周婷點點頭就往外走了。

周婷拿了抹額出來，兩人說了一會兒針線的事，德妃就有意再拉她一把。有個跟自己親近的媳婦，母子關係也能更好些。

「難為妳病著還要做這些。」德妃招一招手，宮女就上來換過茶碟。

「我倒真有一件事要託給妳呢，有個顧嬤嬤一直跟著我，如今她年紀大了，我不忍再叫她當差，送出宮去吧，她又沒了親人，我就想著，不如放在妳那兒。」德妃淺笑著對周婷說。

「母妃這說的什麼話，您開了口，我哪有不應的。」周婷微微一愣就答應下來，其實，也容不得她不答應。

「她最會調理女人的身子，妳挑兩個丫頭跟她學學灶上的手藝也好。」德妃抿著嘴笑。這才是重點！這下子周婷再傻也明白了，還是那句，要她生孩子呢。

「謝母妃為我費心。」周婷無奈得很，個個都盯著她的肚皮不放，她還不像八福晉，成婚這麼多年無所出，大家都不再期盼她的肚子了。

那拉氏的娘家也曾遞過話要送個嬤嬤過來，甚至還有送年輕丫頭進來的心思，那拉氏那時有兒子，並不把這些放在心上，後來死了兒子，更是堵著一口氣不肯答應，連嬤嬤也回絕了。

送丫頭周婷絕不肯答應，給丈夫塞小老婆，也太下流了。嬤嬤就不一樣，就算派不上真正的用場，調理身體也不錯。德妃的年紀算起來四十好幾了，看上去卻還年輕，周婷也不免心動。

「既然這樣，給她兩天收拾收拾，等收拾好了，就送到妳府上去。」德妃欣慰地點了點頭。

周婷謝過德妃，回府後就吩咐瑪瑙。「母妃那兒要送個嬤嬤過來，妳把妳的屋子挪出來，先跟珍珠擠在一處，等過年的時候我再幫妳們分派屋子。」

正院裡最好的兩間下人房是給大丫頭的，既然是德妃賜下來的人，自然比丫頭要尊貴了。

「這嬤嬤是……？」瑪瑙好奇地問道。

「說是專會調理女人身子的。」周婷有些不好意思。

瑪瑙聽了，歡天喜地地應下，還特地指了兩個小丫頭伺候顧嬤嬤。

「主子可用過飯了？」珍珠掀了簾子進來，走上前問道。

這個時間從宮裡頭出來，自然是用過了。珍珠扶著周婷的手進正房的時候，藉機湊在她耳邊說：「南院抬了兩座玻璃燈進去。」

周婷皺起眉頭。「可看清楚是什麼燈？」

珍珠小心翼翼地打量周婷的神色，見她不像是惱怒的樣子，才敢回道：「一座妝燈，一座炕燈。」

周婷不怒反笑，進了暖閣後，她往炕上一歪。「上回喝的果子露好，再來一盞，還要幾樣點心。宮裡頭的飯菜精細是精細，就是不比家裡頭的親切。」

周婷說著，就伸手拿了個石榴在手裡慢慢剝，珍珠趕緊走過去搶下來。「哪用主子做這個。」

周婷拍掉手上的碎屑，問道：「今日可有人進過院子？」

李氏怎麼能這麼快就知道炕燈的事呢？雖說她來正院為大格格挪房一事「請罪」時，她房裡就點了炕燈，可李氏進來前她就把燈熄了，之後才點給胤禛看的，難道她昨天晚上差人來打探了？想到李氏打聽自己屋子裡的事，周婷就一陣噁心。

「奴才問過守門的婆子了，大格格那裡的人並沒有出去過，側福晉那兒也未有人進來過。」這才是珍珠覺得奇怪的地方。

「不一定是咱們院裡透出去的，那樣大的東西抬進來，總會有人瞧見。」瑪瑙猜測道。每到這個時候，屋子裡就只會留下珍珠跟瑪瑙兩個丫頭，碧玉和翡翠一個辦事、一個守門，默契非常好。

只不過，就算其他地方的人瞧見了，李氏怎麼會這麼清楚是玻璃燈！周婷的臉上燒紅一片，心裡暗暗咬牙，跟吞了隻蒼蠅一樣嘔不出嚥不下。還真別小看了古人的臉皮，打聽房事的事兒都能幹得出來！

屋子裡的丫頭跟她一條心，不可能做出轉投李氏的事情來，可其他人就不能保證了。李氏現在當家，難保沒有眼皮子淺的去賣乖，昨天夜裡主屋的燈亮了一陣子的事，只要是在院子裡侍候的，都能知道。

「把昨天夜裡當差的人點一遍。」周婷抓了一把珍珠剝好的石榴，用手帕托著慢慢吃，白色綃絲被汁水染紅了一片。她瞇了瞇眼睛，她不惹人，別人卻趕著要來惹她，可就別怪她不留情面了。

看來過去的那拉氏讓李氏的日子太好過了，明裡暗裡吃了這麼幾次虧，竟然還學不乖？

碧玉進來上了點心又退出去，瑪瑙坐在榻上，珍珠站著伺候周婷喝果子露，周婷抬抬眉毛露出笑來。「打聽打聽，側福晉可把燈擺上了？」

「是。」瑪瑙領命離去。

既然她橫豎都學不乖，不如一巴掌拍得狠一點，她想再爬起來噁心人也得費些工夫。周婷心情大好，伸出手來細細看起自己的指甲。

「主子好些時候沒抹蔻油了，要不今兒換個色兒？」珍珠問道。

周婷點了點頭，珍珠很快就拿出一套工具來。周婷看了不禁咋舌，這都快趕上美甲店了呀！仔細一看小瓶子裡裝的還真是指甲油，不是原本的鳳仙花汁做的蔻油，只是顏色沒那麼多，她指了個淺紅色，說道：「就這個吧。」

「這個看起來倒比鳳仙花汁好用。」這個時候就有指甲油了？周婷看到化妝工具時覺得有些奇怪，美甲還是這些年才流行起來的呢，沒道理現在就有了呀？

「如今哪有人用那個，這蔻油的顏色比用花汁做的要鮮亮，這會兒全用它呢。」珍珠塗完了一隻手，幫周婷輕輕吹乾。「馮記那對夫妻倒真是會做生意，這些零零碎碎的玩意兒，難為他們想得出來。」

「這也是馮記做的？」周婷好奇地問道。

「主子忘了？先前還誇過他們給爺辦差盡心呢。」周婷回想了一下，那拉氏手上的帳本上是有很多個「馮」字，原來就是馮記。周婷看了看玻璃燈，又瞄了瞄全套美甲裝備，暗想這會不會是穿越同鄉？

不過，就算這個馮老闆一樣是穿越來的，那也是她過她的日子，跟別人不相干，難道還巴巴地跑去認親，拍個肩膀說請多關照？不說她能不能出得了這大門，光現在的男女大防，就夠讓她卻步的了。

八阿哥那裡的新月，也不知道是真格格呢還是假格格，周婷猜測名字相同只是巧合，換成是她穿越成了不得寵的小妾，還不得老老實實窩在房子裡不出來？有吃有喝就當放長假了嘛，現在這種物質水準，出去是死，鬧騰也是死，還不如乖乖待著當擺設呢！

這麼一想，周婷就不再關注那個馮記到底是不是穿越人士開的了，到了這個坑爹的地方，活下去才是真的，人家有的本事她沒有，只好老老實實當四福晉。

「主子瞧著可喜歡？」珍珠抿著嘴笑。

蔻油不像指甲油顏色那麼豔麗，淡淡的一層粉色，顯得皮膚白皙、手指纖長。周婷一時興起，索性拿玫瑰香脂出來幫自己護手，不幹粗活的手本來就細嫩，先用熱水浸，再抹上厚厚一層脂膏敷著，最後再讓珍珠為自己輕輕按摩。全弄好了伸出來一看，美得周婷自己都得意起來。

「主子這法子倒好，摸上去就跟綢緞似的。」珍珠說著，搓著手上多餘的香脂往自己腕上抹。

瑪瑙從外頭打了簾子進來，鼻子一動。「這是點了玫瑰香？」

珍珠把手往瑪瑙鼻子下面一伸。「姊姊鼻子可真靈。」

「問好了？」周婷還關注著李氏的玻璃燈事件。就像她說的，開了一個洞，就能引來一群耗子，螘多還能咬死象呢！若是真有人故意走漏消息出去，拿她被窩裡頭的事去李氏那裡說嘴，她是絕對不會手軟的。

「交給翡翠去辦了。」幾乎每個院子裡都有些沾親帶故的人在，例如翡翠屋子裡的小丫頭鎖兒和南院李氏那邊的扣兒就是親姊妹。

扣兒、鎖兒都是灑掃丫頭，根本不用刻意拉著她們打聽，只要放鎖兒半天假再給她些點心、糖果，她自然會去南院找姊姊聊天，翡翠再有意問上兩句，事情就全清楚了。

從宮裡頭出來建府就已經是那拉氏管家了，雖說她為人正氣，但到底還是在每個院子的不顯眼處插了自己人。過去那拉氏不得寵，跟胤禛之間相敬如「冰」，李氏自有辦法攏住胤禛的心，就算往正院打聽消息，也不過是看看那拉氏有沒有往胤禛面前送什麼人。

而這一回，她恐怕是真的慌了，竟然這麼沈不住氣。胤禛算起來有半個月都沒有歇在她屋子裡，阿哥的事、人蔘的事再加上大格格的事，已經讓胤禛有些不待見她了。

這個女人的心思也實在簡單，或者說她還真是切中要害，焦點一下子就集中在床上。周婷不知道該說她愚蠢還是聰明，想一想又覺得李氏真沒錯，男人要是管得住胯下三寸，後宅也就不會有這麼多事。

周婷點了點頭，不禁好奇起胤禛今天進了李氏的內屋，要真的瞧見了炕燈，會怎麼樣？嗯……多半還是會為了小妾在討好自己而覺得高興吧？

第十一章　策辦宴席

周婷還在若有所思，碧玉就掀了簾子進來站在門口。「主子，管事婆子過來問爺壽辰那天要擺些什麼花。」

周婷自從知道自己要接手宴席後，早早就把事情分派下去，看起來都簡單得很，真的做起來，那是千頭百緒。

請來的客人裡有喜歡南腔的、有喜歡北調的，叫戲班子的時候，就不能只考慮一種；再來就是位置座次，有相互親近的妯娌，就要安排在一處，往日不大對盤的，就須隔遠一些；同一桌上有人不吃蔥薑蒜，有人不吃雞鴨鵝，上菜的時候就要小心盯住丫鬟。更別說周婷還是主家，除了忙這些，當天還要招呼所有女眷，各方面全都要考慮進去。

「院子就罷了，總有各色梅花應景，屋子再擺些雕紅石榴、紫葡萄的擺件，也算添些色。」周婷想了想，又補上一段話。「有早開的水仙沒有？往水榭裡擺兩盆，再幫大格格屋子裡也擺上一盆。」

這些花卉主要是讓女客在水榭裡休息時欣賞的，男人們哪裡會注意這個呢！

說到花卉，周婷就想到衣服，她吩咐瑪瑙。「拿些料子給大格格挑，做幾身新衣裳，不要太素的。」

大格格剛搬到正院來，恐怕妯娌們都要見見她，總要打扮一新，才能帶出去給人看。

「主子也太為大格格著想了些。」瑪瑙嘴裡嘀咕著，手上卻不停。

「不獨大格格，妳們也都有。」拜胤禛之慷慨，周婷才不會肉痛呢！「就說爺要做生辰，每人得新衣裳一套，再多加一個月的月錢。在主子身邊伺候的，衣服就再多一套。」

瑪瑙馬上福了福身。「還是主子體恤咱們。」

「有新衣裳就把妳高興成這樣子，我平時虧待妳了？」周婷笑嗔一句，手上托著的石榴就滾了下來，裙角染上了一點石榴汁。

珍珠扶周婷進內室，拎著裙襬說：「怕是洗不乾淨了，可見主子該做新衣裳呢。」

那拉氏自從兒子去了以後就一直沒有歡顏，更別說是做衣裳、打首飾了，此時說到興頭上，珍珠跟瑪瑙都故意裝樣子哄她做。

那一匣金子放著也是放著，周婷曾有心想置辦點不動產，只是細問下來，京郊的地盤早在入關時就圈得差不多了，要買好的，就得到京城外頭去。

離得那麼遠，看不見摸不著的，想想還是花在自己身上最值得，於是她馬上點頭。「是該做了，上回八福晉說時興的三層袖，恐怕那一天大家都會穿。」

平時進宮穿的只能算是制服，不出挑是正常的，但胤禛生辰那天妯娌之間肯定會相互比較，她這女主人可不能失了體面。

「不如跟八福晉打聽打聽哪家的樣子好些？」珍珠建議道。

這方面八福晉還真是大老婆中的代表人物，放到現代，還真能算是時尚達人引領潮流，她的髮型、衣裳、首飾全是剛剛興起來的。

「再等等吧，她這會兒正忙亂呢。」周婷擺擺手。「叫人把料子送來，也不用一次都做好，先做兩套壽宴時穿的，旁的叫人慢慢趕出來就是了。」

「到那會兒都該下雪珠了，原來爺帶回來的毛料，可要看著做件大衣裳？」瑪瑙把之前珍珠用過的工具細細擦拭好收起來，見珍珠又舉起搽過玫瑰香脂的手來聞，啐了一聲。「瞧把妳美的，還不快給主子烘衣裳去？」

珍珠嘻笑著應了一聲。

「我倒是想拿幾塊小的出來拼著當褥子用。」周婷原本的體質屬熱，一吃熱的東西就要上火，到了這兒偏成了寒性體質，穿得比別人多不說，到了夜裡怎麼睡也睡不熱，這時又沒有蠶絲羽絨被，只好想別的辦法。

「拿那毛料拼褥子？」瑪瑙有些傻眼。「那可是爺給的。」

「東西白放著也黴壞了，橫豎這些東西年年都有，攢著它幹什麼。」周婷早已經想好了，下面鋪一條上面蓋一條，睡覺的時候肯定暖和，單做惹人眼紅，正好趁著這時候一起做。

珍珠把烘好的衣裳幫周婷換上，把那條被染到的裙子交給小丫頭。「那毛料的褥子要怎麼用？像做大氅似的，襯上羽面緞子？」

「就配上大紅的吧，冬天裡看著也暖和些。」說完了這些，周婷指指珍珠。「去把宋氏請來，我有事分派給她，既然她在熬湯煮粥上頭費了心思，就叫她管那天的湯水吧。」

要辦宴席，那就大家一起出力，免得這些小妾閒來無事在後院不安生，就算要掐尖，也得掐在正事上。

珍珠應得很響，帶著小丫頭一路過去，走到南院時眼睛往裡一瞥，都這個時候了，竟還亂哄哄的！

守門的婆子倚在門廊上打哈欠，看見珍珠來，硬生生把嘴閉上了，抬起袖子一抹淚花，臉上帶笑彎腰曲膝。「珍珠姑娘來了。」

「我不是來尋妳們主子的，是福晉叫我分派爺生辰的事兒呢。」珍珠也笑，眼睛不再往裡頭看，反正自然會有人湊上來跟她打聽。

「說出來好讓妳也樂一樂，福晉說了，爺生辰每人都做一套新衣裳。」冬天的衣服不比夏天的，耐穿厚實更實惠。

守門的婆子臉上笑開了，正要說什麼呢，珍珠又加了一句。「一人再多一個月的月錢。」聲音不高不低的，正好傳進門廊裡頭。

有小丫頭停住了手上事情問道：「真的？」

旁邊的丫頭敲敲她的頭。「珍珠姊姊是侍候福晉的，還能有假？」

幫周婷打完廣告，珍珠快步走到宋氏屋子外面，小丫頭回稟過了，珍珠才走進去。「我們主子請格格過去說話。」

宋氏眼皮一跳站了起來，整整身上的衣裳，笑咪咪地走在珍珠前頭，側頭問：「福晉傳喚，不知為了何事呀？」

她捧著湯攔住胤禛的事在後院傳開了，沒能如願不說，還平白給人添了笑料，她白天都躲在屋子裡不肯出門，周婷一來叫，她心裡就打鼓。

珍珠不肯多說，只抿嘴一笑。「自然是好事。」

周婷歪在炕上，瑪瑙立在她身邊伺候，小丫頭們拿了衣服料子一疋疋給她看，覺得好就留下，看到一疋蓮青鬥紋的素色緞子時，周婷就伸手指了指，說道：「這個看著好，留下給大格格用。」

瞧見宋氏進來，周婷微微朝她一點頭，並不起身，而是轉開眼睛繼續挑衣料，自有小丫頭為宋氏上茶擺點心。

周婷指點著一塊大紅的洋緞說：「這個做成裙子倒好，留下吧。」

不時有些婆子立在階前回話，一會兒過來問器具、一會兒過來問人手分配，因為準備得早，周婷也不著急，能定的就當場定下，不能定的叫瑪瑙記下，等各方都協調好了再吩咐。

過了半刻鐘，宋氏面前那杯茶再續上一杯的時候，周婷才轉過身來，對著她抱歉地笑了笑。「勞妳等我，這些日子事多，我就沒有歇的時候。」

宋氏本就只坐著椅子邊，聽周婷這樣說，馬上站起來告罪，聲音還是細細的。「福晉辛苦，妾不能分擔已屬慚愧，哪有等不得的。」

「我正有一樁事要交給妳。」周婷擺擺手要宋氏坐下，拿起茶盞啜了一口熱茶，瑪瑙換上剛蒸出來的山藥糕，她便揀了一塊包在手帕裡咬一口，全嚥下去了才接著說：「爺的生辰要到了，妳知道我這些時日精神不濟，這些事本想交給李氏的，偏偏阿哥病了。」

聽到話頭，宋氏一喜。這是露臉的事，意思是要交給自己了？她連忙坐直身子看著歪在炕上的周婷。

周婷偏不接著說下去，反而轉頭跟瑪瑙說起糕點來。「今天的餡兒好，上回的棗泥太甜膩了。」又指了指碧玉。「給宋格格也來一碟子，怎的只有我這兒有。」

「這還用主子吩咐，早上過雪片糕啦。」碧玉撤下宋氏的碟子，換上新的。

宋氏著急想知道周婷把什麼事交給她，但周婷的話頭又不能不接，趕緊拿起一塊雪片糕來咬了一口，讚道：「是甜而不膩呢。」

宋氏眼巴巴地盯著周婷，等她說下去。雖說她在管家，但也不過是跟在李氏後面幫襯，能接觸到的事極少，她手底下可用的人也沒有李氏多。這回周婷把事情交給她，若是辦好了，不僅能在胤禛那邊露臉，也能名正言順地攬些權力過來。

「我知道妳一向善廚，就想把廚房這一塊分給妳管。」如果不是善於往廚房鑽，怎麼別的院子都熄了燈，她還有辦法叫廚房幫她焐著熱雞湯呢？

周婷撥一撥茶葉沫子，笑盈盈地看著宋氏臉上的喜色褪去，取而代之的是眼裡浮現出尷尬來。

「妳原就同李氏一起管過家，事情雖不同，道理卻是不差的。」周婷也不點破，一抬下巴，瑪瑙就托著剝好的松子遞給她。

周婷懶洋洋地瞇著眼笑。「不怕妳笑，我這身上乏力得很，多說一句話，就要喘上一回。」

宋氏臉上一紅，手指頭緊緊扣著帕子不出聲。

胤禛昨天夜裡緊趕慢趕地回到正院，兩個妾室攔都沒攔住，宋氏借著咬點心的動作抬起眼睛來溜了周婷一眼，見她歪頭靠在大迎枕上，蜜褐色的衣裳襯得她皮膚晶瑩，心知她的病已好透，連氣色都給養回來了。

她心知周婷在裝病，但自然不敢點破，只奉承道：「福晉的身子還須將養，有事交代一聲就罷了，不必自己來。」

宋氏知道自己腰生得軟，胤禛雖然嘴上不說，弄起來的時候也要多捏上兩把，她內心也曾品評過李氏是容貌豔麗，胤禛才會多歇在她的屋子裡。說到那拉氏，就是自己屋子裡的小丫頭，也比她更有風情些，怎麼會勾得住爺……

宋氏嘴上說著好聽的話，思緒卻飛到胤禛身上。想著想著，一抬頭就瞧見周婷一雙黑白分明的眼睛正盯著自己，趕緊住了心思，不敢再往下想。

「是嗎？」周婷皮笑肉不笑地看了宋氏一眼，忽然問道：「點心可還合口味？」

「比我那裡的要清淡些，想著是爺更愛這個味兒呢。」宋氏小心翼翼地觀察著周婷的臉色。

「是我最近愛吃甜的，又禁不起油，那棗泥、紅豆全都放了洋糖跟豬油，吃多就膩，這才叫廚房做得淡些。」周婷看出來了，宋氏原是在裝老實，好等著那拉氏分給她肉湯喝，瞧瞧這雙眼睛，就知道是不安分的人。話雖如此，她倒樂得後院這池水再混濁些，抬起宋氏來，李氏的錯漏只會愈來愈多。

「我就把宴席菜單交給妳了，各家福晉愛吃什麼、不能碰什麼，妳去打聽清楚，單子擬好以後，送一份給我過目。」

宋氏喜形於色，只有點頭的分。「咱們府裡原也辦過宴席，各家福晉愛吃什麼都有譜，福晉只管放心地交給我辦，再不會差的。」

宋氏還是第一次被委以重任，內心激動，連握著帕子的手都在抖。

若真是這麼簡單，周婷也不會把這事交給她了。器具是李氏在管，菜餚哪有不配食具的，李氏難道真的肯乖乖幫宋氏做這錦上添花的事？吃菜的人可不會誇一句盤子好！

周婷一聽宋氏滿口答應，就笑了。「瑪瑙，妳去側福晉院子裡說一聲，就說不打擾她看著阿哥，要她把對牌給宋格格。」

瑪瑙應聲而去，宋氏略坐一會兒就告辭了。

「我還從沒瞧見過宋格格高聲說話的樣子呢。」珍珠捏著帕子笑起來，衝著周婷眨了眨眼睛。「主子沒瞧見，她向來都是細眉細眼的，今日一看原來還能瞪得像桂圓般大呢。」

兩人正調侃著宋氏，翡翠就從外頭進來了。

「主子，問清楚了，咱們院子裡的人並沒有出去說嘴的，是那邊大廚房裡送飯來的婆子們傳出去的。」翡翠回稟道。

「知道了。」周婷收斂了笑意。她想也知道李氏不可能跟女兒那裡的丫頭打聽她房裡的事，要是真這麼做，她這親娘的臉往哪兒放啊？

「婆子進來跟哪個丫頭說了話？是往日就嘴碎呢？還是有意打聽？」周婷喃喃自語道。

真是無孔不入！既然她這麼想借這個玻璃燈成事，是不是要幫她一把呢？

正思考著，周婷的手忽然一鬆，手裡的松仁掉到托盤上。她突然想起德妃的話，感情都是處出來的，她現在還能保持清醒，等真的跟他成了事實上的夫妻，她還能像現在一樣理智嗎？

第十二章　暗潮洶湧

「福晉真這麼吩咐的？」李氏日子不如以前好過，夜裡睡不著，白天必要眯一會兒養養精神的，剛散了頭髮歪上炕，石榴就進來告訴她福晉發話多給每個下人月錢的事。

「院子裡的丫頭、婆子早就都傳開了。」石榴是聽伺候她的小丫頭說的，立刻過來稟報李氏。

按照過去的慣例，胤禛生辰至多每個下人添一套冬裝。李氏早已經想好了，這回輪到她管家，正要放出話去除了做衣裳，再多一人多得一份月錢的，也算是博個寬厚大方的名聲，卻一不小心教周婷搶了先。

「福晉不是不管事了，怎的又插手起爺做生辰的事來？」李氏也不午睡了，扶著石榴的手起來重新綰頭髮，準備去周婷那邊探一下口風。

誰都沒跟她說過胤禛把這事交給了周婷，胤禛沒有，周婷也沒有。胤禛是覺得周婷辦事更穩妥，以周婷的立場，就更沒必要特地去告訴李氏，本來正經宴客的事就輪不到一個妾來插手。

李氏跟宋氏的心思一樣，都想趁各家阿哥、福晉都在的時候好好露回臉，又能踩一踩周婷，沒想到周婷根本不讓她沾手。

李氏一邊盤算著怎麼叫周婷鬆口攬點權過來，一邊讓石榴揀衣裳出來換，還沒等李氏換完呢，瑪瑙就過來了。「給側福晉請安。」

「妳怎麼來了，可是福晉有什麼話要囑咐我？」李氏臉上帶著笑，使了個眼色給石榴。

石榴拉著瑪瑙坐下，瑪瑙連連擺手。「側福晉面前哪有奴才坐的分呢。」說著，她側身叫宋氏的丫頭走上前來。「福晉交代要把爺生辰宴席菜單的事交給宋格格呢，我是領著她來取對牌的。」

李氏聞言一驚。那丫頭知道自己這趟觸了李氏霉頭，行過禮就低著頭不敢抬起來，瑪瑙笑晏晏地推她一把。「還不去接了對牌回去交差？」

李氏氣得肝疼，咬牙忍著，把氣都撒在丫頭身上，指著葡萄罵道：「妳是聾了嗎？還不去取！」

石榴離她最近，被噴了一臉唾沫星子，默默背過身走進內屋，拿袖子好好抹了回臉。

瑪瑙笑咪咪的，像是沒聽見李氏突然拔高的聲音，宋氏的丫頭則抖了抖肩膀，頭垂得更低，一接過對牌，就眼巴巴地看著瑪瑙。

瑪瑙一彎腰。「那就不打擾側福晉休息。福晉說了，阿哥的病症已經教側福晉費心，這事就不再勞您了。」

其實這話本該先說，但瑪瑙有意在走之前說，好戳中李氏的心病。

兩個丫頭一告退，李氏就靠在椅子上，丫頭們都避了出去，只有石榴留下來幫她揉胸口。

「主子，您說這唱的是哪一齣啊。」石榴轉不過彎來，她印象中的那拉氏一向最講規矩，這樣的事就是再累也要自己辦，怎麼都不會讓個側室插手。李氏好歹是上了玉碟的，宋氏除了生育過一個沒養活的格格之外，拿什麼來跟李氏比呢！

「橫豎是宋氏去求了她。」李氏一口氣好不容易才喘上來。

她伸手要茶，石榴趕忙上了一盞，她全灌下去，吁出一口長氣後，抽出帕子擦嘴角，眼睛盯著妝檯上的玻璃燈，冷哼一聲。「她慣會討好人，福晉又喜歡她那聽話的樣子。」

石榴不敢開口，由著李氏怔怔出了半天神。

要她吐出剛收進口袋裡的廚房是不可能的，李氏原也是在家嬌養的正經嫡女，也沒想到會嫁給皇子，嫁妝都是按著正妻的分例準備的，一道旨意下來知道自己要當側室也就罷了，回去一瞧，好些個備好的用具全都不能用了。

說是側福晉，其實就是小老婆，不過稱謂好聽而已。李氏不是不委屈，可她本就比宋氏多幾分機靈，肚子也爭氣，雖前頭幾個孩子沒養活，可也牢牢在後宅裡扎下了根。

無奈那拉氏來了，破壞了她苦心經營的一切。原先在宮裡頭只有她一人位尊，走動起來還不覺得，那拉氏一來，她才知道做小是什麼滋味。

那拉氏進門那一天，她跪下行完禮，就被打發回了自己的屋子，聽著外頭的喧鬧聲，眼睜睜盯著蠟燭一夜熬到天亮。原先還能跟她說得上幾句話的福晉們眼睛裡再也沒她這個人了，對她們來說，那拉氏才是正經的妯娌，德妃也不再召見她，寧壽宮更是連踏都踏不進。

選秀的時候還有些秀女羨慕她嫁進了皇家，偶爾見面說起話來沒有不奉承的，自從那拉氏進門，那些女人又轉頭奉承正妻去了，她非但不能出門，連宴席都要瞧那拉氏的心意才能露個面。

李氏不知不覺扯爛了一條帕子，她是不甘心的，本來覺得嫡子死了，那拉氏又不得寵愛，看起來也難再生一個，只要保證自己的孩子為長子，往後就算胤禛再有兒子，也拉開了年紀，這王府早晚會歸她生的兒子，可她萬萬沒想到那拉氏也有翻身的一天。

弘暉明明瞧著要不好了，她就使了計把胤禛引到南院來，讓那拉氏誤會他心裡更重視庶子。本來一切都沒問題，也不知怎麼地，好好的一局棋，就走成現在這個樣子。

「把燈點起來。」李氏走到鏡子前摸著臉細看。那拉氏進門時還是個孩子，她已經長成了，男人自然是哪裡更舒服就待在哪裡，那事兒不僅沒少，還多起來。可如今她的好時候已經過去了，而那拉氏正年輕。

李氏沒來由的感到一陣心慌，暖黃色的燈照在她臉上，顯得她皮膚細了，原來黃黃的臉色也照不見了。

「把燈都點起來。」李氏吩咐道。

「主子，還沒到掌燈的時候呢。」葡萄瞧了瞧外頭的天色答道，石榴瞪了她一眼，自己走過去把燈都點著。

「去院子外頭守著，瞧爺什麼時候過來。」李氏說完這些，就坐在妝鏡邊，細看自己的嘴唇、眼角。饒是再怎麼精心，還是比不得年輕人，宋氏也差不多年紀，大選卻又要來了，府裡一年一年進新人，那拉氏還能占著名分，她呢？

「主子，今天阿哥多進了兩勺粥呢。」枇杷歡歡喜喜地過來向李氏稟報。

李氏聽了倏地站起身來，沒錯，她還有兒子！有了這個寶貝蛋，她就什麼都不怕了。李氏一顆吊著的心又落了地，臉上露出笑來。「我去瞧瞧。」

阿哥的病一直不好，南院的人都不敢露出笑臉，李氏也心焦，但她還有個看著虎頭虎腦、很健康的小兒子，並不像那拉氏那樣把唯一的兒子當成命根子看待。

李氏接過孩子拍哄，四歲的孩子雖然瘦弱，她也有點抱不動了，不一會兒就手痠交給了嬤嬤，笑著問他。「吃藥乖不乖呀。」

阿哥病了那麼久，人就懨懨的，聽到李氏問話也不回答，只點了點頭。李氏情緒穩定了下來，打定主意等胤禛來了，怎麼也得留住他，不讓他走。

「小阿哥還在睡？」李氏問道。這個小阿哥就是李氏的小兒子，不到半歲的嬰兒不是吃就是睡，養得白肥肥的，一看就惹人喜歡。

「吃了奶，剛睡下了。」奶嬤嬤答道。

李氏點了點頭，瞧著兒子瘦弱的小臉，深吸了一口氣。養不大的孩子向來不序齒，等胤禛來了，怎麼也得把這名分給定下來，不能再阿哥阿哥地渾叫，名字早點決定，她也早些安心。

「她給對牌了？」周婷漫不經心地問話，眼睛放在帳本上。不看不知道，那拉氏還很有些資產呢。

那拉氏一門是靠打仗起的家，太宗文皇帝那時就開始借著兵禍斂財。她又是老來女，嫁給皇子當嫡福晉，出門的時候嫁妝比入宮前備好的又加厚了三成。家裡心疼她年紀小小就要嫁進宮裡，給的全是好東西。

田地、莊子全是上好的，出息都不錯，比較起來京裡的鋪子賺得就比較少了，明明帳本上寫著有綢緞鋪，怎麼她剛剛挑的料子還是別人鋪子裡的居多呢？正抬頭準備問呢，就看見兩個丫頭扮起怪相。

「妳是聾了嗎？還不去取！」瑪瑙腰一擰手指頭一伸，將李氏的表情學得活靈活現。周婷看了，噗哧一聲笑了出來。

「我回來的時候瞧見南院的小丫頭探頭探腦的呢。」瑪瑙又告上一狀，很瞧不起李氏的行事，這肯定是準備好了要去胤禛面前上眼藥了。

也不怪李氏發脾氣，廚房油水這樣足，她好不容易吃下了，還沒來得及消化呢，就要吐出來，自然肉痛得緊。

周婷不以為意地笑了一笑，點著帳本問道：「怎麼我剛挑的那些料子，自己的鋪子裡頭的反而不多？」只有些尋常的綾羅綢緞，像她點給大格格做大氅的料子就沒有。

「京裡的人多喜歡用舶來貨，年前主子還說想關了鋪子憑給旁人換個營生呢。」這事珍珠倒是知道，那拉氏看著鋪子的收益一年不如一年，還特地叫下頭經營的人進來問過話呢，只是後來弘暉阿哥病了，沒能顧上。

周婷拿起以往的帳本端詳，收益的確是一年比一年少了。「是我病過一場忘了，年前來交帳的時候就將鋪子關了吧。」

收租金雖不如開鋪子錢多，至少不用勞心勞力。周婷把帳本一合，拿起本府的帳本翻看。

剛開府的時候樣樣要花錢，帳上的收支很緊，這些年得了幾個以馮記為首的漢人商賈的孝敬，帳面上的餘錢就多了起來。李氏當家差不多兩個月，還沒來得及動太多手腳，支出倒是跟過去差別不大，恐怕是想等這回宴席揩油，豈料周婷一轉手交給了宋氏，不知她心裡有多難受呢！

周婷可不愁抓不住李氏的把柄，有兒子又怎麼樣，將來當皇帝的可不是她的兒子，周婷記得乾隆生母的姓氏非常拗口，反正絕對不姓李就是。

李氏要是眼光長遠，她們之間還能「來日方長」；要是眼皮子淺，那就她就不客氣地再打擊她一回，看她還能不能再噁心人。

李氏在那邊翹首以盼，催著丫頭去門上問了三回，誰知胤禛辦完了差，竟帶著十三、十四阿哥一同回來。

前面的人一報過來，李氏就咬著嘴唇跟奶嬤嬤說：「給小阿哥少喝點奶。」餓了，孩子自然就有精神，等胤禛來的時候，務必要讓他瞧見白胖活潑的小兒子。

周婷這邊聽了前頭的稟報，眼皮都沒抬一下，一點也不激動。十三、十四阿哥後世再出名，現在也是她的小叔子，不到家宴肯定見不到。「叫後院的丫頭們全都迴避，不要衝撞了。要廚房燙壺酒，做幾個菜，灶上熱著湯，預備著醒酒用。」

周婷已經差不多習慣了福晉的工作，馬上就安排好了。

這邊的膳食一向是碧玉打理的，一聽周婷吩咐，就報出一串。「上回十四爺讚過香糟鴨信好用，今兒再上一碟；十三爺喜歡吃大肉，就做個金銀肘子。」至於胤禛喜歡吃什麼，廚房裡都有數，不必特別準備。

「叫廚房不要單獨再做我的飯了。」周婷說道。

周婷想省事，丫頭可不跟著她一起省。

「看主子說的，難道還能少了人給主子做飯？」碧玉第一個不答應。「我都說好了，今晚有蒸鴨子的。」

「還是咱們碧玉姊姊心疼人。」翡翠笑著說。

珍珠啐了一口。「是她自個兒想吃那酒釀糟的鴨子呢。」

碧玉扯著珍珠的袖子不肯放，兩個人笑成一團，碧玉嘴裡不住叫著。「冤死我也，主子可瞧著，夜裡就要打雷下雨了！」

前頭開始吃，周婷的晚飯也擺上來了。「大格格那裡可擺了？」

「主子放心吧，大格格那裡咱們十二分的小心呢。」瑪瑙知道周婷是怕被李氏說嘴，大格格自從來了正院，吃的、用的都比在南院都還要精緻幾分。

一整隻鴨子上了桌分成幾份，一份給大格格，周婷再賞了一碗給宋氏，其餘全給了丫頭。

瑪瑙在自己房裡匆匆吃兩口飯就又回來了，周婷正在屋子裡轉圈消食，看見瑪瑙，就說：「吃飯就細嚼慢嚥，我這裡又沒什麼事用得上妳，小心得了胃病。」

「我是怕小丫頭們不精心呢，該掌燈了竟也沒有來點。」瑪瑙拿著火摺子點了蠟燭擺進玻璃燈裡，周婷看著那燈亮起來，臉上一紅，心裡生出點尷尬來。萬一今天胤禛來了，又要「這樣那樣」，她要怎麼說呢？真的借這事把李氏的玻璃燈給說破？這樣……會不會顯得身段太低了？

周婷正猶豫著，胤禛就往後頭來了，他身上帶著淡淡的酒氣，一進屋就說：「菜不錯，十三弟把那半盤肘子全給吃了。」吃到後來，兩個半大小子竟搶了起來，這頓飯倒比宮裡吃的那麼多頓都要開懷。

周婷接過丫頭絞的毛巾遞給胤禛擦臉，正奇怪著他怎麼沒被李氏拉過去。按照瑪瑙說的，李氏肯定不錯眼地盯著呢。

「我正打算要賞廚房一回呢，大格格口淡吃不下東西，偏偏今天的雞絲粥連喝了兩碗，可見是下過功夫了。」周婷笑著說，又問：「爺可下了帖子給他們？」

胤禛點點頭，把擦過臉的帕子遞給了小丫頭，在周婷面前站直了身子，等她幫自己換衣服。周婷說不出話，再走開又顯得矯情，只好彎下腰來為他解下身上掛的玉珮。

「兩個小子嚷著宴席上還得有這肘子。」胤禛心情好，話也多了起來。「太子說定了要來，太子妃只怕要跟過來，到時候妳多顧一下女眷。」

「那日只怕要落雪珠，我想把水榭裡的窗紙全換成玻璃，又暖和又亮堂還能看景。」周婷除下一塊玉佩放進托盤，自有丫頭用軟布包好了收起來。「依稀記得太子妃愛梅花，正巧碰上了，到時還能請她們踏雪折梅。」

胤禛自己套上常服，瞧見桌子上周婷沒來得及吃的糖酪，拿起來吃了一口。「妳安排就是，李氏剛差人來說阿哥好了些，我過會兒要去瞧瞧。」

李氏沒直接把人拉過去，是抱著想要攔胡的心呢，豈料周婷根本不在乎，笑了笑說：「那可真是佛祖保佑了。我怕累著了她再添病症，還特地把事交代給宋氏，叫她擬菜單呢。」

「不給她安排事情也好，總歸兩個孩子要她多照顧。」胤禛三兩口就把酪吃完，碗跟勺子全都放下。

周婷這裡的玻璃燈全點起來了，轉動之間，她頭髮上戴著的一顆粉色南珠在燈火下流光溢彩，一下子就把胤禛的心給勾起來。肉到了嘴邊還沒吃進去，由不得他不惦記，他定睛細看，問道：「這顆珠子怎的沒見妳戴過？」

「之前為了大格格的事開了箱子，才翻出這顆珠子來。原是我阿瑪給的嫁妝，我這人不喜歡旁的，只愛珠玉呢。」金銀太晃眼了，就算是過去的那拉氏，也不喜歡那些。

周婷說到了首飾，就把話題往衣服上頭引。「這回爺生辰給每個下人發一套冬裝吧，那天客人來了，瞧著也精神些。」

「這些事不必報給我，光顧著喝酒，東西倒沒吃多少，叫廚房煮點麵，一會兒我過來吃。」

胤禛說得隱晦，周婷還是臉紅了，連丫鬟都低下頭。周婷輕輕咳了一聲應下。「知道了。」

李氏雙眼都要望穿了，才瞧見蘇培盛提著玻璃燈籠過來，胤禛一進屋，自然是關心兒子。「阿哥好了？」

李氏微微曲膝行了個半禮。「託爺的福，阿哥今日多喝了一碗粥呢，瞧著是要大好了。」說著就引著胤禛往兒子屋裡去。

屋裡的藥味淡了許多，上回胤禛皺眉離去，李氏把所有的可能性都想了一遍，今天就叫人用披風把阿哥包起來挪到別屋，開窗透了半日的風，果然胤禛沒像上回一樣皺眉頭，仔仔細細地看著兒子的小臉。

阿哥已經睡著了，被奶嬤嬤拍醒後抱在手裡，他抓著胤禛的雙手行禮，嘴裡喊了一聲。「阿瑪。」

胤禛點點頭應了一聲，他記憶裡從未與父親長期相處過，是以也不太會同自己的兒子相處，只問李氏。「今天的藥可用了？」

「用了，太醫也說阿哥好了許多，再好好養養，就大安了。」李氏特地穿了件過去胤禛稱讚過的衣裳，說話的時候還故意露出頸項來，眼波一層層往外盪。「爺要不要再去瞧瞧小阿哥？」

胤禛一怔，才反應過來這說的是小兒子，他跟著李氏進了內室，坐在炕上。

石榴進來上了茶，李氏拿起來掀開茶蓋瞧了一眼。「沒眼力的，爺才喝過酒，還不上盞蜜水來？」說著扭過身子笑盈盈地對胤禛說：「妾這裡備著上好的天門冬蜜呢，喝了酒再喝這個，最是止渴疏肝。」

胤禛聽了，略微點點頭。奶嬤嬤把小阿哥抱了過來，本來這時候小孩子肯定睡了，卻因李氏不許他吃飽，一餓就餵上一點，吃上幾口就停，所以他到現在還精神著。

「瞧他這小臉，多可人呀。」李氏抱過孩子向胤禛獻寶。她身上的衣裳鮮豔，小孩子喜歡亮色的，眼珠轉都不轉地盯著她的前襟，惹得李氏說：「爺您看吶，他認得額娘呢。」

胤禛湊了過去，小孩子感興趣地轉過頭來看他，伸著肥嘟嘟的小手要扯他的袖子，胤禛一靠近了就扯，扯了幾次扯不到，就扁著嘴哭起來。

奶嬤嬤趕緊把孩子接過去拍哄，李氏抓著空檔說：「咱們阿哥也四歲了，還沒大名呢，不知皇阿瑪可有名字賜下來？」

「明日早朝過後我去求賜。」胤禛接過李氏捧上的蜜水喝了一口。「皇阿瑪那裡早就預備好了。」

「那可好，再不用阿哥阿哥地渾叫了。」李氏心裡盤算的三件事定下一件，臉上不禁綻開笑來。「丫頭、婆子一忙亂起來，我都不知道是叫誰呢。」

小孩子被奶嬤嬤抱在懷裡哄安靜了，李氏走過去逗弄他。「這個小的也不知道什麼時候能得名字呢，總是這麼渾叫也不成樣子，要不爺給定下排行吧。」

這事李氏抱著私心，但對胤禛來說卻是件大事。他想了一會兒，說道：「弘暉算是大阿哥，名分已定，這兩個就叫二阿哥、三阿哥吧。」

李氏一愣，指頭被兒子抓住了往嘴裡送，口水糊了她一手。李氏趕緊扯出手來拿帕子擦，心裡不禁算起自己之前那一個兒子，雖比弘暉小，但已取了名，當時胤禛也喊過他二阿哥，這時候竟然全沒被提及，再前頭那個兒子，更是完全被拋到腦後，委屈到不行。

只是胤禛開了口，事情就不能再回轉了。李氏揮揮手，示意奶嬤嬤抱著孩子出去，她抽出帕子擦了擦眼睛，聲音打著顫。「可憐我的弘盼，沒有這樣的福氣，能跟兄弟們排在一處……」

胤禛的眉頭擰了起來。愛新覺羅家一連串地死孩子，真要照著那個排，他的位置也不會那麼前面，就連皇阿瑪正宮皇后的頭生子都沒能排進去，李氏這麼委屈就顯得古怪了。

胤禛想著想著，第一回仔細看起李氏。往日只覺得她柔順解意，縱有小嗔小鬧，也都瞧在她細心侍候了他那麼多年，又幾度生育的分上包容過去，誰知竟養得她這樣不知深淺。

「是他沒福氣，妳也別再想著這些，趕緊把二阿哥的病症給養好。」胤禛站起來要走，冷冷掃了李氏一眼。

李氏迎向胤禛的目光，不禁打了個冷顫，趕緊把那作態的眼淚給擦乾，臉上擠出笑來。「妾也不過自苦罷了，說這些叫爺煩心，是妾的不是。」說完還施了一禮。

李氏瞧出胤禛臉色不對，趕緊吩咐石榴。「爺喝了酒，夜裡必定會餓，我這裡煨了好湯，正好讓爺下麵來吃，也免得燒心。」說著她可憐兮兮地往胤禛身邊一湊。

胤禛正要回絕，又不能當著丫頭的面讓李氏下不了臺，忍了又忍，才又坐回炕上。

李氏心頭一鬆，依著胤禛坐上炕，瞧見玻璃燈還沒點起來，便吩咐道：「怎的屋子裡這樣暗，還不快把燈給點起來？」

誰知不點燈胤禛還坐著，一點燈他嘩地一下就站了起來，屋子裡的丫頭都嚇了一跳，李氏更沒坐住，急急抓著炕沿站起身來。「爺這是怎麼了？」

難道……他又不喜歡這燈了？

李氏還真沒探聽得那麼仔細，她只知道胤禛稱讚過玻璃燈做得輕巧亮堂，大格格那裡也得了。之前聽說正屋的燈點了一陣子，她就以為胤禛喜歡這個燈，哪知道周婷跟胤禛房裡那些事呢？

後頭燈送到她這裡來了，她一點上，瞧見那燈罩會動也覺得稀罕，心裡就更加篤定胤禛是喜歡那燈，若說是為了床笫之事，她還不至於這麼不要臉。

可惜周婷不這麼想，而胤禛才剛為了這燈還有燈光下的周婷心動過一回，就更不是這麼想了。他看著李氏的目光帶著厭惡，覺得她鑽營這個真教人鄙夷，只是當著這麼多人的面，他又不好罵出口，憋得臉色黑極了。

李氏心頭發慌，還不知道自己是哪裡惹到了胤禛，讓他反應這麼大，她試探著問道：「爺可是不要吃麵？來些蒸小餃可好？」

胤禛雙手一甩擺在身後。「不必了，正院只怕已經做好麵了，我去那邊吃，妳早些歇著吧。」說著，頭也不回地出去了。

燈籠還沒來得及點著，蘇培盛一溜煙地小跑起來，他身後跟的小太監一邊點燈一邊往前趕，帽子掉了都來不及撿。

第十三章　溫情解意

「主子，我瞧南院那兒也去廚房催湯了。」碧玉垮著一張臉進來，胤禛剛誇獎過菜做得好，周婷轉手就給她一支髮釵，她正得意著想要再露兩手，卻被南院占了先。

周婷正繞著屋子轉圈圈呢，一聽這事就樂了。「爺恐怕要在那邊吃了，咱們這就歇了吧。」

瑪瑙幫周婷把頭髮散開來，拿著那顆珠子讚道：「我過去就說這珠子插在髮間好看，主子偏說這麼大的粉南珠太惹眼，其實除了『那邊』，還能惹了誰的眼呢？」

珍珠一邊烘被子一邊接過瑪瑙的話頭。「要我說呀，主子就該戴出來的，『那邊』得了幾樣小東西就成日裡戴進戴出，生怕別人不知道，主子早該叫她開開眼了。」

碧玉拿了酪來，邊上還放著一個小盒子，周婷好奇地拿起來問：「這是什麼？」

「我瞧主子繞著桌子走了那麼多圈，可見是被那鴨子給膩著了，特地拿棗肉石蜜丸子給主子消食生津的。」碧玉答道。

周婷打開盒子捏了一顆放進嘴裡嚼，甜滋滋的，就跟蜜棗的味道一樣，她笑說：「那支銀釵倒不白給。」說著就裝樣拿眼斜睨起碧玉。

「瞧主子說的。」翡翠把牙粉盒、牙刷子拿過來給周婷漱口刷牙。「難道咱們不得賞的，就不當差了？」

幾個人正樂成一團，胤禛就過來了。周婷的頭髮都已經散開，衣裳也換掉了，見他進來頓時一愣，趕緊使了個眼色給碧玉。碧玉會意過來，就往廚房下麵去了。

周婷發現胤禛的臉色不對，剛剛去的時候明明高高興興的，怎麼回來就黑了臉，難道是李氏跟他告了狀？

心頭一猶豫，就影響了行動。胤禛坐在那兒半天，周婷才走過去。「爺怎麼回來了？」她在心裡盤算了一回，李氏還真沒什麼能告狀，就算是說她拿回廚房的管理權，那也是有正當理由的，李氏要是拿這個告狀，周婷還真不怕。

胤禛抬頭看看內室裡的玻璃燈，他心裡認定的那些事，又不好跟周婷說，碰巧這時山茶來了。「大格格謝福晉給的石蜜丸子，說吃過覺得舒坦多了。」

「原是我不好，想著那鴨子蒸得好，給她一碗嚐嚐，沒想到大格格禁不得油膩呢。」周婷道。這東西肯定是碧玉送去的，院子裡的丫頭都跟上了發條似，一個個比她繃得還緊。

胤禛聽了，從鼻子裡哼了聲。周婷有些摸不著頭緒，這到底是滿意呢，還是不滿意？她這個人向來直爽，高興就是高興，不高興就直接板起臉，見不得胤禛這副冷臉，乾脆就當沒瞧見，對著山茶問東問西。「大格格睡得可好？我瞧她這幾日飯菜進得香了，想來身子就要好了。」

山茶站在簾子外頭回了話，周婷和胤禛同在一個屋子裡時，她是不能進來的。「大格格好久沒睡過這樣的覺了，這幾日都睡得香甜，想必是睡前那碗酪的功效呢。」

「既然要好了，妳們當差就該更加小心，別讓大格格再見了風。明天叫瑪瑙送些川貝過去，跟梨子一起燉了給大格格喝，也好潤潤肺。」周婷吩咐道。

拉拉扯扯一直說到碧玉拎著食盒進來，胤禛還僵著臉坐在那兒，瑪瑙跟珍珠大氣都不敢喘。碧玉拿出下好的麵條用筷子撥進熱湯裡，再把幾樣小菜擺在胤禛面前。

周婷不得不去搭他的訕，她指著碗裡的湯說：「碧玉盯著這鍋湯好久呢，就怕雞皮老了不脆，現在吃麵喝湯正好，酸筍最是解酒。」

胤禛應了一聲，就是不動筷子，手握著拳頭放在腿上一動也不動。周婷迅速向丫頭們使了個眼色，瑪瑙欲上前又止住腳步，珍珠擔憂地瞧了周婷一眼，就把屋子裡的丫頭都帶出去，關上了門。

這下周婷心頭安定了，他要發脾氣，可千萬不要遷怒了這些丫頭才好。她的身分擺在那兒，胤禛最多就說兩句，要是換成這些丫頭，就不是罵兩句這麼簡單了。

「我雖不知爺為了什麼不痛快，可也不能糟蹋自個兒的身子。」周婷坐在炕桌另一邊，離那碗滾燙的湯遠遠的。

胤禛抬起頭來瞧了周婷一眼，一直擰著的眉頭鬆開了。「我原想著等大格格病好了以後再挪回去，如今就放在妳這兒養著吧。」

有李氏那樣心思的額娘，能教導出什麼樣的女兒來?!胤禛還真不敢想像。

周婷愣住了，慢慢品味胤禛話裡的意思。這是玻璃燈事發，胤禛惱了李氏？她原本覺得胤禛對這種妻妾爭寵的手段是閉上一隻眼的，沒想到他的反應會這麼大。

原來他是個古板的男人啊，那怎麼還點著燈「做這做那」呢？周婷內心覺得彆扭，嘴裡還要問上幾句。「大格格在我這兒養著本也沒什麼，只是側福晉就這麼一個女兒，難免看得重些，爺可問過她的意思了？」

哪壺不開提那壺，胤禛對李氏的不滿，周婷只裝作不知，神色殷切地看著他。

「妳不必擔心這個，明日叫人把大格格的東西全搬過來，她那裡的丫頭全不要了，重選新的派過去。」胤禛直接作了決定。

正巧剛剛山茶過來，不然胤禛還不會聯想到教養女兒的問題。他起了疑心就愈想愈多，李氏的手怎麼會伸得這麼長，連正院裡的事都知道了！再看周婷一副為了李氏考慮的模樣，就站起身來走過去摟住她的肩頭。

周婷微微一僵，接著就自然地靠在他身上。「大格格那裡總要留兩個熟手，我瞧山茶、茉莉都老實，先留下她們，我這裡就算派人，也得調教好了才是啊。」

這個女兒是不要也得要了，由不得周婷不收下，既然一定要往她這裡塞，她除了笑納，不能有別的表情。

「妳瞧著辦就是。」胤禛似是心情好了些，拍了拍周婷的背。「辛苦妳了。」

「瞧爺說的，大格格也是我的女兒。」有些事點到即止，說得太多反而不美，周婷從胤禛懷裡掙開，把湯麵端到他面前。「爺好歹吃一些才是，酒菜到底不能耐餓。」

胤禛拿起筷子扒起麵條，然而心底到底有事，還是一樁在他看起來萬分噁心的事，而炕桌上又正巧擺著燈，湯再鮮美也提不起食慾，吃了兩口就擱了筷子。

「爺不用了？」周婷輕聲問道。

「撤了吧。」胤禛揮了揮手。

就是胤禛不說，周婷也會找機會叫人進來。她拍著手叫丫頭們撤碗碟、打水洗漱，趁胤禛拿牙刷子刷牙時，側過身子使個眼色給珍珠。「去跟蘇公公打聽打聽。」

這事蘇培盛最知原委，李氏那裡的玻璃燈就是他差人抬進府裡的，因李氏是自己出錢，並沒有報公帳，於他也就是吩咐一聲的事，自然有下頭人把東西搬進來。胤禛發了火，他也正在心裡琢磨，是不是去傳話的人傳差了？可不過就是一座燈而已，還能出什麼事？左右不過是花樣不合心意吧。

碧玉端了麵條湯過來，臉上笑得殷勤。「蘇公公辛苦，這是主子吩咐的。」說著，她又瞧了瞧跟在旁邊侍候的兩個小太監。「鄭公公跟張公公也有。」

「不敢當不敢當，姊姊叫咱們小鄭子、小張子就行。」小張子說道。

蘇培盛是有些體面的，若來的人是瑪瑙，他還會客氣兩句，因是碧玉，他就略點點頭而已。「謝主子惦記著。」

「知道蘇公公喜歡玉蘭片，可巧整罐都被南院拿走了，只好拿筍脯充數。」碧玉瞧見蘇培盛不動面前那碟子筍脯，笑著搭話。「原先我還想著這湯用不上了呢。」

兩個小太監站在旁邊等蘇培盛吃完，機靈一點的小張子就跟碧玉搭上話。「可不是，爺突然從裡頭出來，我的帽子給落在南院，明天還得去撿呢。」

蘇培盛知道碧玉的意思，瞧了他們倆一眼，沒有出聲。後頭碧玉收走碗碟時，那個叫小張子的就站起來幫碧玉拎食盒。「哪能叫姊姊動手呢。」

一轉出門，他就裝作話家常，把剛才他在南院聽到的事全說給碧玉聽，碧玉從袖子裡拿出一個荷包要給他，他還推辭了。

「吃了碧玉姊姊的麵，哪裡還能拿東西呢。」小張子說道。

「你那帽子若是找不到，也要值幾個錢的，拿著吧。」碧玉抿著嘴笑。

小張子這才收了荷包，一溜煙小跑回去。

周婷洗漱後往被子裡一鑽，胤禛躺在外側，瑪瑙熄了燈，把門帶上。

兩人沈默了好一會兒，周婷眼皮直打架，心想今天算是躲過去了的時候，胤禛就翻身壓了上來。

他身上還有淡淡的酒氣，周婷心頭一緊。「爺，才喝了酒，不宜呢。」

周婷雖然說得有理，但胤禛心裡憋著火氣，壓著她不肯下來。

順毛這事周婷幹了兩次也算熟練了，抬起手拍他的背。「爺心裡不痛快，我也不知怎麼寬慰您，但拿身子骨出氣就不值了。」

胤禛這口氣堵著就是出不來，他不能當場發作，又無法同周婷說，不禁後悔自己識人不清。明明最顧念的是李氏，怎麼她竟辦出這樣的事來！

周婷身上壓著一個大男人，喘氣都不方便，覺得自己快要被壓扁了。明明做錯事的是李氏，怎麼現在被折磨的是她！

剛想推推他，胤禛的嘴唇就貼過來了，周婷的舌頭嚐到他呼出來的酒味，身上頓時熱了起來。正在當她默默覺得可能今天就是她的「破處日」時，胤禛又停下來了。

炕桌上還留著一盞蠟燭，玻璃燈是不會點著過夜的，怕爆。借著燭火的微光，胤禛能瞧見一點玻璃燈罩上的零星花紋，這一抬頭就又想到李氏，胸口泛起一陣噁心，伸進周婷裡衣的手跟著停了下來。

周婷原還忍著不發抖，胤禛的手從肚子那邊摸上去，就要握住敏感點了，突然間停了下來。她睜開眼睛分辨了半天才瞧清楚他的臉色——微斂著眉頭，喜怒不辨的樣子。

周婷不知道這時該說些什麼，只好拍拍胤禛。「爺，歇著吧。」

胤禛順勢翻身躺下，嘆了口氣，伸手把周婷摟過來，抱住她的肩膀，不再有其他動作。

周婷莫名其妙被摟著睡了一夜，三番兩次想翻到旁邊去，邊上的男人就是不肯，反而愈摟愈緊，睡到她脖子發疼。早上起來的時候，男人看她的眼神還帶著些溫情，周婷頭皮一麻，只不好意思地笑笑，不想被他這麼盯著看，於是趕緊爬起來揀衣裳幫他穿。

胤禛睡了場甜覺，心情好了許多，起身時周婷已經拿著衣裳為他套上。她沒叫丫頭進來，頭髮也是胡亂抓了一把，他卻覺得這些都再順眼不過。

往日並不覺得，李氏這樁事一出，算是給胤禛敲了鐘。他過去覺得這些側室都是手裡的麵團，他想怎麼捏就怎麼捏，時不時給些體面也罷，沒想到不知不覺間李氏就仗著他的寵愛作起怪來。

胤禛是在孝懿皇后身邊長大的，當時還是皇貴妃的佟佳氏攝六宮事務，像這樣的陰私，她防得再嚴，他也多少能聽聞一些，是以成年之後身邊一向乾淨，現在卻偏偏是自己覺得最合意的人出了這種事。

他這麼多年都沒往這上頭懷疑，一來是政事上的心都費不完，二來他一向覺得後宅和睦得很。現在一想，有些時候他總會看在李氏是最早侍候他的人，又生育了幾個孩子的分上，一點點地給她體面，賞她東西、給她優容，讓她漸漸變成這個模樣。

「爺，可要叫丫頭們進來？」周婷實在不想伺候他刷牙洗臉，外間早就有熱水抬了進來，這位爺卻還坐在床上不動。

「妳不必忙，過來坐。」胤禛拍了拍身邊的床鋪，示意周婷過去。

周婷抬手攏了攏頭髮，挨著胤禛坐下。不知道現在吹的什麼風，他看她的眼神像變了個人似的，周婷都想去照照鏡子了，看看她是不是睡一覺起來就成了天仙。

「爺真是的，多大了還賴床，就是你不早朝了，我還有一堆事呢。」顧嬤嬤說了今天要過來的，她還得安排一下。「母妃說了，她身邊積年的老嬤嬤外頭沒了親人，放到咱們這兒給些輕省的活計，也算給她榮養了。」

胤禛聽了，握住周婷的手。「母妃那裡妳一向盡心。」待要說點感激的話，又覺得不是他往常的性格，只好乾握著她的手摩挲。

周婷側著脖子擰著腰，迎著胤禛的目光跟他對視，好半天覺得臉僵了、手也麻了，手掌上的皮也不知道破了沒時，外頭總算有丫頭叩門。「主子，可要進來伺候？」

周婷趕緊把手抽出來，身子側過去整整衣襬，微微轉動頸項揚聲說道：「進來吧。」再這麼憋下去，她頸椎非得病不可。

胤禛不要別人幫忙他穿衣裳，站在周婷面前不動，由丫頭遞衣裳過來讓周婷為他穿。她深吸一口氣，拿過來幫他套上一隻袖子，這一排扣子要一直扣到最下面，周婷蹲下來再起來的時候雙腿一麻，不支地靠在胤禛身上。

胤禛輕輕一笑扶住了她，手摸上她墨黑的頭髮。「心想妳怎麼愛珠玉，原是珠玉最襯妳這頭髮。」

周婷故作羞態，把那縷頭髮抽出來低呼。「丫頭們看著呢。」

屋子裡所有丫頭都顯得比平日還要忙碌，打水的打水，絞帕的絞帕，眼睛全不敢往周婷這邊瞄，耳朵卻豎得老長，瑪瑙更是嘴邊含笑，恨不得馬上去給佛祖上香。

胤禛這才清清喉嚨擺正了臉色，坐到桌前開始用粥，周婷坐在妝檯邊綰頭髮，不時從鏡子裡瞄他一眼。她納悶地思考起來，他到底把李氏想成什麼樣，才會突然變成現在這個樣子？對胤禛來說，後院的女人爭寵難道不正常嗎？

周婷知道胤禛會當皇帝，所以不管李氏做了什麼，她也只把這當成是後宮爭寵的一種手段。多凶殘、多變態的都在電視劇裡見過了，弄個玻璃燈還真不算什麼，頂多就是讓周婷噁心一下而已。

李氏好歹沒想害死她好讓自己做大，周婷這點接受度還是有的。妾又不能算小三，妾是合法來分丈夫的，中國幾千年來都是一夫一妻多妾制，到清朝算是「進步」了一咪咪。這個側福晉……算是半妻？好歹胤禛這兒還沒有庶福晉呢，那算是……四分之一妻？

周婷覺得自己的日子在這兒算還行，幾個阿哥裡頭，胤禛的後宅算得上清靜。她默默在心裡嘆了口氣，繼續安慰自己，現在這情況已經算不錯了，總歸比上不足，比下有餘。

胤禛幫她挾了一筷子香干，周婷驚嚇大過於驚喜，她趕緊拿出過去面對客戶那種笑容來，也挑了些干絲到他碗裡，不知情的人瞧見了，說不定真以為他們琴瑟和鳴呢。

胤禛先用完膳了，也不叫周婷起身，而是按著她的肩說：「妳吃吧，不用送了。」

周婷其實也只是裝出要站起來的樣子，她的燕窩粥都還沒動呢，聽了這話，就朝胤禛一笑。「那我就躲個懶了。」

第十四章 惺惺作態

胤禛剛抬腳出府去，瑪瑙就來稟報。「李側福晉來了。」

周婷眉頭一皺，這飯還讓不讓吃啊？「叫進來吧。」人都到了門口，哪有不讓她進來的道理，再說大格格往後還得在她這兒待到出嫁呢。

李氏一進來就慘著臉，臉色蒼白，眼眶泛紅，周婷只當作沒瞧見她哀戚的樣子，對她為什麼這個時候來一句也不提，話家常似地問道：「妳可用過膳了？」

說罷，也不等她點頭，就招呼起來。「碧玉，再添雙碗筷。」

李氏淌著眼淚跪了下來，這下周婷也不能坐著了，走過去就把她拉起來。「妳這是怎麼了，有什麼話不能好好說呢？」

一大早就來觸霉頭，周婷也沒法好聲好氣。「怎麼！是阿哥不好了？」

這一句話，刺得李氏臉色都變了。

「求福晉體恤妾！」李氏不肯起來，伏在地上哭泣。她是真的怕了，自從跟了胤禛，她還從沒見過他這樣的臉色，思來想去不知道自己做錯了什麼，枯坐了一夜，只想到這個法子——來哭求周婷。

不管是不是周婷在胤禛面前說了什麼，讓胤禛惱了自己，只要她拿出這個態度，胤禛就會軟下來。李氏最知道他的脾氣，只要擺出姿態，不管真心還是假意，他總會看上兩分。

「這是怎麼說的！」周婷的臉色也跟著不好，她什麼都還沒做呢，李氏就跑過來哭，別人知道了會怎麼說？她還要不要名聲啊？大格格的心裡又會怎麼想?!

瑪瑙嚇了一跳，還是珍珠先反應過來，吩咐人不准讓這事傳進大格格耳朵裡，再叫小丫頭打熱水過來，瞧著李氏的眼睛腫了，又去廚房要了兩個煮雞蛋。

「妳要我體恤妳，總得說出原由來。」周婷收了手，任由李氏趴在地上。

李氏抬起頭拿帕子擦了淚，心慌意亂之間也顧不得顏面，能從周婷這裡套出點什麼自然好，就算套不出來，總有流言會傳到胤禛耳朵裡，到時就算有人挑唆說了自己的壞話，胤禛也得再思量一番。

周婷叫丫頭把李氏給架起來扶到炕上，小丫頭捧著水盆進來讓她淨面，周婷又差人開了妝盒幫她重新上粉，都妝扮完了，人看上去就比來的時候要好些，珍珠則親手剝了雞蛋讓她揉眼睛。

「妾心裡惶恐害怕，爺昨天瞧著好好的，也不知妾哪一句說錯了，竟生了好大的氣，掉頭就走了不說，還踢壞了院門。」要不是最後那一下，李氏還真估不出胤禛生了多大的氣。

李氏突然間明白她一直依仗著的寵愛並不如她想像中那麼牢靠，就算有兒子，她也不想嘗試失寵的滋味。

踢壞了門？這個周婷倒不知道，但她明白胤禛在氣什麼，他是恨人諂媚呢！更何況，李氏素日最得他歡心，「諂」字暫且不提，這個「媚」字，也要做得高明才是。只不過……這明擺著的事，她偏偏又不能說出口。看樣子，李氏那邊擺上玻璃燈，還真不是故意的。

周婷清了清喉嚨。「原不關妳的事。」

她不能挑明了說「是因為妳打聽了爺的房事，讓他惱羞成怒，妳智商也實在是低了些」之類的，只好睜眼說瞎話了。「是昨天夜裡爺突然想起一樁事來，外頭的事我也不大懂，他發脾氣也不是衝著妳呢。」

李氏一想，倒有幾分對得上，但又覺得奇怪。就算是政事上遇到了麻煩，也不會撒氣在自己身上呀，她說為阿哥求名字，胤禛還答應了呢！

李氏認定周婷不肯向她透露，坐在屋子裡不肯走，不住地拿著帕子抹淚，剛上的妝很快就糊掉了，嘴裡反反覆覆去只有一句。「求福晉體恤妾。」

周婷在心裡冷笑一聲。這女人是想把她架起來呢，哭求、跪求全是假的，就是要讓人瞧見她委屈、她退讓，再讓胤禛覺得是自己苛責了她。周婷覺得李氏愚蠢，可就算惱怒，她還是忍著氣不發出來，這時候發脾氣，就如她的願了，她不走，她也不趕她。

碧玉好茶好水地端上來伺候著，周婷早飯沒吃完，肚子半空，跟著吃了些點心，打算看誰先破功。她慢悠悠地喝了一盞杏仁茶，又捏了一塊點心，一邊品嚐，一邊聽碧玉說起這些食物的好來。

比忍功，李氏拚不過周婷，果然她一開始還流著淚，再後來也沒眼淚了，只眼巴巴地看著周婷，等她開口。

周婷有意晾著她，就先不說胤禛要把大格格給自己教養的事，而是當著李氏的面把胤禛生辰的事一樁樁一件件分派下去。

「之前叫管事婆子備的花，可備下了？」周婷淨過手歪在南炕上，那邊臨窗，又暖又亮，周婷打算趁換暖閣玻璃窗的時候，把這一片也全給換了。

平板玻璃是馮記剛出的新貨，原本只能做出鏡子大小，現在倒是窗格大小的了，京裡還沒幾家在用。馮記因玻璃燈得了誇獎，一出新樣子就送到周婷這兒來，她知道玻璃窗的好處，一看就喜歡上了，有機會就想換上去。

周婷要蘇培盛漏話給馮記，說玻璃窗是胤禛生辰那天要用的，到時讓各位福晉見了，又是一條財路，馮記正趕著在平板玻璃上頭也吹出花紋來呢，這等於是幫馮記打廣告，連帶去報信的蘇培盛也得了些好處，不然李氏院裡玻璃燈的事，他也不會這麼輕易就讓小張子透露給碧玉。

李氏見周婷不理她，心裡嘔得慌，心想怎麼胤禛跟她全都不一樣了呢？李氏在那拉氏手下滋滋潤潤地過了七、八年，很是摸得清楚那拉氏的脾氣。

她幹什麼都要端著正室風範，就怕因為年紀小被妾室看輕，把自己當成是上位者，對幾個妾全都和顏悅色，擺出一副賢良的模樣，什麼時候都不肯錯了一絲規矩，可胤禛偏偏不喜歡這一套。

李氏在宮裡也曾聽過一些孝懿皇后的舊事，知道她行事最是溫柔解意，胤禛在她身邊長大，耳濡目染地跟著也喜歡這樣的女子，她一直努力往那條路上走，果然胤禛最寵愛的人就是她，本來這條路走得極為順遂，豈料在周婷這裡碰了釘子。

周婷又派了幾件差使下去，宋氏過來了，還沒進屋就先瞧見站在廊下的石榴，心頭一慌。她的心思現在全在菜單上頭，倒不知道昨天夜裡發生的事，只以為李氏是要搶權，捏著菜單的手緊了緊，趕緊端著一貫的笑容，進了正屋。

「給福晉請安，給側福晉請安。」宋氏一進屋就先行禮，再抬起頭時瞧見紅了眼眶的李氏，不禁一愣，眼睛接著往周婷身上飄。

周婷自然瞧見了，她不高興，也不接話，只問：「菜單擬好了？」

宋氏心定了，就怕聽到周婷說把事情交給李氏呢！她是賜給胤禛當格格的，更沒有什麼嫁妝，從家裡出來時拿了些體己錢而已，這些年都靠賞賜過活，好不容易有這樣有油水的差事給了她，自然把事情看得比李氏還重。她趕緊把菜單拿出來，瑪瑙接過來後，遞上去給周婷。

壽宴不同尋常用膳，跟宮中宴請差不多，乾果、點心、醬菜、大菜色色都要上齊了，才算是完整的宴席。宋氏家世尋常，但跟著胤禛在宮中住過一段時間，雖不夠位分去吃大宴，但也聽宮女跟太監說過場面不小，是以單子上列著的全是些珍品。

周婷忖度著胤禛的心意，是要辦得體面又不出格，因此有些菜不能用。她指著前品單上的陳皮牛肉說：「這個換成金銀肘子，十三弟、十四弟要吃的。再來這個『壽』字的五香大蝦咱們宴上不能用，改成鳳凰展翅吧。」這麼一添減，就算好了。

說著，周婷還表揚宋氏兩句。「辦得不錯，這麼長的菜單，難為妳這麼短時間就寫出來。」

宋氏臉龐泛紅。「福晉抬愛妾了。」

李氏在一邊瞧得直冒火，偏偏又不能插嘴。

周婷與宋氏正說著話，前頭報說顧嬤嬤來了。德妃身邊的老人，周婷要給她體面的，於是立即站起來理理頭髮跟衣裳，往正院門口去，宋氏、李氏則跟在她身後。

顧嬤嬤年紀雖大，但身子還算硬朗，她的髮髻梳得清清爽爽，身上也沒多餘的飾物，眼神清明、口齒清晰，一定要向周婷行禮，周婷差點托不住她。

「嬤嬤怎的這樣多禮，母妃吩咐過的，可不許我累著了妳。」周婷打算把顧嬤嬤當成長輩看待，禮多總是不會錯的。德妃叫顧嬤嬤過來瞧著周婷好再生一個孩子，能不能如願暫且不說，但給了這份情，讓周婷內心很是感激。

「給主子請安，怎麼能說是累。」顧嬤嬤眼睛完全不往兩個側室身上掃，腰挺得筆直。

周婷引著顧嬤嬤往正屋走，吩咐小丫頭在後頭拿著顧嬤嬤打包來的行李。

「屋子早就給嬤嬤收拾好了。」周婷抿著嘴笑。

她親自帶著顧嬤嬤過去屋子，顧嬤嬤眼睛一掃，見是朝南的大間，就知道這是大丫頭挪出來特地照顧她的，又稱一句謝。「謝主子顧念。」

「嬤嬤再說這話就見外了，往後日子長得很，我年輕沒經驗，仰仗嬤嬤的地方還多，是我該謝嬤嬤才是。」該怎麼對待老人家，周婷還算有點心得。不能完全把她供著，得時不時叫她拿些主意，這樣老人家才覺得自己有用，才會開心。顧嬤嬤在宮中待了那麼些年，肯定有自己一套辦法。

周婷拿宴席的事來問她，顧嬤嬤看周婷並不是意思意思問問而已，就清清喉嚨開了口。「太子的口味隨萬歲爺，點心只愛一道御膳豆黃，可用豌豆黃代替。」

周婷趕緊叫碧玉記下，然後拍著顧嬤嬤的手。「不該讓嬤嬤一來就辛勞的，爺的生辰將至，府裡的事務又瑣碎，我就把碧玉留著伺候嬤嬤吧。」說著又轉身對碧玉說：「有什麼缺了、少了，妳直接去問瑪瑙討要就是，小心伺候著。」

周婷禮數做得足，顧嬤嬤自然高興，又見周婷把碧玉派給她管，看穿戴就知道是周婷跟前的大丫頭，再一問是管飲食的，內心更加熨貼，謝了一回。因為周婷不肯讓顧嬤嬤行全禮，她就送周婷到門外頭。

宋氏、李氏插不進腳，回到正屋等著。周婷不在，丫頭們也沒權力管她們，只好站在身邊服侍，一刻不敢稍離，不錯眼地盯著。

宋氏有心跟李氏說兩句話，李氏卻不搭不理，她討了個沒趣，就不再說了，轉而拿著茶盞抿起茶來。

李氏原還呆呆坐著，坐得久了，就開始打量起周婷屋裡的擺設。內室只能窺見一點，小丫頭進去打掃屋子時掀開簾子讓她瞧見了炕燈，內心頓感疑惑，心想既然周婷拿這個討了胤禛的歡心，怎麼到她那兒就不對勁了呢？

李氏到底被周婷客客氣氣給請走了，她當著宋氏的臉，一點也沒為李氏留面子。「爺吩咐了，說把大格格的東西全都挪過來，妳且回去收拾收拾吧。」

李氏如遭雷擊，愣在當場。胤禛明明跟她說過等大格格的病好了就挪回去的，他去瞧兒子時她一再問大格格如何，胤禛的說詞從來沒變過，怎麼突然間就把女兒給了周婷?!

「福晉！」李氏的聲音都在打顫，宋氏也一臉驚訝。

那拉氏原想要養一個女兒的事幾乎人盡皆知，李氏有兩個女兒的時候也沒能抱過來一個，更別說現在大格格都已經九歲，再過兩年，就要開始說人家了。

周婷不耐煩跟她耗著，她往外頭瞧了瞧，問瑪瑙：「跟著伺候側福晉的丫頭呢？」石榴在外頭等了半天，愈等愈心焦，瞧得出李氏來這邊的時候臉色很不好看，昨天夜裡的情形大家都瞧見了，就怕她再惹周婷生氣，爺可不會再護著了。這時候聽見裡面喊她，趕緊進了屋。

周婷指了指李氏。「把妳們主子扶回去吧，她身子不好，就別讓她來回跑動了。」說著眼風一掃，示意石榴把人帶出去。

李氏最好乖乖待在自己院子裡，別動不動就跑出來蹦躂，蹦得愈歡，摔得愈慘。

李氏兀自不信，剛豎起眉毛想要質問周婷，就聽見她說：「要是妳們主子再病了，誰來照顧兩個阿哥呢？」再不乖一點，兩個兒子就都沒了，她再狠心些，李氏的兒子可就保不住了。

李氏來的時候那臉色大家都瞧見了，只要說她身子不好請太醫來看診，傳揚出去，孩子還能留在她院子裡？

接觸了幾回，周婷很清楚太醫那一套，他肯定會把病理說得複雜艱難，到時名正言順把兩個孩子一同抱過來，別人還得讚她一句賢慧！

石榴趕緊上前扶住李氏，死命扯她的袖子。

李氏一夜沒睡，早上又沒吃東西，這時候腳都打飄，聽出周婷話裡的意思，咬著牙不敢再張口，瞧著她的眼神第一次猶豫不決起來，這樣不留情面的那拉氏，她可從來沒見過。石榴一個人托不住她，翡翠上前去扶了一把，送出正屋後，叫了個小丫頭送她們回南院。

宋氏原還立在一旁瞧得興致濃厚，一抬頭見周婷盯著她，趕緊收斂了臉上的神色。「福晉若是瞧著好，我就按這個單子辦了。」

周婷把菜單往炕桌上一放。「且放著吧，給爺過過目，定下來了我再告訴妳。」

宋氏歡喜非常，向周婷行禮後就退了出去。

這兩個都不是省心的，像那拉氏一樣把權力都捏在自己手裡不是不行，可周婷不想這樣做，就算是經理，下面還有部門主管呢，更何況這樣大一個王府？要運作全靠自己肯定不行，看時機把這兩個側室提起來，高興了就抬兩下，不高興就拍一下，總比什麼都自己管、自己上，最後累死來得好。撈油水啦、在胤禛面前露臉啦，都是無關緊要的小事。

原本的那拉氏倒是勤勤懇懇，後宅誰讚過她一句來著？

周婷打發了李氏跟宋氏，背著手捶起腰，瑪瑙趕緊叫她躺下來，拿玉錘包上軟綢為她敲腰打腿，翡翠接了碧玉的活，沏了熱茶過來，周婷不禁滿足地嘆出一口氣來。

李氏剛被扶到南院就癱在床上，她受不了這樣大的打擊，原本她就是拿著一樁樁小事來證明胤禛對自己的寵愛，一點點攻城掠地的。

有了孩子她自己養，吃穿用度也不比正院差多少，哪怕是女兒，也讓她撒嬌作癡硬是給留下了，偏是玻璃燈這樣一樁小事讓他這麼生氣，一點面子都不留！

李氏想到正屋那盞燈就回過神來，她咬著嘴唇坐起身，抬手抹一抹臉，一點濕意都沒有，連眼睛都是乾的，哪裡來的眼淚。她爬起來掙扎著走到妝檯邊，舉起玻璃燈摔在地上，砸了個粉碎。

「主子小心傷了手！」石榴嚇壞了，跳到旁邊拉住李氏，就怕玻璃渣子濺到她身上。

石榴張開手護著，李氏喊不出、叫不出，一屁股坐回榻上喘氣，葡萄、石榴兩個人趕緊把她架到炕上。因不敢讓小丫頭進來瞧見，另外兩個大丫頭枇杷、荔枝就出去幫她打水、倒茶。

「主子這是做什麼，就算大格格挪了過去，好歹還有兩個阿哥呢！」話雖如此，連李氏都想不通其中蹊蹺，石榴就更不明所以了。

事情來得突然，李氏是一下子從雲端掉到了地上。胤禛已經決定這麼做，再說什麼都晚了，李氏還沒蠢到家，知道那拉氏自從大格格慢慢長大就不怎麼愛叫她過去了，這肯定不是她的主意。若是個小的，養養也就熟了，已經大了，再怎麼待她好，也越不過生母去，她現在怕的是周婷想要她的兒子！

二阿哥四歲，三阿哥才半歲左右，只要被抱過去，再也不能認她這個親娘。李氏捂著心口發悶，愈想愈慌，忽然扶著頭往後一仰，昏過去了。

石榴瞧見了，慌得打碎了茶盞，趕緊叫葡萄去回周婷，自己則絞帕子幫李氏擦臉，再指兩個婆子把李氏抬到床上去。

周婷趕緊過去瞧李氏，本來拿不準她是真病還是假病，一見那架勢不像是假的，馬上吩咐人去請太醫。想了想，她還是向在宮裡的胤禛遞了消息，萬一有個好歹，可不能賴在她身上。

胤禛接到消息的時候，只說「知道了」，就沒再傳別的話回來。周婷則把珍珠留在李氏院子裡，隨時為她傳消息。

太醫為李氏把了脈，又隔著屏風問石榴李氏這幾日的作息，捋著鬍子開藥方出來。他跟周婷回話的時候，只說李氏是氣血上湧、煎熬太過，這才暈過去了。

周婷擺了擺手。「趕緊煎藥去。」

等太醫出去，瑪瑙啐了一聲晦氣。「這回可好，就不是咱們的事，也成了咱們的事了。」

周婷還沒來得及說話，就見碧玉從外頭進來，周婷打起精神問她：「怎麼？是嬤嬤那裡少什麼了？」

「嬤嬤說要為主子下廚做飯，奴才不敢叫嬤嬤動手，要她吩咐奴才來做，嬤嬤不大高興呢。」碧玉不禁苦著一張臉。德妃身邊的老人供起來都不為過，誰知剛來她就惹老人家生氣了。

「妳這丫頭，平日瞧著機靈，說不定顧嬤嬤有什麼秘法呢！」瑪瑙一語點破。

碧玉笑起來。「竟忘了這個。」說著衝周婷福一福身轉出去了。

「主子？」見周婷不說話，瑪瑙忐忑地看著她。

周婷知道丫頭們都心慌，再怎麼說，李氏也是剛從她的院子出去就昏倒，現在就看胤禛怎麼想了。周婷決定賭一把，若像德妃說的那樣，感情是處出來的，她也要看看這人值不值得相處才是，如果胤禛不問青紅皂白就責問她，那他也不值得她抱著久處的心去接觸了。

胤禛晚上才回來，他沒先去找李氏，而是回到正院。周婷正跟顧嬤嬤一處說話呢，她一定要燉湯給周婷喝，攔也沒用，兩人正說得熱鬧，胤禛就進來了。

「給四阿哥請安。」顧嬤嬤趕緊從榻上站起來要行全禮。

胤禛立刻攔住她。「嬤嬤不可。」

周婷坐在炕上，一把托住了顧嬤嬤的胳膊。「早說了嬤嬤不必這樣多禮。」

胤禛認識顧嬤嬤，從他能記事起，顧嬤嬤就已經是德妃的心腹了，再者年紀大了，到底腿腳不便，不免多問兩句。「顧嬤嬤的屋子可安排好了？」

「早安排好了，如今只委屈嬤嬤在瑪瑙的屋子裡住。等開了春再整整屋子，也讓嬤嬤有個轉動腳的地方。」周婷的意思，是準備單給她一個小園住呢。

胤禛滿意地點了點頭。「擺飯吧。」

周婷正要開口請胤禛去看看李氏，又不好當著顧嬤嬤的面，應了一聲後就讓碧玉把飯菜擺了上來。

胤禛吃過飯，又喝了盞茶，看完宋氏列的菜單，才抬起腿去南院看李氏。周婷一直忍著沒對胤禛解釋，就想看看他會怎麼看待這件事。

李氏醒轉來喝了一碗藥，胤禛去瞧她時，她正就著石榴的手喝粥。太醫說是虛，其實就是餓的，她哪裡受過這樣的罪，餓了這麼長時間又是哭、又是跪的，身體就吃不消了。再一聽「噩耗」，能撐著回到南院屋子裡再暈，已經不容易了。

胤禛見李氏頭上包著帕子，一身素衣，臉色泛黃，開口問道：「太醫怎麼說的？」

屋子裡的丫頭全都識趣地退下去，李氏靠在枕頭上，頭髮散著，眼神也沒有往日般神氣。見了胤禛，原本乾掉的眼淚又回來了，她還沒說話，淚就淌了下來，嗚嗚咽咽地好不傷心。「爺惱了妾便罷了，怎麼竟要把大格格留在正院？」

胤禛沒理睬她，逕自拿起擺在炕桌上頭的藥方看了一會兒，知道李氏沒有大礙，也不坐下。「妳如今養病為重，其他的我自有安排。」

他沒有接李氏的話，眼下大格格是斷不能放在她這裡教養了。

「爺！」李氏此時也顧不得外頭的丫頭會不會聽見，她扯住胤禛的袖子，身子歪在炕外。「妾從來溫馴，不知道做了什麼惹爺厭棄，縱是囚徒亦可自辨，爺惱了妾，妾總要知道是為什麼！」

李氏淚眼哭訴的樣子倒真叫胤禛心軟了幾分，見她這樣討饒，思忖著玻璃燈的事也許真是巧合。只是他眉頭還沒來及得鬆開，就瞧見屋子裡哪樣東西都沒少，獨獨缺了剛抬進來沒多久的玻璃燈。

這一下心頭怒火更熾，可見這些可憐全是裝出來的，她很清楚是為什麼！胤禛冷哼一聲。「安安分分，別再起不該起的心思。」

說完一抽袖子轉身走人，留李氏伏在炕上咬著牙不停發抖。

胤禛這回是慢悠悠走回去的，他心裡的話不能說出來，憋悶得慌。

蘇培盛跟在胤禛後頭，提著燈籠問他：「主子去哪兒？」

「去園子裡走走吧。」胤禛吸一口氣往園子深處走，不知不覺就走到水榭邊。「把裡頭的燈點起來，我進去坐坐。」

周婷早就吩咐要把水榭收拾好，裡頭的裝飾全部換過了。因為天冷，東西全用暖色，擺上山水屏風，待外頭梅花盛開，不至於教裡頭的花奪了外頭花的色。

胤禛盯著山水屏風坐了半個時辰不動，還是蘇培盛勸他就寢才回過神來，抬起手揉揉眉心。

見微知著，仔細一思量，往常這樣的事未必就少了，只是他從未察覺過。胤禛忍不住感到愧疚，就為著他那點顧念，倒叫妻子跟著受了委屈。她雖一句也沒訴過，可李氏抬燈進來的事，她怎麼也不可能不知道的。這事是噁心了兩個人呢，他還有氣可出，她卻得裝作不知道。

胤禛想著，微微瞇了瞇眼睛。「側福晉那兒的燈，是誰去辦的？」

蘇培盛一個冷顫，彎腰回話。「是奴才去辦的。」接著趕緊把李氏什麼時候吩咐的、拿了多少錢去辦的，全說了出來。

「就隔了一個晚上。」胤禛斜著眼睛看他。「是哪個奴才舌頭這麼長。」

蘇培盛把臉埋了下去不敢接話，兩個跟著的小太監被這樣的目光一掃，都跟著彎下了腰。正院、南院互別苗頭也不是一、兩回了，往常這樣的事他們是跟著收好處，這回差點栽了跟頭，全都不敢吱聲，屏氣凝神，就怕被遷怒。

胤禛站起身來，像是忘了剛剛說的話似的。「去書房吧。」他還真不好意思在這種時候去見周婷。

去書房的路上經過正院時，胤禛看了裡頭的燈火一眼，吩咐道：「跟福晉回一聲去，免得她等。」

是小張子來回報的，周婷不知道胤禛心裡在想些什麼，皺了皺眉頭。「咱們歇了吧，明天事多著呢。」

躺在床上，周婷卻睡不著，外頭守夜的珍珠聽見她翻身，以為她在擔心胤禛遷怒，想要開口相勸，又找不到話說，只好問：「主子可是渴了要茶？」

「茶就不必了，把燈點起來，我看會兒書吧。」反正也睡不著了，不如幹點別的事情轉移注意力。

珍珠聽了，爬起來為周婷點燈，又幫她披上衣裳，從炕桌抽屜裡拿出幾本書讓她挑選。周婷隨手拿起第一本來翻看，只是眼睛盯著，心卻不在書上頭。

她其實還是有些期待的，這個要跟自己過一輩子的男人，如果是個糊塗蟲，可怎麼辦？他要是能明辨是非，那她跟了他，還不算是太虧；如果是個一味護著小妾的，那她以後日子別說隨心所欲了，就是小心翼翼，還要怕出錯呢！

雖說他沒在李氏那裡留下，也沒因為李氏暈過去就心軟原諒她，可他去了書房，說明他是真的喜歡李氏，所以這次才會那麼生氣。怪不得那拉氏絕望離開呢，若是這麼耗下去，他的心終究還是偏在李氏那邊。

珍珠調了杯蜜水端給周婷。「主子潤潤嗓子。」

她瞧著周婷的臉色，又說：「奴才今天在南院的時候，瞧見小丫頭抱了玻璃渣子出去扔。」

周婷這才回想起她去瞧李氏的時候沒見著那燈。「屋裡的燈，一盞沒留？」

珍珠點了點頭。

周婷慢慢勾起嘴角，露出一個笑來，低頭又翻了兩頁書，突然間心情大好。「吹了燈吧，我有些睏了。」

李氏恐怕知道是玻璃燈的事惱了胤禛，但砸爛了燈，原來只有五分的事，在胤禛心裡也成了十分，她短時間是不可能再出來蹦躂了。

第二天周婷送胤禛上早朝，她仔細留意他面對自己的神情，還真的看出了些不同。她端茶過去，還沒送到跟前，他就抬手來接了，周婷抿抿嘴角，話說得更軟，這時不給自己加分的是傻子。

「十三弟的生辰在月初，爺的生辰在月底，宮裡也要辦宴席，正巧十三弟妹剛過門沒多久，母妃那裡恐怕要讓人過去幫忙。」

雖說十三阿哥剛大婚還沒建府，只能在宮中請上一、兩桌，然而該有的禮數卻一樣都不能少，十三福晉是新嫁娘，妯娌之間也要熟悉熟悉。

十三阿哥生母過世了，這些事沒有婆婆指點，還真辦不下來。他從小在德妃身邊長大，跟德妃也很親近，上頭又沒同母的親哥親嫂，這些事肯定得由周婷出面去教導一下新弟妹。

「也好，妳去幫母妃就是。」照顧一下跟他親近的弟弟，胤禛還是很樂意的。十三弟的禮物他早就已經備好了，一把牛角弓，雖沒多珍貴，卻是投其所好的東西。

「嗯。」周婷一面應，一面走過去為他撣撣衣裳、整整朝冠朝珠。

胤禛趁勢握了她的手一下，周婷就望著他微笑。胤禛以手做拳放到嘴邊咳了一聲，把臉轉過去時周婷竟然看到他有些不好意思。

胤禛一走，周婷意思意思也該去李氏那裡看一看。南院還是那個樣子，但看在眼裡就顯得比過去極盛時要黯淡幾分，連下人也大多低頭走路。

李氏沒有像周婷認為的那樣癱在床上起不來，她的臉色甚至還比昨天要好些。周婷暗想：她可真是打不死的小強啊！

還沒說上兩句話，李氏就問了丫頭兩次二阿哥、三阿哥，周婷這才明白，挑了挑眉毛。她這是把自己的話當真了，就怕她來搶孩子呢。

「側福晉好好歇著，旁的就別多想了，兩個阿哥還指望著妳呢。」

周婷半酸不酸地扔下這麼句話，李氏也半軟不硬地接下。「妾知道呢，所以才不敢稍有疏忽。」

做了媽的，是沒那麼容易就倒下去。周婷瞧見李氏眼睛裡的光芒倒比過去還要亮，勾一勾嘴角，轉身回去了。

第十五章 心回意轉

十三福晉生得一張圓臉，一副討喜的模樣，不過若是不討喜歡，也不會挑出來賜給十三阿哥了。她新嫁做人婦，又是當皇家兒媳，整個人繃得緊緊的，臉上的笑影就不如選秀的時候多。

由於十三阿哥生母過世了，從寧壽宮請安出來後，大家都有地方可去，偏她沒有，又沒有親嫂嫂可以一處說話，眼裡就露著怯意。周婷招呼了她兩回，她就跟周婷熟悉起來。

宜薇見了，忍不住打趣兩句。「可見四嫂愛新人，十三弟妹一來，就把我拋一邊去了。」

說得大家哈哈一樂，十三福晉的臉上露出一個笑渦來。「八嫂眼熱我，我還眼熱八嫂同四嫂是鄰居，時常能串門子呢。」

本來指點十三福晉辦生辰宴這樣出頭露臉又拉關係的事，宜薇是很樂意的，無奈最近後宅不寧，她也沒那個閒功夫再去插手，再說這事要論起遠近來，還真輪不到她。

十三福晉長了張圓臉，看上去就顯得比實際年齡要小些，算起來還是初中生的年紀呢，這麼小就要擔起正妻的責任來了。

周婷說話、做事偏了她幾次，她對周婷也比別人要親近，請安時就挨著她坐，德妃見到她們和得來，自然高興。十三阿哥在她身邊長大，等於半個兒子，又沒了親娘，她很樂意幫扶十三福晉一把。

「正好，生辰宴老四媳婦辦慣了，幫襯她一下，也免得她一時不上手忘了什麼。」德妃宮裡常年熏著安神香，人一進來就覺得心平氣和得很。

十三福晉原先還端端正正坐著，見周婷傾著身體同德妃說話，也跟著放鬆下來。她一雙眼睛亮晶晶地瞧著周婷和德妃，周婷都忍不住想要伸手摸摸她的頭了。

「我們爺說，大格格既挪過來了，就不要動了。」周婷拔下戒指、手鐲，撥桔子給德妃吃，珍珠則在一旁托著玉碟子等，把上頭的白經絡也剝乾淨了，再遞到德妃手上。

德妃捏了一瓣嚼完，把渣子吐了出來。「原該如此才是，大格格是女兒家，教導起來更要精心。」

只一句話，德妃就差不多腦補完這事情中間的彎彎繞繞，大概知道李氏已為胤禛不喜，所以才把女兒交給了周婷。

德妃心裡為周婷高興，抬起手拍了拍她。「我原就說這樣才是規矩，這回可算好了。」說著，指了貼身的宮女去翻箱子。

原本大格格養在李氏那兒，德妃給東西就要顧及周婷，現在孩子算是交給周婷養了，就更該給她做面子。

十三福晉似懂非懂，她院子裡如今已有一個側福晉，不過好在只有一個女兒，還沒生下兒子來，而她娘家裡也沒有這樣多的妾，是以並不太懂這些。可大格格既是她名分上的姪女，德妃給了東西，她自然也要給。「我跟著也湊個趣吧。」

說是給大格格，其實是謝謝周婷，但周婷馬上攔下。「妳進門日子尚淺，還沒攢下好東西來，等時候久了，有妳破費的地方。」

十三福晉一聽，捏著帕子笑起來。「那我就等著給大格格添妝。」

德妃照例要睡午覺，周婷被十三福晉拉到了阿哥所。十三福晉原先還繃得住，一熟悉起來，臉上的笑就沒斷過。她拉著周婷的袖子跟她撒嬌。「這些我都不大懂，四嫂可別嫌我煩人。」

周婷伸手刮刮她的鼻子。「這有什麼，原來宮中也都有定例，那些喜好厭惡妳著人去打聽也能問出來，我不過是多一句嘴罷了。」

定例擺在那兒，周婷要提醒她的不過就是各人所好，教她不至於第一回辦大事就被人挑刺，留下個不精心的印象。

「那也得謝四嫂教我，打聽來的哪有這樣仔細，不然我還真辦不下來呢！」十三福晉歪著腦袋笑。「四嫂就叫我的小名吧，只是我說了，可別笑我。」

周婷抿起嘴巴，這個她倒真的聽過。瑪律漢家裡生了七個女兒才得了一個嫡子，十三福晉就是最小的那個女兒，聽她這樣說，還真怕她說出「招弟」這樣的名字來。

「唉呀，我都沒說，四嫂就先笑。」小姑娘羞紅了臉，她家裡還真有這樣的叫法，只不過那是前頭幾個庶出的姊姊，到她這兒都絕了念想，可巧後頭一個就是兒子了。

「生我的時候，我阿瑪就沒想著能有兒子，我額娘都叫我七妞。」十三福晉貼著周婷的耳朵說話，害周婷差點噴茶。

「說好了不許笑我的。」十三福晉嘟了嘟嘴。

剛嫁了人還是孩子脾氣，周婷笑著摸了摸她的蘋果臉。「選秀的時候也報這個名字？」

「那自然不成，我是惠字排行的，四嫂叫我惠容就是。」十三福晉一開口就止不住話。「我額娘說我是姊妹裡面最有福氣的。」

「可不是，弟弟都給妳招來了，能沒福氣？」瞧她得意的樣子，周婷就忍不住想再摸兩把。

說了會兒玩笑話，十三福晉指著幾個丫頭續茶的續茶、端點心的端點心，等丫頭們忙亂開了，才低聲貼著周婷的耳朵說：「四嫂教我。」

周婷看她的架勢，還以為她要問什麼呢，等了好一會兒，才聽到她吞吞吐吐地說：「我這裡也有個大格格呢，我是想著能不能抱過來自己養。」

沒出嫁之前，她就知道自己進門以後要當額娘，有個便宜女兒總好過有個現成兒子，出嫁的姊姊都同她說過，趁著孩子現在還小，最好能抱過來養，養到認了她，側福晉就翻不了天。可這幾天下來，她還真不知道要怎麼跟胤祥開口。

周婷失笑，她覺得吃虧的事，原來在古代女人眼裡還是占了便宜的！

周婷看著十三福晉這張圓臉，有些不忍心。才多大姑娘呀，就要開始算計這個，男人真沒一個好東西！

「妳剛嫁進來，許多事情都沒摸清楚呢，不必著急。」她也知道十三福晉恐怕是得了家裡的話才想走這步棋的，但哪這麼容易，別說現在孩子還小，抱過來有個好歹都是她的責任，十三阿哥的側福晉瓜爾佳氏若趁著女兒有人照顧再懷上一個，她不就是替人作嫁了？

「我們爺拿我當孩子哄呢。」惠容嘴巴一扁。她又不傻，自然看得出胤祥跟誰更親近些，心裡也不是不委屈，但自己已經是後來的了，更得端出妻子、母親的樣子，讓丈夫看看她能撐得起來。

「這是好事呀。」有原主吃虧在前，周婷可不覺得正妻風範多麼討人喜歡，正好惠容生得小，倒是可以當作優勢。「讓他哄著妳、疼著妳，難道不好？」

十三阿哥下頭有兩個親妹妹，恐怕是把惠容也當成妹妹看待了。

「妳瞧瞧十三、十五兩個格格，她們是怎麼得十三弟喜歡的？」周婷瞧著惠容那半懂不懂的樣子，在心裡嘆口氣，壓低了聲音。「誰說妹妹就不能當妻子？」

惠容垂著腦袋想了一會兒，有些明白了，而周婷則繼續在內心嘆息。這見鬼的制度，全把正妻當成保母，把小妾當成紅顏知己呢！

十三福晉千恩萬謝地把周婷送出門，在路上碰到也要回家的八福晉，她在寧壽宮裡還笑得歡，離了人就板著一張臉，眉毛、眼睛上都掛著霜。

周婷知道原委，無非又是那個「新月格格」的事。「家裡那個又鬧上了？」

「小小一個格格，竟是要翻天呢。」宜薇冷冷一笑，笑得周婷的心跟著跳了兩下。只聽宜薇壓著聲音說：「我倒不知道叫下頭人做個針線活，就成了不仁慈、不高貴，她也好意思拿這個說嘴！」

周婷一噎。「她……真這樣說？」

「可不是，真是打蛇不死反遭咬。」她在外頭的名聲是不大好聽，但像楚新月這樣的人在她眼裡跟隻螞蟻差不多，她真沒那麼閒去盯著她這樣一個「玩意兒」。

周婷幫她出主意。「橫豎這個格格不規矩是大夥兒都知道的，妳就是打發了她，也沒人敢說三道四。」

看樣子那個楚新月真是穿越女，腦子還不太清楚。命都捏在人家手上，還真敢給八福晉找碴呀。打發得遠一點，至少還有命在，要再這麼下去，捏死她都不用抬手的。

宜薇臉上一絲笑意也沒有，畫得細細的眉毛微微一挑。「既然她覺得做針線活是委屈了她，那就叫她替咱們爺唸經祈福吧！」

從早上起來去佛堂跪著唸經待到夜裡掌燈，教她再沒力氣上躥下跳！

周婷心頭悶悶的，剛經過惠容的事，現在又聽到宜薇的事，上馬車時就嘆出一口氣來。

做人難，做女人更難，做正妻的女人又是難上加難！

周婷對胤禛的考驗還沒定出結論，坐在馬車裡一路晃悠著回去，半個人靠在軟枕上想著自己以後的日子該怎麼辦。

她和胤禛幾次差點走了火，以後也不可能就這麼躺著什麼都不幹，更何況現在胤禛對李氏的觀感差了，待在她這裡的時間更多，兩個人要真的一直不發生什麼事，周婷還要懷疑之前的孩子是怎麼來的呢。

睡是肯定要睡，問題就在於「孩子」。周婷原本不想要孩子，睡了就當是她嫖男人，不過現在她不這麼想了，這些女人們想要孩子，不一定是為了後宅的地位。生的孩子數量多寡，固然是寵愛有多少的現實反應，但其實孩子才是女人們最終的依託。

李氏受了這樣的打擊，還能挺著不倒下，未必不是抱著這樣的心思，就是因為她有兒子，往後就算胤禛不上她那兒，她只要把孩子養大，就有出頭的一天。

周婷雙手交疊放在小腹上，在這個時代，生孩子難，生下孩子要長成更難。她的孩子如果是女兒，能保證不讓她去和親嗎？如果是個兒子，又能保證將來登大位的是他嗎？

怪不得那些宮鬥劇裡的人個個都身不由己，到了那個位子上，不往前進就是往下摔，想要置身事外萬萬不可能。周婷閉上眼睛想像起以後的日子，忍不住打了個冷顫。

「主子可是冷了？」知道周婷畏冷，車簾子蓋得嚴嚴實實，沒有半絲風透進來，見周婷打顫，珍珠趕緊把準備好的手爐拿出來用毛巾包著讓她暖手。

周婷銜著珍珠一笑，突然想到，別說孩子，包括她身邊這幾個丫頭，要是她被邊緣化，她們的日子也不會好過。總不能教這幾個丫頭忠心一場，卻到了不落好處的地步吧？

「沒事。」周婷微微一笑，心思轉開。

不得不說是李氏給了她感悟，而十三福晉和八福晉的處境又加深了她對古代女人地位的認識，原來那個可笑的想法被她自己揪出來踢了一頓。就說慈禧好了，因為是皇帝生母，她才能這麼威風，原配也還占著名分呢，最後到哪兒去了？

「主子，到家了，可要我去拿毛披風？」珍珠以為周婷冷了，覺得車裡準備的披風太薄，就想進去再拿件厚的出來。

「也沒幾步路，不必跑來跑去的。」周婷收一收心神，裹上披風往正院去。

珍珠心細，經過南院時輕輕「咦」了一聲。之前二阿哥受了風寒，院子裡吹了那麼多天的苦風，如今李氏病了，按理說南院的藥味要更重些才對，卻偏偏無聲無息，一點動靜都沒有，很不像李氏的行事作風。珍珠扶著周婷的手，疑惑地往南院那邊瞧。

周婷一語點破。「她這是不得不安分了。」

周婷自然不會苛待大格格，可暗地裡吃虧的事多了去，論婚嫁、給嫁妝的時候，李氏怎麼可能一點都不擔心呢？

不念著女兒在周婷院子裡，也怕兒子被抱走，李氏這個女人倒是抓得準利害關係。不能依靠丈夫就指望兒子，只要把兒子養好，她自己和女兒的體面就都有了。

回到屋裡，熱水已經燒好了，瑪瑙拿大毛巾遮住衣服，讓周婷洗去一臉脂粉。換衣裳的時候，瑪瑙指一指炕桌上擺著的幾個匣子。「主子剛出門，蘇公公就送了東西來。」

周婷一點也不覺得奇怪，她就知道會有這麼一齣。這個男人的心思好猜得很，他既然覺得虧欠了周婷，肯定要拿些東西彌補。周婷有些好奇這回送來的是什麼，一個個匣子打開，瑪瑙站在旁邊看到都嚇著了。

大小共三個匣子，最小的那個匣子像之前一樣擺著十錠金子，最大的匣子裡是一頂珍珠冠，不說中間那顆大珠子，單旁邊繞起來的珠子要找同樣大小的串起來亦是不容易，至於另一個小匣子，就是珠寶首飾。

周婷抿抿嘴巴。「珍珠冠收起來，留著爺生辰的時候戴。」說著取出小匣子裡的耳環放在耳朵上比劃，珍珠趕緊捧了鏡子過來讓她照。

耳環有好幾種，有珠有玉，還有一對指甲蓋大小翡翠材質的，鑲在金質五爪托裡，華貴非常，周婷拿的就是這副，掛在耳垂上襯得膚色溫潤。

珍珠跟瑪瑙都稱讚。「主子戴這個好看。」

周婷一笑，戴著就是要讓胤禛看見。她瞧了瞧身上的衣服。「這個鮮豔了些，換身素的倒能把這耳環襯出來。」

之前拿去拼的毛毯褥子正巧送了過來，做得比周婷想像中要好看，一塊塊小毛料拼起來倒像拼花被子似的，又軟又暖。周婷很滿意地給了賞錢，馬上叫瑪瑙鋪起來，心裡想著說不定今天就用得著。

周婷伸手摸一摸耳垂，今天就是胤禛不來，她也要把他拉來。得到一個男人的尊重比得到他的寵愛要難得多，周婷沒有把握能讓胤禛最寵愛自己，但起碼她可以往尊敬那條路上走。端得起還要放得下，男人夢想中的妻子都有情婦般的面貌，地位她已經有了，現在就只看自己的行動了。

飯都擺好了，卻遲遲不見胤禛到後頭來，周婷剛想差人去問，小張子就過來回了。「主子與十三爺正忙呢，叫人把飯擺到書房裡去。」

碧玉轉身出去吩咐，周婷則叫住小張子問話。「今天是忙什麼？」

「萬歲爺命太子爺同十三爺閱永定河。」小張子揀了一句要緊的。「主子同十三爺正在翻河志呢。」

至於其他那些，小張子也說不上來，瑪瑙拿了碟果子給他，他謝過周婷後，就全倒進帽子裡，一屋子的丫頭笑他那怪樣子。

周婷瞧著小張子年紀小，就細細問他家住何處、有些什麼人。

當了太監也還是有家人，一開始是家裡窮苦過不下去，就送孩子進宮當公公。靠著股機靈勁兒，要是能被得寵、吃得開的大太監挑中了做徒弟，就能指望有出頭之日了。蘇培盛挑中小張子，就是因為他慣會看眼色，這時聽周婷一問，就一點點全說了。

周婷並不是好奇才問的，胤禛身邊的大太監她不好隨便叫過來問話，上回李氏剛換了個馬夫胤禛就生氣得很，可見是討厭別人打聽他行事。雖然她是正妻，同一句話她能說的，李氏跟宋氏不能說，但周婷既然曉得他的忌諱，當然不會犯傻去惹他討厭。

小太監就不一樣了，他們幹的不是什麼要緊事，偏偏離胤禛又很近，她略問上兩句，也能找個關心胤禛飲食起居的理由。

「原就姓張，進宮後起了名，叫起麟。」小張子老老實實站著答話。他知道周婷的用意，往日院子裡的女人們也常藉故跟他套交情，周婷是嫡福晉，問些話是名正言順的，再說，在周婷面前混個臉熟，對他只有好處。

周婷點點頭，又略問了兩句，就放小張子回去當差。這樣的人得天長日久地放在胤禛身邊，才能顯出作用來，她也不急在這一時，這回問問姓名家庭，下回問問家裡人身體好不好，等摸清了情況再給好處，交情自然就有了。

小鄭子見小張子拿了東西過來，伸頭一瞧，見是尋常點心就皺了皺鼻子。小張子也不獨食，分了小鄭子一半，兩個人站在外頭把一帽子點心吃乾淨。

小鄭子吃了還說：「下回我去，保管能拿到賞錢。」

小張子只是嘿嘿一笑，就再不搭話了。

「你往年也跟著去閱過兩回永定河，這些都該知道才是。」胤禛挑了本《直隸河渠志》

指給胤祥看。「永定河水流緩慢、泥沙積沈，河床較地面更高，改道多次，既然太子也在，有事商議就可。」

胤祥正在看《水經注》，聞言頭都不抬。「我怕他沒那個閒心呢。」

一家子兄弟偏要分出尊卑來，胤祥一向得寵，在康熙面前很能說得上話，可每次太子一出現，皇阿瑪眼裡就再沒他們了。

「他名分早定，既為尊，自然該當。」胤禛喝了一口茶，喚了一聲。「蘇培盛！換過一盞來。」又轉頭對胤祥說。「吃了飯就快回去，別等宮門下了鑰。」

「四哥這兒難道還差我一間屋子？」胤祥站起來活動筋骨。「四哥又不是不知，自舊年去祭過泰山，太子瞧見我就皮笑肉不笑的。我那時候去永定河，就是去撒歡的，哪能真知道些什麼？」

確實，上回去胤祥才十三歲，真能知道的也不多，不過有些話還真不能隨意說出來。

「在我這兒說兩句便罷，到了外頭要慎言。」胤禛瞧了他一眼告誡道。

胤祥不再說話，飯才擺上來，就一筷子把盛著金銀肘子的盤子給扒拉過去，醬油、肉汁拌飯吃了兩大碗，放下碗後抹抹嘴。「我先把這些都帶回去看，明天再來叨擾四哥。」

胤禛又在書房裡坐了一會兒，蘇培盛續茶的時候問他：「爺今天歇在何處？」

胤禛略一沈吟。「去正院吧。」

第十六章　狂情熱愛

周婷歪在炕上等著碧玉把燉好的湯端過來，要是胤禛再不來，她就要叫人送湯過去了。親自送當然更好，但什麼事都得一步一步來。

「十三弟走了？」周婷走過去絞了帕子為胤禛擦臉，見他一臉倦意，就不再多問。她一邊說話，一邊微微晃動耳朵上的翡翠耳環。「你再不來，我都要叫人送湯過去了。」

既然決定要把胤禛拉過來，自然要把稱呼給改過來，本來正當夫妻就是你、我相稱，那拉氏敬重他，叫他一聲「爺」，結果反而把他給喊遠了。

胤禛沒覺出什麼不對，喝了一碗熱湯，也往炕上一坐，周婷同他坐在一處。「可是累了？我幫你揉揉腦袋吧。」

見胤禛點點頭，周婷便靠著大迎枕，讓胤禛躺在她腿上，由她按摩太陽穴。

「力道可重？」周婷按了兩下問道。胤禛這位爺枕在周婷腿上模糊地應了一聲，讓她不禁輕輕一笑。

周婷有意跟胤禛靠近，呼出的熱氣若有似無地噴在他臉上。

就這麼揉了一刻鐘，胤禛才把心頭那口氣嘆出來，暗忖：太子是愈來愈容不下人了。

周婷也不問他為什麼嘆氣，只說：「常言總說笑一笑才能十年少，我倒覺得常嘆氣也行，好過總是憋在心裡，太醫們不是總愛叨念『鬱結於心』嗎？」

胤禛被她說得一樂，半睜開眼睛，瞧見周婷含笑的樣子和掛在耳朵上的翡翠耳環，問道：「東西可好？」

「你看呢？」說了句撒嬌的話，周婷自己倒先不好意思，下意識地抬手摸了摸翡翠珠子。

胤禛伸手捏捏她的耳朵。「我瞧著很好。」說著翻身坐起來把她摟進屋裡。

他一看見床上鋪著的毛褥子，就問：「妳怎麼弄了這個？倒像草原上頭放牧的人家。」

「往年拿回來的毛料，我叫人拼在一處當褥子用。」周婷順手拆了頭髮上的飾物，只剩下耳環，盈盈的綠，順著她理頭髮的動作一晃一晃，晃得胤禛湊上去捉住她的肩膀。

周婷輕笑一笑，順勢躺了下來，團起身子，手掌在毛皮上來回撫動，眼角挑著瞧向胤禛，他也跟著躺下來試了試。「果然暖和，就是顏色不太正。」

「整塊的我哪裡捨得當褥子用。」

周婷手一伸，搭上了胤禛的腰，胤禛則抓住她的手，一個翻身把她壓住了。饞她也不是饞了一天兩天，這時候吃起來反倒不急。

比起前兩回的不情不願，這回周婷內心的打算多了，反而比之前放得開。她曲著腳抱住毛毯子，一雙白嫩的腳丫踩在長毛毯上，更顯得膚白晶瑩，腳指甲上特地塗的淡粉色蔻油在燭火下瑩瑩生光，惹得胤禛一把捉住她的腳握在手裡揉捏。

周婷身子一縮想把腳抽回來，胤禛偏用力握住，拿手指頭搔她的腳底。她沒能抽回腳來，自己歪倒靠在被子上笑，發現胤禛捉起她的腳細看，周婷就有意地繃直了腳背，一使力往裡面一滾躲開了。

「這抹的是什麼？」胤禛少有點著燈跟女人「這樣那樣」的經歷，只覺得燈下的人更美了幾分。

周婷咬著被角笑得說不出話來，胸脯跟著身體一抖一抖的。

胤禛瞧了，只覺得喉嚨都要冒火，想起周婷那天夜裡在流轉燈火下的風情。她粉面含春，差一點就要讓他扯掉肚兜瞧見裡面了，偏偏不作美。

胤禛喉結滑動了一下，手掌分開周婷的腿。「這褥子值什麼，叫人從庫裡拿水貂的來，拼起來比這個好。」

說著，手伸上去解開周婷衣服上的盤扣，褪到一半看見她圓潤的肩頭時，忍不住伏下身咬了一口，見她露出的半邊肩膀枕在烏溜溜的頭髮上，又調笑一句。「該拿黑的才是。」

一想到把她雪白的身體放在黑毛毯子上動作，胤禛的褲襠馬上支了起來。周婷也知道他這是想到了什麼，故意扭著身體動了幾下，引得胤禛一隻手壓在她的肚子上，不教她扭遠了。

上回沒吃成，又惦記了那麼長時間，胤禛今天的動作就更加有力。周婷上身的衣服被脫得只剩下一件肚兜，她既然算好了他來，就做了萬全的準備，洗過澡後全身都抹上一層玫瑰香脂。她知道那回給他留下了深刻的印象，還是選擇穿那一件水紅的肚兜，緊緊掐住腰，把山巒曲線全襯了出來。

胤禛這回不解開了，直接把手伸進去揉起來，微涼的大掌一下子貼上周婷溫熱的皮膚，讓她起了一層雞皮疙瘩，緊張得心怦怦直跳。

他加快動作，在腰上捏了兩把就往上頭去，手一伸握住了兩團軟綿綿的香肉，鼻子湊過去一聞，全是玫瑰香脂的味道，連手上也是。

周婷輕輕嚶嚀了一聲，滑膩膩一雙胳膊纏住了胤禛的脖子磨蹭他，此時的胤禛哪裡還需要她挑撥，握住了就不肯放開，手指挾住軟肉上的兩點櫻紅轉動起來。周婷哪裡經歷過這個，急促地喘了口氣，腰弓了起來，嘴裡婉轉出聲，臉頰發燙，全身上下都熱了起來。

胤禛揉搓了好一會才抽出一隻手，繞到她背後摸到繫在腰上的帶子，一把扯下來把這塊紅綢扔在毯子上，周婷察覺胸口一涼，想要用手護住，已經來不及了。

胤禛先用牙齒輕咬那點櫻紅，再用舌尖繞著打轉，周婷被他吮的一點力氣都沒了，他舌頭勾動的時候，她整個身體從手指尖麻到腳趾尖，兩條腿軟軟勾住他的腰，嘴裡不住呻吟。

心雖初試身體卻久曠，火一樣的快感燒著周婷，讓她不斷把自己往胤禛身上貼。胤禛哪裡見過這麼熱情的周婷，他伸出手指捏她大腿根中間的軟肉，脂膏似的一團，摸起來滑溜溜的。

胤禛解開衣服，褲子隨手一甩，也不管扔在哪兒，下面那根東西算起來有一個多月沒吃上肉了，尋了洞就鑽，狠狠頂進去，整根沒入，頂得周婷曲起身體來，不自覺地嗚咽出聲。她趕緊拿手捂住自己的嘴，眼裡泛出淚花來。

又痛又舒服，周婷覺得身體一下子被打開了。胤禛噴出一口氣，下身不停動作。周婷緊緊揪下一把毯子上的毛來，嗚咽聲不斷，她想找個什麼東西咬著，但伸手摸了半天，也沒找著衣裳。

胤禛的辮子順著他的動作滑到前面，周婷伸手一撈，捏在手裡往嘴邊送，張口咬住了胤禛的辮子梢，兩條腿跟著他進出的動作一晃一蕩。胤禛抓住她的小腿，腰上用力頂，拉往她往自己下身撞，剛想換個姿勢，周婷就撐著手半坐了起來。

她的腿還架在胤禛腰上，屁股懸空朝他迎合。床上的事胤禛的次數也不算少了，可他院子裡抬進來的女人哪個不是照規矩典範教養的，就一個李氏還算放得開點，哪裡見過周婷這樣的。

看她全身發紅，咬著自己的辮子喘氣，胸脯上兩點晃得他心都熱了，不禁一手托著她的腰，動得更快。他的汗珠順著鼻梁滑下來，一個挺身太猛，弄得周婷嘴一張，咬著的辮子頓時掉了出來。這回她顧不得找東西堵上嘴，鶯聲婉轉了起來。

最後胤禛抱起周婷讓她坐在自己身上，胳膊撐在他的肩膀上下來回動作，兩個人出了一身汗，等他在她身體裡面跳動的時候，周婷忍不住張口在他肩膀上留下一個牙印子。

酣戰一場，周婷累得動彈不得，還是胤禛抖開了被子把兩個人裹起來。他心滿意足，從前竟然從不知道這滋味能如此美妙。

周婷微微掀了掀眼皮，她一開始是抱著迎合的心態的，到後來弄著弄著自己也忘記了，只知道怎麼舒服、怎麼享受，看他的樣子也挺滿意的。

兩個人膩在一處，全身緊緊相貼，胤禛滿足地嘆了又嘆，手在周婷身上流連。

周婷頭一偏閉上眼睛，任他的手再不規矩也拿她沒辦法，心想這回「破處」總算是圓滿了。

胤禛還想再來一次，然而看到周婷昏昏欲睡的模樣，就知道她是累狠了，再來一次也不知道明天起不起得來。他心裡有點惋惜，又覺得她今天很不同，抱著她跟抱著肉骨頭的狗那樣不肯鬆開，惦記著要弄塊黑水貂的毯子來。

心神舒爽，模模糊糊間像是飄了起來，胤禛作起一個很長很長的夢，夢裡頭一會兒往東一會兒往西，地方都是他熟悉的，養心殿、乾清宮，只是他竟不是跪在下面的那個，而是坐在上頭的那個。他很想走近瞧個清楚，可就是邁不出步子，只能瞧見皇位上的自己正在指點江山。

胤禛猛一睜眼，頭一陣陣發暈，腦子裡許許多多東西不斷跟著轉，心口發涼、額頭冒汗，懷裡溫熱的身體離得似近又遠，他忍不住摟緊周婷咳了起來。

周婷被吵醒了，她捂著嘴巴打了個哈欠，口齒不清地問道：「要不要茶？」

胤禛晃了晃腦袋，頭暈目眩得厲害，屋子裡的蠟燭還沒熄，微弱的燭光下只能瞧見周婷模糊的輪廓，他摟著周婷的手更加用力，一拉一帶把她的頭扣在自己胸膛上。

周婷皺起了眉頭，出聲問道：「這是怎麼了？」

胤禛頭痛欲裂，強忍著不哼出聲來，從齒縫間擠出一個聲音回答她。「不要茶，把燈熄了吧。」

燭花爆了兩聲，驟然明亮又驟然昏暗的燈光晃得他眼睛更花了。

周婷努力了半天掙脫不開他的手臂，蠟燭又離得遠，實在沒辦法了，只好放下帳子叫人進來把屋裡的燈都給滅了。

瑪瑙瞅著一地的衣裳耳朵發燒，眼睛都不敢抬，垂著頭問了句。「主子，可要抬熱水進來？」

周婷很想擦洗一下，無奈身邊這個男人抱著她不肯撒手，胳膊那塊都要被他捏青了。不知道他在發什麼瘋，又不能說出來讓丫頭知道，她只好推拒。「不必了，妳把燈滅了就出去吧。」

瑪瑙應了一聲，熄了燈把剩下的一盞蠟燭拿出去，帶上了門。

胤禛抬手緊緊按住額頭，周婷這才知道他是頭痛，她忍不住在心裡嘀咕，難道是剛剛那個那個的時候動作太猛了？她坐起來把被子抖落開，這才發現被子全在她這邊，胤禛身上只蓋了一半，是因為吹了冷風才頭痛的？眼睛掃過胤禛那月亮腦門，內心嘖了一聲：沒事頂個光頭幹什麼，一點不保暖！

說是這麼說，又不能不管他，周婷伸手像剛才那樣輕輕為他按揉太陽穴，胤禛先吃痛地出了一聲氣，頭往旁邊一躲，周婷跟上去揉了兩下，他緊皺的眉頭才漸漸放鬆，臉往她胸口靠，覺得腦袋舒服多了。

「這是怎麼了？見了風？」滿人崇武，胤禛雖然是兄弟裡最不擅長騎射的，但身體絕對不弱，不可能因為房事太猛就突然頭痛得睜不開眼睛。

聽見周婷問，胤禛就想起剛才那個古怪的夢。好像是真的，一睜眼又變成假的，夢裡說了什麼話、做了什麼事全都清清楚楚，醒來一想又荒誕得很。

這些話胤禛還真不能往外說，就算身邊躺的是他的妻子，是跟他一條心的女人也不能說，只好把這話題給搪塞過去。「想是剛才起得猛了。」

這麼一說出口，胤禛又有些後悔，難得這麼盡興，要是她以為自己「不行」那可怎麼辦。

果然聽見周婷一聲輕笑，從枕頭下面摸了條帕子出來疊成長條要為他包頭，胤禛咳了一聲。「這像什麼樣子！」

「跟我還有什麼樣子不樣子的。」周婷才不管他肯不肯，伸手上去把他的頭包起來打了個結，又拉過被子把他整個人蓋住，肩膀那邊還仔細地掖了進去。

胤禛心頭微微一動，又覺得有些好笑。這回她可真的把他當成是軟腳貓了，可他還是老老實實躺著不動，繼續回想起那個夢來。

胤禛敢保證他對大位從沒有過一絲一毫覬覦，太子名分早定，又打理政事這麼多年，是皇阿瑪心頭第一人，就算開國功臣索尼之子索額圖因為太子而受到禁錮，他也沒有對太子有一句苛責。其他人在皇阿瑪眼裡從來沒有鍍上那層金光，只有太子才有資格與他同坐。

大阿哥既是長子又有兵權，時不時鬧騰兩下，皇阿瑪都沒放進眼裡過，哪怕大阿哥之心已人盡皆知，他也從不做他想，表明除了太子，大位再未有其他人選。

那這個夢又是如何來的？如果孝懿皇后不死，那論起身分來，他倒是在太子之下眾兄弟之上。可他知道皇阿瑪的心思，正是因為知道，才從來沒起過別的心思。那模糊的夢，就真的當作是夢吧，頭會疼就是因為他不該作那樣的夢！

胤禛不喊停，周婷就一直為他按額頭，眼睛習慣了黑暗，也漸漸能瞧清楚胤禛的五官了。她腦子裡還有其他阿哥的印象，要說起來，長得最英俊的是八阿哥，也許是因為生母貌美吧。

身邊這個男人就不同了，他長相偏文氣，下巴上還有一顆美人痣，不像康熙，五官臉型都更像德妃，可眼角眉梢裡的清冷氣質，卻像孝懿皇后。吃誰家的飯，像誰家的人，顧嬤嬤不經意透露這些訊息，被碧玉當玩笑話跟她們說過一回。

周婷沒見過孝懿皇后，但也知道這是康熙很喜愛的女人，就算那麼看重德妃，她頭一個兒子也還是抱過去給她養了。

周婷一邊想一邊揉，手都痠了，胤禛才拉住她的胳膊。「別按了，妳也躺下吧。」兩人還是窩在一個被窩裡，一掀被角，裡面那股歡愛過的味道就撲鼻而來，惹得胤禛情動，伸手把周婷攬在懷裡。

周婷以為他又要了，趕緊推了推他。「才頭疼過呢。」

她下午仔細保養過的手滑膩膩地摸上胤禛的胸，柔若無骨的樣子把胤禛的心又勾了起來，那剛歇下的地方又火熱起來。

周婷是真的累了，並不是欲迎還拒，她伸手擋住他的攻勢。「別鬧，頭上還包著帕子呢。」

這句話壞了事，胤禛心裡本來只有七分意動，也變成了十分。他忍不住手往上伸，握住一對胸脯揉了兩把，嘴裡還要調笑。「剛才勞妳動手，如今該換我來。」

他常年握筆形成的老繭磨著周婷身上最嫩的兩點，一會兒就讓她招架不住，咬著嘴唇仰頭喘氣。磨了一陣子，胤禛漸漸加快速度，把周婷一條腿架在自己腿上，玫瑰香脂的味道散得差不多了，但觸感還在，胤禛能貼住她的地方全貼住了，專心感受她一身細滑的肌膚。

周婷低應了一聲，她把腰拱起來努力想要翻到一邊去，又好像全身都被胤禛兩隻手指牽引著似的，不自覺地就要把身體往他那裡送，讓他磨得更久、更快一些。

周婷咬住嘴巴不再出聲，明天還得進宮呢，和十三福晉約好了的，要是早上起不來，臉可真是丟大了。她掙扎著開口。「饒了我吧，明天還要進宮呢。」

胤禛擺弄得起勁，聞言就說：「這就討饒了？還沒怎麼著呢。」

他的手指頭都滑到下面去了，在那濕漉漉的地方打著圈，還敢說沒怎麼著！周婷張嘴狠狠喘了幾口氣。「真不成，明天我的腰就要抬不起來了。」

胤禛的手指往下面按了按，只覺得一陣收縮，喉結不禁滑動了一下，乾脆把周婷翻過來面對著自己，側著身子進去。周婷輕哼一聲，伸手捶了他一下。

身上的人根本不停，直往裡面探，這一回慢慢磨得周婷整個身體發紅，只知道張著嘴喘氣，「胤禛胤禛」喊個不停。他還專停著等她叫出來才又往裡面送，折騰她到大半夜，才停下了。

周婷早已迷糊得什麼都不知道，大腿根部都麻了，耳朵邊還聽見他問：「給妳揉揉腰？」

她從鼻子裡哼出一聲來，連答應的力氣都沒有，閉眼就睡著了。

第十七章 女人心事

第二天早晨丫頭、僕婦進來收拾的時候，周婷都不好意思看她們的臉色，被子裡頭、褥子上面全都一塌糊塗。她裝作若無其事的樣子，就怕聽見丫頭們說什麼「洗曬」之類的話。

幸好這些東西最後不是由瑪瑙經手，而是換了一個有點年紀的僕婦進來，她動作很快地把被子一捲，連同外面的毛毯一起拿出去了。

周婷實在不好意思問這要怎麼洗，早上她起來隨便抓了件衣服換上，身邊那男人還左揉右摸地弄了半天，就跟剛嚐過奶的小娃娃似的，一吮住就不肯放了，弄得她又紅著臉綳著腳喘了一回才放開她。

喝粥的時候胤禛時不時為周婷挾上一筷子小菜，換衣服的時候也不要她蹲下來幫他扣扣子了，瞧見周婷不經意間反手捶腰，胤禛抿著嘴差點笑出來。

兩人之間氣氛的轉變，瑪瑙跟珍珠幾個也感覺到了，屋裡的氛圍前所未有的好，就在此時，外頭的翡翠稟報道：「大格格來給主子爺請安。」

周婷有些意外，大格格一向身子弱，她一向是免了她請安的，怎麼這個時候來了？

「快打了簾子叫她進來，外頭風一吹，再冷著了可怎麼辦？」周婷腦子裡轉了三圈，她是來為她親娘求情？還是來露臉叫胤禛想起她來？又或者打著放長線的主意，慢慢把胤禛的心勸回李氏那兒？

腦子這樣想，臉上卻笑得親切。實在不是周婷想太多，在後宅裡一個肚皮裡爬出來的不一定就一條心，更何況隔了層肚皮的呢？

大格格進來規規矩矩請過安，就跟周婷說：「要謝謝瑪嬤送的東西，正想著要不要做個荷包孝敬她老人家。」

她口中的「瑪嬤」，指的是德妃。之前周婷進宮那一回，德妃就賞了些東西給大格格。周婷淺淺一笑。「我自有回給她的東西，妳養好身子才是要緊。妳阿瑪的生辰，想來幾家姊妹都要過來，才好同她們一處說話。」

大格格臉上有些激動，但很快又壓了下去，周婷奇怪地看她了一眼，揮揮手要她出去，嘴裡還吩咐：「往後可不許這樣早起，妳年紀小，欠不得覺。」

周婷坐在馬車上靠著枕頭，躺著、坐著的時候還不覺得，剛剛穿上花盆底走路時，她腰板都直不起來，一挺背就跟要斷了似的，一股痠勁從骨頭裡滲出來。

明明看著辛苦的是胤禛，怎麼她倒累得跟拉磨的驢似的。周婷反手捶腰，珍珠瞧見了，自然而然地坐過去，伸手去幫她揉。

周婷有些不好意思，都說古人保守，這怎麼可能保守得起來嘛！她的被子、衣服都是丫頭在拆洗，看痕跡也知道昨天夜裡她跟胤禛兩個戰了幾回、戰了多久。想到這裡，她臉一紅，咳了一聲清清喉嚨說：「怎麼我瞧著今天大格格有些不對？」

珍珠抬起頭來想了一回。「剛主子換大衣裳的時候，翡翠說大格格身邊的丫頭出了院門，看樣子像是去南院。」

院子裡所有丫頭都是周婷的耳目，她們知道大格格那裡的人跟她們不一樣，自動自發地盯緊，絕沒有疏忽。

周婷聽到大格格身邊的丫頭去了南院，微微一笑。本來就沒指望她搬進來能跟自己一條心，待她好那都是面子情，厲害的繼母待原配的孩子都要比對自己的孩子更好，雖然周婷不是繼母，但意思也差不多。如果大格格真的對她比對親娘還要親，要麼是個傻子，要麼就是太聰明了，她現在這樣剛剛好。

李氏病了，大格格的東西就沒全挪過來，周婷也不急在這一時，鈍刀子割肉才最痛，就跟她一點點耗著。李氏年華不在，初時也許還有著跟胤禛的那點情分，讓他不至於一下子就忘記；可日子一久，又惹他厭棄，那點情分還能剩下什麼？再沒有比男人更現實的動物了。

周婷就是因為瞧見了李氏現在的模樣，才會處處小心地對待胤禛，如果有了孩子，她就得為他們打算了。胤禛雖不至於無情，但能爭取更好的，為什麼要屈就呢？天長日久，才能把根扎深了拔不出來，管你後來的女人多嬌媚、多伶俐、多乖巧，只要她把該占的都占了，就不怕出個西太后！

「大格格可是缺東西了要去南院拿？」周婷捏了顆杏脯放進嘴裡，慢騰騰地理了理裙罷。「李氏病了，有什麼東西問我也是一樣的。」

珍珠噗哧一笑。「知道啦，回去就打聽，主子可真是的，跟我說話也繞起來了。」

周婷伸手捏捏她的臉頰。「知道妳機靈，也得找個理由不是？」說話、做事都不能給人留下把柄，如今她混得比過去還累，可算嘗到當中層主管的苦了。

寧壽宮裡總是一派祥和，十三福晉一坐下來就拿眼睛瞅周婷，看了兩回，周婷就抬手拍拍她，嘴唇微張。「等散了可請我喝茶。」

十三福晉馬上甜甜一笑，露出梨渦來。

三福晉見了，就說：「我可聽見妳們兩個說悄悄話了。怎麼？是想藏起來吃獨食？」八福晉哪會放過這機會。「好呀，可教我抓住了。我說我這鼻子老是聞見香偏又吃不著，這回露餡了吧！」

十三福晉紅了臉，周婷只好打圓場。「十三弟妹那裡藏了好茶，我哪裡懂這個，不如大夥兒一塊去嚐嚐？」

最後是周婷、八福晉宜薇和十三福晉惠容湊到一處。宜薇眼睛一斜，話就出了口。「四嫂一開口，我就料定三嫂是不會來的。」

這裡頭的恩怨，惠容一點也不清楚，張著眼睛巴巴地看八福晉。宜薇嘖了一聲。「妳要嫁過來，竟然不知道事先打聽一下？」

十三福晉從小在家裡備受寵愛，要嫁過來前用得著、用不著的都學了一堆，唯獨這事她還真是不知道。

八福晉不開口，她就盯上了周婷，搖著她的袖子叫她把前後原委說出來。周婷見左右無人，才輕輕在她耳邊說上一句。「三哥他……敏妃喪儀百日不過，就把頭給剃了。」

這事是有些無厘頭，三阿哥也不是不靠譜的人，偏偏幹了這麼件不靠譜的事。被康熙削了一頓不說，從此和十三阿哥的關係就變得緊張起來，兩人只要在一處，就鼻子不是鼻子、眼睛不是眼睛的。

惠容張口結舌，半天才把嘴巴給閉上，宜薇忍不住捏著帕子笑她。

三人慢慢走到阿哥所，十三阿哥的院子跟十四阿哥的院子聯在一處，十四阿哥側室生的兒子正是愛哭鬧的時候，一鬧起來就沒完，偏偏地方淺，左邊那個一哭，右邊這個也哭起來了。

「大格格又哭了？」惠容原還想當個慈母給胤祥瞧瞧，無奈孩子還小，只認有奶的奶嬤嬤，連親娘都不怎麼認。

她一抱過來孩子就哭，哭得她頭痛，胤祥一回來就瞧見兩張皺著的小臉，倒覺得她有趣，和她說了好一會兒的話。聽她抱怨小孩子愛哭、愛尿，弄濕了她一條裙子，第二天就幫她弄了一整箱裙子來，惠容這才明白周婷說的「當妹妹疼」是怎麼一回事，這一回她就是要特地謝謝周婷的。

宜薇聽到孩子的哭聲，一臉羨慕之情，她垂頭瞧瞧自己的肚皮，內心嘆息著想生個孩子，哪怕是女兒也好啊！

「孩子哪有不哭鬧的，大格格還未足月呢，縱是鬧也有限，等孩子半大不大了，妳才知道什麼是鬧。」周婷抿著嘴笑。

聽周婷這樣說，宜薇倒為她嘆了口氣，拉住她的手默默不說話。惠容知道她們的心事，淺淺一笑。「我這裡好茶有限，好果子倒是多，我愛吃甜的，每日都要吃糖蒸酥酪。」

「難怪妳笑起來也甜呢，不怕壞了牙？」周婷知道她的意思，拉拉宜薇，很知趣地露出笑臉來。

三個人一人一碗糖蒸酥酪，用銀勺子挖著吃。

宜薇的話題重心還是放在孩子身上。「我聽說，妳們爺昨天跟皇阿瑪求賜名了。」

周婷一怔，這她倒沒聽胤禛說，但還是點了點頭。「按理也該有名了，再大些，就該開蒙了。」

二阿哥完全被李氏嬌養壞了，她前面死了兩個兒子，養活了這個就特別寶貝，四歲多了還在吃奶嬤嬤的奶，但這又不是初乳，營養哪夠，因此二阿哥身體底子差，一吹風、一曬太陽就要風寒中暑。

宜薇噗哧了一聲。「妳的心倒寬呢。」說著，就又皺起了眉頭。

有孩子的有有孩子的苦，沒孩子的有沒孩子的苦，女人都是苦汁裡熬出來的。宜薇想著，看了剛知愁滋味的惠容一眼。「妳是新嫁娘，趕緊生個孩子要緊啊。」

惠容臉上一紅，她的心理層面還沒完全從閨閣少女轉換到已婚婦女來，有些話題不太好意思談論，宜薇是為了生孩子什麼法子都想過了，兩人耕耘幾年顆粒無收，說起經驗來倒是一套套，什麼鏡子要怎麼擺啦、床要靠哪邊睡啦，說著說著就說到要把枕頭墊高一點。惠容紅著臉，只有點頭的分。

辭了出來的時候，周婷就笑話宜薇。「妳都快成半仙了。」

看宜薇不言語，周婷又勸她。「這些事急不來的，不如放寬了心，妳瞧瞧我，不也很好嗎？」

宜薇輕輕點了點頭，靜靜勾住周婷的手，兩人一起出宮。

周婷剛卸妝，珍珠就過來彙報。「大格格叫人去拿了些首飾、衣裳，還有尋常的玩物。」

周婷聽了以後失笑。自己果然想得太多，仔細一回想，再對照大格格的行事作風，就知道她這是興奮緊張呢。

過去家裡辦宴席的時候只請過阿哥、福晉們過來玩樂，不曾請過他們的兒女，這次既然胤禛想辦個完整的家宴，周婷理所當然地就把孩子也算進來。她還有現代思維，總覺得家宴哪能沒有孩子呢？

大格格是李氏生的，又一向養在李氏院子裡，以往還小不用交際，等到她長大，那拉氏和李氏的關係也已經很僵了，這些活動一律不叫她參加。

也不怪那拉氏，尋常宴請的都是長輩，她又是個半大的孩子，不是奶娃娃能抱出來教人捏一捏、看一看，怎麼樣也不會叫她作陪。只有在過年進宮請安時，大格格才會被一同帶進去吃個宴席，那還是因為家裡孩子少才能被帶去，她親娘李氏是連宮門都再也踏不進去，只能等在家裡的。

大格格年紀小，又敏感多愁，小小年紀想得就多。沒有女兒的福晉就罷了，有女兒的全都領著嫡女過去，她天生就覺得自己低了旁人一頭，偏偏性子又不像李氏，不太會交際，同一處話都說不出兩句，那拉氏領了她幾次，見她實在拘束，就不再帶她出去了。

這回一聽說要與姊妹們一同說話做事，大格格難免激動起來。她見過那拉氏招呼來往的女眷，知道這意思就是讓自己當個小主人來招待這些姊妹，立刻就盤算著要穿哪件衣裳、拿什麼當話題跟人說，自己想了一回不夠，還差人回南院把她尋常用的幾件東西都拿了出來，準備到時跟姊妹們一同賞玩。

「等幫她做的新衣裳來了，就送過去。」周婷把耳環拿下來放進妝盒裡，淡淡一笑。

蘇培盛送了消息過來，馮記的新式玻璃已經做好，在水榭裡嵌了兩面，請周婷過去瞧花樣。

一種是全透明的花紋，要湊得近了才能瞧見，跟現代的毛玻璃很像；另一種像瓷畫一樣，幾幅拼起來裝上去，就是不開窗戶也有景可看。

周婷指了其中一種。「把這個裝在水榭裡，問問馮記是不是能做透明的梅花圖案。有景兒的這種我很喜歡，讓他們再多出幾種樣子，就說是我要的。」這個不用來嵌玻璃，做成瓷畫屏風倒好看。

胤禛喜歡自己弄些花樣做家具，馮記就是投他所好才被他納入門下，周婷既然抱了要討好胤禛的心，自然該準備一點共同語言，兩人總不能每回躺在一起就光「運動」吧？

蘇培盛應了聲，又小心翼翼地盛上一只盒子。

周婷打開來一瞧，全是玻璃吹出來的髮釵，梨花、梅花、海棠一樣一件，花瓣透明、姿態可愛、累累相疊，枝枝蔓蔓極為精緻。玻璃吹平易，吹彎難得，更何況是這樣精巧的東西。

周婷拿起一支髮釵細看，稱讚了一句。「這東西倒妙。」可見這個馮記是下了工本的。

蘇培盛彎腰問道：「馮氏想要拜見福晉，細聽福晉安排呢？」

按理周婷是不能接見商人婦，馮記那邊送了很多次東西、通了許多次關節，又塞了一大筆的錢給蘇培盛，他才答應幫著問一句。

誰知道這正合了周婷的心意，她拿起一支髮釵，裝出非常滿意的樣子，淡淡開口。「馮記的樣式倒是頂好，行，等我得空了就叫她進來。正好冬日裡沒什麼景色，這玻璃花要是能做好，當成盆景也不錯。」

蘇培盛馬上應下，心裡暗喜。等他把周婷這話傳給馮記，那另一半的錢就算是穩穩進了口袋了。

但凡男人，就沒有不貪財、不好色的，太監不能好色，只好貪財了。馮記算是出手大方的，來往幾次也有些面子情，蘇培盛正在盤算這回進帳多少，就見周婷似笑非笑地掃了他一眼。

「蘇公公的差辦得很好，今天見了爺，我要同他說，該賞你才是呢。」蘇培盛這樣的大太監是不會瞧得上周婷能給的好處的，但她能跟胤禛進言，哪怕不為他謀些什麼，只要說上一句「蘇公公盡心盡力」，就足夠了。

蘇培盛一聽，趕緊彎腰。「為福晉當差，這是應該的。」

他眼珠子一轉，算是接過周婷遞過來的橄欖枝。周婷能為他說幾句好話，他自然也能為周婷說上幾句，過去這樣的事就沒少幫李氏做過。

兩人這就算是有了默契，更何況李氏已經失了寵愛，蘇培盛對南院那幾分「忠心」就跟著降到了最低。現在跟著誰有肉吃，那是明擺著的事，周婷既然遞了梯子過來，他自然樂意往上爬，看來福晉吃了那些虧，總算是學聰明了。

蘇培盛那些盤算周婷哪裡不知道，只要她捏著他想要的，就算現在還不行，往後總能讓他只為自己一個人辦事，只對自己一個人忠心。不論胤禛如何，只要李氏翻不了身，就不怕蘇培盛會爬牆。

事情理得差不多了，周婷一回屋就招來瑪瑙，要她去庫裡取藥材煮水。

瑪瑙還傻愣愣地問：「主子要這些做什麼？可是哪兒病了？要怎麼煮，放三碗水煎一碗？」若是病了，這苦蔘、金銀花什麼的，也不對症啊？

周婷臉一紅，知道這些事瞞不過貼身丫頭，只好說了。「我是聽八福晉說的，這些東西煮了水，用來洗身子，對女人好。」

這些丫頭天天跟著她，她做了什麼她們全都知道，只好拿八福晉出來當擋箭牌，反正在旁人眼裡，她為了生子什麼都試過，總不會差的。

其實這就是簡陋自製版本的婦潔液，周婷以前買過中藥成分的洗液，裡頭的藥材不是每樣都記得清楚，但大致上不會錯。她昨天夜裡跟胤禛這樣那樣了一陣子，早上他又把手伸到下面摸了一會兒，她起床後只擦洗了一下，還沒好好清潔過呢。

再說，胤禛那東西可不是自己一個人專用的，想想還是得準備這些才行，最好以後「圈叉」前能把他也給洗一遍。

「並不用煮很久，把東西放在一處煮出黃汁來大概就行了，往後這東西要常備著。」那個洗液外頭寫著生理期也要用，能殺細菌什麼的，其實周婷也不知道具體的製造過程，反正洗了總比沒洗要強些。

瑪瑙紅了臉，她聽到後來，總算明白什麼叫「洗身子」，於是低著頭去藥庫取了些藥材，拿了個乾淨沒用過的藥罐，自己盯著火背著人慢慢熬。煎到出了黃汁，又怕藥效不夠，等了好久才把兩碗水量的藥汁給端進去了。

珍珠幾個人早燒好了熱水，周婷要她們都退出去，自己拿著那個藥汁用水稀釋擦洗下身，都弄乾淨以後，就散開頭髮泡進熱水裡。腰附近的骨頭就跟散架似的，胳膊上還有幾個胤禛的手指印子，全是他頭痛時給掐出來的。

周婷輕輕揉搓著胳膊，把瘀血揉散，泡到熱水變成溫水後，才拿大毛巾包住身體，從澡盆裡出來。

瑪瑙在外頭聽見聲音，進來幫周婷穿衣裳，一見胳膊上的印子，倒吸了一口氣，眼圈都紅了。「主子怎不早說，也該拿藥膏抹抹才行啊。」

周婷笑了笑。「不用，就這點紅印子，還抹什麼藥膏。」她就是打著讓胤禛看見的主意呢，苦也不能白吃了。

瑪瑙拿了玫瑰香脂過來。「主子，那這個還抹不抹？」

周婷點點頭。「妳放下吧，把衣裳拿進來就行了。」

女人身上一定要有自己特殊的味道，才能教男人牢牢記住，讓他心裡記住妳，不如讓他的鼻子記住妳，周婷可是挑了半天，才挑中這玫瑰味的香脂。

一點點細細抹在身上揉開，皮膚又滑又香，鎖骨、腋窩、雙乳、兩股之間周婷特地多抹了些。她現在有的是時間好好打扮自己，既然要把他留住，就得留得更久。

瑪瑙拿了兩套衣裳進來給周婷挑，她指了件白底粉色繡紋的。多試試，才知道他到底喜歡什麼，這可一點都不比年終報告簡單。

周婷出來的時候，碧玉正捧著一鍋湯站在顧嬤嬤身後。

瑪瑙煎藥就在小廚房外頭，顧嬤嬤正指揮碧玉熬湯，馬上就知道周婷煎這個是做什麼用的，但對著未出閣的姑娘不好多嘴，藥材之事更要經過周婷同意，此時見她出來，就笑著指點。「還該加味蛇床子才是。」

周婷先是一怔，接著馬上反應過來，側頭對瑪瑙說：「還不快記下。」說著就要拉顧嬤嬤坐在炕上。

顧嬤嬤只敢坐在榻上，周婷也不勉強，就拉著她的手說：「果然是嬤嬤知道的多，我說好像漏些什麼，就是記不起來了。」

「不敢當福晉的誇獎，奴才原就是做這個的。」顧嬤嬤說著，指著碧玉端的湯說：「原在宮中就是侍奉娘娘飲食起居的，福晉優容奴才不讓勞累了，只好熬些湯水奉上，當作是孝敬。」

砂鍋蓋子一打開來，香氣撲鼻，周婷一瞧，烏骨雞湯。她知道這個吃了對女人好，又是一笑。「嬤嬤盡心為我，倒讓我不知怎麼謝妳了。」

顧嬤嬤親手盛了一碗湯端到周婷手裡，她來就是得了德妃的令，要把周婷的身子給調養好，趕緊再生一個孩子。就算周婷自己不知道怎麼用那幾味藥洗身子，她也會慢慢提點，現在見她自己在意，就更盡心了。

「藥補不如食補。」周婷拿勺子喝了兩口。「往後也不勞動嬤嬤，叫碧玉熬好送來就是了。」

死過一次的周婷更加看重自己的身體，原本是沒條件，現在只不過動動嘴巴就有人送上好料來，何樂而不為呢？

「正是福晉說的這個理，這東西補虛勞羸弱，最益婦人。」顧嬤嬤說話間，周婷又喝了一碗。

雞肉燉到軟爛，筷子一撥肉就下來了，周婷拿著筷子慢慢吃，解決了一隻雞腿，抽出帕子擦擦嘴，指一指剩下一鍋肉。「半鍋給顧嬤嬤，其餘的妳們拿下去分了吧。」

第十八章　甜甜蜜蜜

胤禛今天回來得比之前都早，一進內宅就去了正院，屋子裡只有翡翠在，他瞧見了就問：「妳們主子呢？」

「回爺的話，水榭那邊的玻璃嵌好，主子瞧去了。」翡翠答道。

馮記的手腳很快，因是準備好在胤禛這裡出一回大風頭後就要上市販賣，所以梅蘭竹菊都做了。胤禛是做生辰要用的，因此送來的都是牡丹、芍藥這樣的富貴花色，一聽是周婷想要的是梅花，馬上叫人送了現成的過來。

翡翠一邊說一邊引著胤禛去水榭，遠遠地就瞧見周婷抱著手爐坐在水榭裡頭，胤禛抬腳進去掃了一眼。「這玻璃窗戶倒真是精巧，不開窗也能望見外頭的景兒。」

周婷早就看見胤禛了，她從軟椅上下來走到他身邊。「就是往遠看才知道好處呢。」遠看幾塊玻璃拼起來正是一幅寒梅圖，不怕做不到就怕想不到，現代的玻璃花紋雖然花樣多，但大批生產肯定不會像這個照著名家圖畫吹出來的圖案精緻。

胤禛看了果然說好，周婷接過他脫下來的帽子，拉他一起坐到軟椅上。

小丫頭沏了茶過來，兩個人乾脆坐在水榭裡頭喝起茶。周婷把德妃的話時刻記在腦子裡，什麼大事小事都拿出來跟胤禛說：「我琢磨著把書房裡的窗紙也換成玻璃的，正在挑花樣，我瞧山水的好些，就是工藝繁複，要裝上還得再等等。」

胤禛把花樣拿過來細看，挑了幾幅點了點。「這個跟這個都不錯，妳屋裡也改了吧，要理個帳、看個景都好，我瞧這幅就很好。」

「我那裡不急，先為你換上玻璃的，你辦起公事來才方便。」周婷把剝好的松子托在手帕裡遞給胤禛，胤禛一接過來就聞到一股淡淡的玫瑰味，屋子裡沒熏香，衣服上也聞不著，就往周婷袖籠裡的手腕上瞧。

周婷的手腕上套著兩串紅瑪瑙手串，愈發顯得皮膚晶瑩，他想到夜裡拿燈照著的樣子，就趁伸手接松子的工夫捏了她的手腕一把，再吃松子的時候就覺得手指頭都跟著香起來。

「真是的。」周婷瞥了胤禛一眼，嘴角微微一挑。「倒有一樁事我老想著要同你說，偏偏忘了。」

胤禛鼻端留著的那抹香氣引得他一顆心浮動，腦子裡正在回想她身上那抹水紅色，一聽周婷這話，就把手放到嘴邊清了清喉嚨。「怎麼？」

「原是孩子小才沒起名的，」周婷慢慢歪在軟椅上，側著身體幫胤禛剝松子，剝一顆就細細吹掉上面的皮再遞給他。「二阿哥、三阿哥也該取名了，二阿哥再大些，就要開蒙了呢。」

如果不是宜薇提醒，周婷還真給忘了，雖然胤禛已經向康熙提了，她還是要裝作不知道。

「是這件事，我之前才求了皇阿瑪，名字還沒得呢。」胤禛坐到周婷身邊，聲音聽起來有點漫不經心。瞧著她家常裙子裡頭露出來的繡鞋，大紅鞋尖上縫的珠子一晃一動，看得胤禛心癢難耐。

丫頭們都在水榭外頭站著，胤禛也不怕她們看見，抬手就往周婷腳那邊按，罩在袖子裡把鞋子勾下來放在軟椅邊上，一隻手包住周婷的腳，手指往她腳掌下面摳。

周婷身子一抖，差點笑出聲來，剛剝的松子全散在地上。有小丫頭聽見響動要進去查看，被珍珠一攔，使個眼色背過身去占住入口。

周婷咬著帕子角不敢笑出來，忍得臉發紅，身子一抖一抖的。胤禛伏著身體在她耳邊說話。「我瞧著妳那鞋面繡得好。」

周婷飛了胤禛一眼，伸出手指頭虛點他的胸膛，嘴巴微微張開，教他看見一點粉色的舌尖，輕聲說：「討厭。」

胤禛一見，立刻低下頭往周婷嘴邊湊，含住舌頭吮了一會兒，兩個人倒在軟椅上面吻了起來。他迫使周婷張開嘴，把那粉舌勾起來磨了半天，磨得周婷紅著臉瞇著眼睛喘氣，才放過她。

胤禛手裡還捏著周婷的腳趾頭，見她一起一伏的喘氣，連抬手都沒力，就拿起鞋子幫她套到腳上，親親她的面龐。「夜裡再來瞧妳。」

周婷聽了，這才知道他是一下朝就先來找她的。

周婷咬住的帕子還遮在嘴邊，滿臉紅暈眼波蕩漾，見胤禛要站起來，就把腳尖一抬勾了他一下，嘴裡輕輕喊了一聲。「胤禛。」說著兩隻手捏著帕子，把臉遮得只剩下一雙眼睛。

這回可不是磨一下就完事了，胤禛整個人撲在她身上，雙手從後腰伸到衣裳裡去，腰臀相接的彎處被他托住，大拇指摩挲著往下探。

衣裳原本就寬大，兩隻手在裡面游移，外頭還瞧不出來。周婷急喘了一聲，咬住指尖不說話，眼睛水汪汪地勾著他。胤禛哪裡經歷過這樣的勾引，手就一路從她後背的肩胛處摸到前面那一對胸脯。

周婷自從跟他有過經驗後就放開了，也知道自己的身體喜歡被他碰，她裝著不勝嬌意的樣子扭了扭腰，刺激得胤禛一把握住一邊搓起來，兩人嘴唇相接，一點聲音也不發地溫存了好一會兒。

周婷勾著胤禛的脖子，他伏在她身上喘氣，只覺得鼻子裡都是她身上的香味，手剛要往她裙子裡頭探，就被周婷捉住了。她嘴巴朝他呼著氣，聲音懶洋洋的，溢著一股甜味。「夜裡吧。」

胤禛這才醒過神來，抬頭瞧瞧天色，直起身子咳了一聲，拿起桌上半溫的茶水灌了一口。之後兩個人又膩膩歪歪捉著手廝磨了好一會兒，等他那支起來的地方消了火下去，才站起身來走人。

知道不叫丫頭，她們是不會進來的，周婷也就不急著起來，理理裙襬跟頭髮，閉上了眼睛。她的身體直發熱，再這麼下去，也不知道什麼時候孩子就來了，她現在只想再慢一點，等她把事情都鋪墊好了，孩子再來也不遲。

周婷捂著肚子，不知不覺瞇起眼睛來。瑪瑙悄悄進來為她蓋上一條毯子，把地上散落的松子、桌子上灑出來的茶水收拾乾淨，內心很為周婷高興。照這麼下去，日子就要愈過愈好了。

瑪瑙跑出來對著冬日裡的空氣吐出一口白霧，珍珠笑她。「妳這到底是愁的呢？還是樂的？」

兩人對視了一眼，都抿著嘴笑起來。

周婷從軟椅上起身，瑪瑙跟珍珠聽見動靜走了進來，瞧見周婷睡得髮釵都歪了，兩腮微紅，掩著口打哈欠，瑪瑙就問：「可要給主子整整妝？」

抬手一摸頭髮，是鬧得不成樣子，周婷臉一紅，點了點頭。「拿鏡子過來吧。」

水榭本來就是給女眷賞玩的地方，裡頭一應俱全，珍珠拿妝奩出來為周婷整理頭髮。

「剛宋格格來尋過主子，被我打發走了。」

周婷瞇了一會兒倒把睏意給勾出來了，她拿出帕子擦擦眼角的淚花。「可問了是什麼事？」

「說是菜單的事。」珍珠幫周婷重整珠釵。「主子，要不要換上那個玻璃髮釵，瞧著那釵真是好看呢。」

「妳想個能襯它的髮型吧。」周婷端詳著鏡子裡的自己，現在的她，一舉一動已經完全是個古代貴族女人了，除了這雙眼睛還是周婷的以外，哪兒都不像自己了，就跟披著一層皮在演戲似的。

周婷塗著蔻油的指甲劃過鬢角。「妳告訴她，菜單的事不急，橫豎還有時間。」

宋氏自從得了幾句誇獎，就一直等著周婷把後續的事情交給她，等來等去也沒等到周婷鬆口，自己先忍不住了。去傳話的小丫頭拿著一只粗銀鐲子回來給瑪瑙瞧，瑪瑙就抓了一把花生糖給她。

周婷剛回正院，小張子就抱了兩隻雪團一樣的小狗過來了。「下頭人孝敬爺的，爺說抱到主子這兒來養著。」

周婷一見小狗就笑了起來，這倒比珠寶還要得她的心。

「送狗來的人可差人跟著照顧這兩隻小東西？」瑪瑙抱過來給周婷細看，瞧著像是剛斷奶的樣子，白毛蓬鬆，肉腳墊、肉鼻子，圓滾滾的可愛極了。

「是差了人來，爺把人留下來，說給福晉過目，是規矩的再留下來。」小張子說著，這才敢叫那丫頭往臺階前頭站。

隔得遠周婷也看不清楚，於是她招了招手。「到前面來。」

那丫頭飛快地抬眼看了看周婷，跨過門檻進來了。她想起來這裡之前教過的規矩，只站在門邊，不敢再往裡面挪步。

「把頭抬起來我瞧瞧，叫什麼名？今年多大了？什麼時候開始學照顧狗的呀？」周婷逗著那兩團白毛，小東西鼻子一動一動，嗅到周婷手指頭上的香味，張嘴伸出舌頭想舔，瑪瑙趕緊抱遠了些。

「民女姓李，叫香秀。十三了，剛會走路，就跟著爹娘照顧狗了。」小丫頭微微抬起頭來，目光不斷在屋裡打轉，珍珠惱她不規矩，皺起了眉頭。

「香秀。」周婷抬起頭來細看她，稱得上清秀的一張臉，眼睛卻不老實得很。她輕輕笑了一聲。「這兩隻妳也看不過來，珍珠，妳撥個小丫頭過去同她一道照顧這對狗。」

珍珠會意，點了點頭，又問道：「這狗養在哪兒？」

「就擺在後頭院子裡養吧，給牠們搭個窩。」這話是吩咐小張子的，周婷說完，撣了撣指甲。

八福晉那裡去了個新月格格，她這裡就來了個李香秀，不管是不是真有什麼企圖，或是一樣來自未來，都得防著她。經過新月格格的事，周婷可不會天真得以為來自同一個地方的人都是腦子清楚沒打結的了。「別讓狗亂跑，院子裡還住著大格格呢，她身子弱，禁不得衝撞。」

聽話聽音，珍珠馬上明白周婷的意思，除了叫人盯著李香秀之外，還要防著她到處亂走，不教她靠近正院。

夜裡周婷梳了南邊時興的髮型，珍珠一雙巧手上下翻飛幫她綰了一個高髻。「八福晉常梳這個，就跟金桂學來了，咱們主子的鵝蛋臉，襯起來才好看呢。」說著，指了指匣子裡的玻璃髮釵問：「主子要戴哪個？」

「把這個梅花的拿錦盒裝起來，我要送人。」周婷說著，把海棠和梨花的比較了一番，挑了個素雅的。「還是梨花的吧，這花蕊著實可愛。」

梨花花蕊細細密密的一串，花蕊裡嵌著米粒大小的珍珠，是周婷喜歡的樣式，往髮間一插，果然風流別緻。

髮型繁雜，衣裳就挑了簡單的出來，白底繡著粉蝶的倒正應了景，在冬日裡穿出一派春色。

珍珠拿掉穿衣鏡上的綢罩子，周婷站在鏡子前左照右照，總覺得有點怪，忍不住拎了拎衣襬。「這腰也太寬大了些，活動起來都不方便，往後再做這樣的常服時，把腰給收細了。」

反正只在家裡穿，當然怎麼好看就怎麼做，不說腰了，連胸都瞧不見，要讓胤禛從這樣的衣服上看出身材來，還真是難為他。

玻璃燈早就點起來了，瑪瑙拿出禮盒讓周婷挑選，因是要送給太子妃的，就拿了大紅色的出來。周婷挑出個紅地白梅花琺瑯盒：「用軟緞襯起來包裹吧。」

先送一個給太子妃，其餘妯娌再慢慢送出去，還要打聽誰喜歡什麼樣的花，等到太子妃頭上戴出來了，自然就會興起來。

等了好一會兒胤禛還沒過來，周婷歪在炕上瞇起了眼睛，燈花一跳一跳地晃眼，她索性叫瑪瑙熄掉幾盞蠟燭，伏在大枕頭上等胤禛。

半夢半醒間，她被人一把摟了起來，周婷掀掀眼皮瞧見了胤禛的光腦門，身子往後一仰，迷迷糊糊地問道：「回來了？」

胤禛一回來就瞧見周婷扭著腰靠在枕頭上，閉著眼睛睡得香甜，桃腮邊綴著兩朵透明梨花，裡頭的花蕊在她呼吸起伏間一顫一顫的，嘴唇也不知上過胭脂沒，跟兩頰一樣嫩紅，拿手指頭一刮一捏，才發現真沒有。

胤禛上嘴啃了一口，把周婷秋香色的裙子給撩到腿上，正待動作，就瞧見落地穿衣鏡的罩子被掀開來了，兩條人影分毫不差地給映了出來，心頭火起，就把周婷架在腰上靠過去，細細瞧著鏡子裡的人，更加意動兩分。

周婷一開始被抱起來，還不知道胤禛要幹什麼，等走到鏡子邊，臉上就燒了起來，更顯嬌態。她斜了他一眼，就是不點頭也不說話。

胤禛把周婷衣服上盤的珍珠扣子一顆顆解開來，屋裡燒著炭，周婷就沒多穿，外衣一脫裡面就是肚兜，裙子褪到腰上，身子被他扳過去貼著鏡子。胤禛從背後試了試，就頂進去弄起來。

早晨起來的時候周婷的臉還在燒，梨花玻璃髮釵整根被摔在地上，上頭的花蕊花瓣跌得粉碎，小珍珠都不知滾到哪去，瑪瑙進來收拾的時候，周婷眼睛都不敢抬。連著兩天拆褥子洗曬，她的臉都沒地方放了，不行，最近必須叫他吃點素。

「今天要幫十三弟做生辰，妳是坐著車跟在我後頭去，還是時間差不多了再去？」胤禛心滿意足，頭一回知道那鏡子還有這樣的用途，真是愈大的鏡子愈好。

聽到胤禛問，周婷想了想，說道：「東西早就備好了，裝上就能走，倒是昨天得了支梅花玻璃簪子，很是新鮮，要送給太子妃呢。」

話說到這裡，感覺桌子邊那人的腿往她這邊靠了靠，顯然他也想起來昨天那根髮釵是怎麼摔斷的了。周婷臉上一紅，腿往旁邊一躲，努力板正了臉。「再者額娘叫我幫忙十三弟妹，自然要先去瞧瞧。」

胤禛也不再逗她，只說：「既是母妃吩咐，妳就跟著我，也能快些到。」

周婷應了一聲，按品著裝跟在他後頭出門，上車時胤禛親自托了她一把，手指用力在她手腕上掐了一下。

周婷嘴巴一抿，指甲就狠狠反掐了一下回去，之後馬上抽回手來掀了車簾子進去，胤禛忍著笑意，若無其事地上馬拎起轡繩往前走去。

第十九章　籠絡弟心

到了宮裡請過安，周婷就跟著太子妃去了毓慶宮。毓慶宮地方淺窄，人住得卻多，周婷這才知道太子妃住得都沒她舒服，起碼她有自己一個單獨的院子，不用抬頭、低頭都見著丈夫的小老婆。

太子妃一回來，就先來了一堆庶子、庶女們向她請安，她往上一坐，眉目不動的樣子就跟畫像差不多。她的禮數做得很足，叫這些孩子都喊周婷四嬸。

周婷來的時候就有準備，喊一個就送一樣東西出去，太子妃要攔，周婷卻不讓。「頭一回這麼整齊全見著了，都喊我一聲四嬸，還能偏了不給東西？」

太子妃抿了抿嘴角，挑出一個短暫的諷刺笑意，等孩子們都退出去，才把她生的女兒叫出來。表面上她待誰都差不多，但一看就知道誰是她親生的，一瞧見三格格，她嘴角邊的笑容都不一樣了，眼裡一派慈母之情。

周婷把盒子呈了過去。「原不是什麼好東西，不過勝在樣子新鮮，想著咱們妯娌之間只有妳愛梅花，就拿了過來。」

太子妃很喜歡，拿起來細看。「竟是玻璃做的，怎麼這樣薄。」

三格格剛留頭沒多久，見著漂亮簪子，雖然心裡喜歡，卻不能戴，眼睛裡露渴望之色來。周婷見了，就笑撫著她的手。「三格格莫急，到了明年就能梳起來了，到時候四嬸送妳一套十二式的髮釵可好？」

她留意到三格格已經穿了耳洞，就準備回去問問馮記能不能做出玻璃耳環，給小女孩戴著玩。

周婷想著，又同太子妃說：「咱們家裡的大格格同三格格年紀相仿，等我們爺生辰，一定要把三格格也帶過來。」

宮裡的格格們很多都是到出嫁才出宮的，三格格眼巴巴地看著親娘，直到太子妃點頭。「教妳費心了。」

留了一盞茶的工夫，周婷就辭了出來，一屋子的鶯鶯燕燕都要教她喘不過氣來了，怪不得太子妃總是八風不動，看來就是有人在她面前敲鑼打鼓，估計她連眉毛都不會抬。

要是把周婷放在這裡，肯定一天也待不下去，她竟然還能這個敲打一下、那個抬高兩分，很穩得住的模樣。可千萬別小看了古代人，她們裡頭出的人精，才是真貨。

十三福晉那裡早已忙開，壽宴就擺在園子裡頭，各色瓜果點心已經擺上。縱然離阿哥們下朝還有許久，惠容卻已開始緊張，她不住地拉著周婷問：「四嫂瞧我沒出什麼錯吧？」

周婷拍著手安撫她。「色色都準備齊全了，妳把妳自己打點好就行了。」接著又提醒她。「可賜了菜到裡面去？」

說著，周婷指了指瓜爾佳氏的屋子。側福晉瓜爾佳氏是不能出席這種場合的，周婷提醒惠容，也是要她別忙了一陣，最後便宜卻讓別人給撿去，萬一瓜爾佳氏事後哭訴惠容沒想到她，可怎麼辦？

自從見過了李氏的手段，周婷大概為小妾們分出了三個等級，沒能力又不安分的、小打小鬧著不安分的，以及殺器型的。周婷並沒見過這個瓜爾佳氏，但她自己既然待在正妻的位置上，自然更希望跟她一樣苦情的正妻們能有比較好的處境。

「這哪用四嫂提醒，早就備下了，跟咱們那桌相比，不過是減了兩個大菜，夠抬舉她了。」惠容到底是土生土長的，父親也不是沒有小妾，哪種手段沒見過，她適應得可比周婷好多了。

這幾天惠容很能跟胤祥說得上話，撒嬌作癡把自己真當成孩子那樣讓他哄，反觀瓜爾佳氏，一開始就已經是溫柔解意的模樣了，等她明白胤祥最吃哪一套以後，也來不及了。

妯娌們陸陸續續從各自的母妃那裡過來，湊齊了人正好開兩桌麻將，說笑了兩句後大家都活泛開來，也不知是誰提議要推牌九。十福晉不會這個，太子妃則還沒到，大家妳推我一把、我推妳一把地上了牌桌，一直小心謹慎的九福晉還嘀咕著。「咱們這樣不好吧。」

「大臣家的家眷哪個關起門來不摸兩把，就是我，原先沒嫁的時候也常看家裡人摸牌的，若嫌這個吵鬧，咱們就打葉子戲，不然投壺也好。」八福晉這麼一說，丫頭們就支起一張桌子來，幾個福晉各自的丫頭就站在後頭侍奉茶水、拿手帕子。

打牌的時候自然要聊天，周婷說起剛抱回來的兩隻小狗。「我正想著要起名呢，偏偏兩隻都是白的，要是一白一黃，就一隻叫白毛，一隻叫黃毛。」

八福晉差點笑得噴了茶，手上摸著的牌掉了出來攤在桌面上，被看個正著，她趕緊喊道：「這個可不能算，我得再摸。」

這麼一鬧，原來還端著笑的幾個福晉也手癢起來，輸了下場輪著來，然而到底怕太吵鬧，玩了一會兒就撤了桌子。

八福晉還不盡興，嚷嚷著到周婷那兒再開一桌，還出主意。「到時候爺們在前面喝酒聽戲，咱們在後頭鬧，他們哪裡能知道！」

等開了席，周婷才算是一次把皇家兄弟們都給見齊了，女眷隔著屏風不在一處，但也能瞧見點影子，橫豎院子就那麼大。胤禛沒同親弟弟胤禎坐在一處，反而跟胤祥最為親近，兩人不住在說些什麼。

等吃到後來大家都鬧開來喝酒時，周婷就瞧見胤禛拿起胤禛送給胤祥的牛角弓，不住拿在手裡摩挲比劃。

夜裡回到家，胤禛跟周婷都乏力得很。胤禛一身酒氣躺倒在床上。「老十四也太不像話了，拿著酒罈子跟十三敬酒。」

前邊喝酒的事周婷沒瞧見，但一聯想也明白幾分，她噗哧一聲笑了出來。「我瞧著呀，這是十四弟吃醋了呢。」

胤禛愕然，隨即坐起身來皺著眉頭看向周婷，她正坐在妝檯前拆頭髮。今日周婷特地戴了胤禛送的那頂珍珠冠，圓潤飽滿的大小珍珠累累垂垂地掛在鬢邊，惠容跟宜薇誇了好幾次，直到她說出來是胤禛送的。

幾個妯娌沒有不羨慕的，只有宜薇習以為常，八阿哥心細，慣會拿這些回去逗她開心，她身上掛的、戴的少有不是他特地挑選的。惠容則一抿嘴巴，打定主意要跟胤祥也討一點東西，還是周婷說得對，端著正妻風範有什麼好處，除了能看，沒有半點實惠。

「妳說老十四什麼？」胤禛低沈著聲音說。

周婷還是頭一回瞧見胤禛這個樣子，聲調都變了。她扭過身子轉向他，手上動作不停，慢慢拆解起耳環，偏著頭說：「我瞧他摸了那把弓許久，想來很是喜歡，這可不是在吃醋？」

「孩子氣，老十四都多大的人了，哪裡會因為這個就灌十三弟酒。」他不以為然地說道。

仔細聽他的話，還是能聽親疏遠近來。周婷知道他這種人就是面硬心軟，對德妃如此，對胤禛也是如此。她站起身來把耳環放在妝檯上，一邊解扣子換衣裳，一邊走過去。「上回十四弟生辰，你挑了什麼送他？」

「自然是好東西，黑白瑪瑙盒的西山石硯一方，石頭好，雕工也雅緻，他在習字上頭還欠了些火候，這個送給他，再合適不過。」胤禛一副理所當然的樣子。

周婷聽了差點翻白眼，誰不知道幾個兄弟裡面胤禛的字最好，康熙是單把他拎出來誇獎過的，胤禛年紀輕，又最愛弓馬射箭，胤禛偏偏把他不想要的給他，把他想要的給胤祥，怪不得他陰陽怪氣地灌胤祥酒，指不定心裡以為胤禛是拿自己的長處教訓他呢。

瞧著胤禛一臉不覺得自己有錯的樣子，周婷搖搖頭嘆了口氣。「怨不得十四弟，是你這個親哥哥不貼心，我今天瞧見十四弟把那弓拿過去摩挲好幾回呢。」

「他原就愛這個，他那裡的弓有多少張了，旁的兄弟送的、皇阿瑪賜的，哪裡就缺這東西？倒是硯臺，我瞧他沒有使得順手的。」胤禛還是堅持自己是對的，他對胤禛到底不同，不是他愛什麼就給他什麼，是他缺什麼才給他什麼。

周婷微微一笑。「那牛角弓就當成是玩意兒給了他就是了，橫豎他小你那麼些，你就當哄著他玩。」

胤禛皺了皺眉頭。「我平日說他，他就只當是耳邊風，再送了弓給他，指不定以為我是贊同他的，再沒樣子了。」

認死理說不通！周婷不知道說什麼好，只好換另一種法子。「我小時候只愛吃甜的，旁的全是能不沾就不沾，我又是我阿瑪的老來女，家裡哪個敢不順著我，脾氣比起八弟妹來也不差什麼。」

胤禛還是頭一回聽說周婷小時候的事，微微一笑。「我瞧妳們差得多。」

「那時家裡依著我、慣著我，直到爛了牙，發作起來痛得滿床打滾。」這真是周婷小時候的事，她最愛吃糖又不愛刷牙，外公、外婆慣著她，好好一嘴牙，有一半是爛的。

胤禛果然如德妃說的那樣愛聽這些瑣事，他側著身子撐起來摟住她，半躺在炕上。「讓我瞧瞧妳這一口牙可還有爛的。」

周婷擰了他一下。「後來換牙的時候，特地派了個嬤嬤親自盯著我，就是炒菜都不許廚房給我加糖，才算把這口牙都給換齊整了。牙是齊了，可人還是圓潤，選秀之前硬是給餓瘦。」

胤禛捏了捏她的臉頰。「難怪大婚時妳那臉就跟珠子似的。妳家裡的老嬤嬤若是一開始就嚴厲，便不用吃這樣的苦頭。」

周婷斜他一眼，手搭在他的胸口一拍一拍的。「可教我想起來，還是覺得那段吃糖的日子過得快活。你如今呢，就是那個盯著十四弟不讓他吃糖的嬤嬤，那牛角弓就是零星的甜點，他總歸要換牙長大，等他自己知道美醜了，自然曉得你是為了他好。」

說著，周婷拍拍胤禛的臉。「一張一弛，文武之道。」語畢就站起來洗漱去了。

周婷拉拉雜雜說了一堆，胤禛還是不能從這故事裡頭知道點什麼，但認可周婷最後說的一句話。想著想著，又覺得兩人之間這樣的氛圍是從來沒有過的，這麼歪在一起講講古，倒真的處出點夫妻的味道來了，當即點頭隔空對周婷說道：「也罷，他既喜歡牛角弓，那就尋一個給他。」

這算不算是床前教夫？周婷脫了衣服，泡在澡盆裡掬起水來清洗身體，手滑到腋下的時候，覺得胸口脹脹垂垂的，腰那邊也有些痠。宴席上難免喝了兩杯酒，雖說跟甜水似的，也還是有些醉。

今天是真的累了，兩人都洗好了躺到床上，胤禛竟沒想著要運動一番，周婷不禁暗自謝天謝地。有一搭沒一搭地說了會兒話，就翻身雙雙睡著了。

胤禛又似頭痛那天夜裡飄飄忽忽，竟到了圓明園。他一向最愛這裡的山水，踱步間到了一處依水而建的閣邊，恍惚間瞧見一個人正坐在一處沒見過的寬臺上捏著魚線釣魚，穿的是皂色常服，衣裳則用明黃嵌邊。

胤禛心想這該是太子登了寶位，他還未來得及上前說話，就瞧見一個小太監從橋那邊奔過來，到大太監耳邊稟報了什麼，那大太監轉頭就往釣魚人身邊跪下，面目、聲音都是他熟悉，卻又想不太起來是誰的。「皇后娘娘在暢春園薨了。」

太監們聞言跪成一片，胤禛心頭一驚，心想這該當是太子妃——哦不，應當是皇后石氏了。他剛待下跪，就見釣魚那人轉過頭來皺眉頷首，竟還招手叫小太監起來幫他換過魚餌。那面目赫然就是他自己！胤禛往後退了一大步，突然心頭一麻。既然是他自己，那麼薨了的皇后，就是剛還同他說說笑笑的妻子了?!

胤禛一瞬間只覺得天旋地轉，耳邊是自己漫不經心的聲音。「著人擬辦喪儀去吧。」他的眼睛自始至終都盯著那爭餌的紅魚，半點也沒轉到來傳噩耗的太監身上。

胤禛從夢中驚醒，針扎一般的頭痛又一次被他咬牙忍住，只是牙咬得咯吱咯吱作響。

周婷被胤禛猛然起身的動作給吵醒了，一睜開眼睛就知道他頭又痛了，趕緊坐起來兩隻手搭在他頭上，像之前那樣幫他按摩太陽穴。

胤禛疼得眼睛都睜不開，卻抬起手來握住她的手，周婷問道：「又頭疼了？還真該找個太醫瞧瞧才是。」

「唔。」胤禛應了一聲，為了自己夢中所見之事暗暗心驚，那句「皇后娘娘在暢春園薨了」在他腦子裡打轉。他掙扎著睜開眼，看了看黑暗中的周婷，只覺得五內如被澆了一盆冰水。若說他夢見自己當了皇帝，胤禛還有幾分相信，可是夢中見到元配髮妻離世，他竟然一點都不哀傷嗎？

周婷下床點起蠟燭，倒了一杯溫水遞到胤禛嘴邊，讓他就著自己的手喝了兩口水。「往常也沒有過呀，難道是近日連著勞累的緣故？」

說著探手到他額頭上——一腦門的汗。她趕緊抽出帕子來。「快點包起來。」

周婷揮開胤禛阻止她的手，他不睡，她還要睡呢，一晚上再折騰幾次，她就又要過勞死了。

胤禛握住周婷的手不說話，在昏暗的燈火中仔細辨認她的五官，又把周婷拉到床上，伸出胳膊把她挽住。

周婷心裡嘀咕，又不敢表露出來。這傢伙沒什麼毛病吧，難道有肌膚接觸饑渴症？每回頭痛就要來上這麼一回，這可真吃不消！她的手撫上他汗濕了的綢襯。「快別鬧，我幫你包起來，你躺著睡上一覺，明天就去看太醫可好？」這是完全把他當成孩子哄了。

誰知周婷不說話還好，她一串話剛說完，胤禛反而摟得她更緊了。胳膊上自他們那天對著鏡子「這樣那樣」之後，又多了兩個吻痕，這回再添兩個紅印子，哪裡還能看？

周婷先發制人環住了胤禛的腰，像唱歌謠似地安慰他。「不痛了不痛了……」聲音起起伏伏，一直不間斷。

到最後她都要睡沈過去了，胤禛卻還醒著。他拉起被子來蓋住她，伸手為她掖了掖被角，周婷就這麼枕著胤禛的胳膊睡過去了。半夢半醒時，她只覺得肚子難受得緊，呻吟著扭來扭去，睡不安穩，後來一雙大手疊在她的手上幫她揉肚子，腹部一暖和，她就又睡熟了。

一夜過去，兩個人都睡遲了，瑪瑙在外頭輕聲叫了兩、三回都沒把他們喊起來，最後還是蘇培盛見時間實在耽擱不得了，才硬著頭皮叩了三下門。

周婷一晚上沒睡好，覺得像在夢裡跟誰打了一架似的，剛睡得酣些，就被敲門聲給吵醒。她掀開眼皮，天色都快亮了，伸手摸了摸，身邊的人還在，趕緊推他。「快起來，要遲了。」

除了年假那幾天，其餘時候都不得休息，每日都要上朝的。

胤禛一聽要遲了，骨碌翻身坐起來，不等周婷下床幫他拿衣裳，就自己趿了鞋子下炕，正準備喚人，就聽到周婷在他身後一聲輕叫。

他轉過臉去瞧她，天光尚暗看不分明，但見她用手掩著嘴，火燒火燎地衝著他招手，胤禛後退兩步，周婷扯著他的褲子說：「快點換下來。」

胤禛扭身一看，綢褲上頭一灘紅漬，再瞧周婷捂著被子死活不肯下床的樣子，頓時明白過來。

丫頭們聽見裡頭有了動靜，拎著熱水跟面盆就要進來，周婷窘迫地脹紅臉拉起被子，恨不得鑽進去。不獨褲子，衣服上也有，可見昨天夜裡兩人是抱著睡的。

胤禛三兩下扯下褲子跟衣裳，換上乾淨的，周婷手一伸把那沾上大姨媽的褲子藏在被子裡，這下可好，正院連著三天拆洗被褥。

瑪瑙在外間等著，只看見胤禛出來，卻沒見著周婷，眼睛就不由自主地往後頭看。

胤禛咳了一聲，指了指瑪瑙。「進去侍候妳們主子去。」

第二十章　徒勞無功

在現代的時候，周婷的大姨媽總是準時報到，二十八天一個輪迴，但穿越過來以後這段時間，只有躺在床上養病時有來過。

周婷本來以為那拉氏就是那種月事不調的女人，所以才仔細保養，後來聽瑪瑙跟珍珠透露出來的意思是，原先一直都很正常，到了這兩年才開始不順，太醫開的藥也不是沒吃過，就是不見好。

原先正常，後來不正常，大概是因為心情的關係。那拉氏的情緒這麼差，暫時停經也不是不可能的事，憂鬱症還能讓女人絕經呢。那拉氏可能覺得月信不來無法再懷上孩子了，才會萬念俱灰。

是以這回她一來，兩個貼身丫頭就跟中了頭獎似的，只讓她躺著，不許她做大動作，而周婷自己動作也慢騰騰的，就怕一不小心側漏。夜裡弄髒了的衣裳、被子洗不乾淨，全拿出去扔了，現在用的月經帶肯定沒有天使小翅膀好用，天氣又不好，要是漏在衣服跟被子上，洗曬都不方便。

胤禛的裡衣跟著褥子、被子一起扔掉，周婷坐在炕上為他重新縫一件，衣服是做針線活的人剪裁好的，她只是意思意思縫上兩針，也算一份心意。周婷一邊穿針引線，一邊同瑪瑙說：「把那大毛巾拿幾塊過來，總這麼拆褥子也不是辦法，把大毛巾縫死了疊在一起，晚上睡覺時墊在下面也方便些。」

「這也太粗糙了，就算是要厚實的布，也該繡上些花兒才是。」瑪瑙坐在榻上跟周婷一處做針線，她想一想，覺得周婷這個方法好，夜晚鋪上去早晨收起來，只要多做兩個墊子備用就行了，不必天天拆洗被子。

「這東西還繡什麼花，給誰看吶！」周婷笑了起來。

她知道做件衣裳有多不容易，像她身上穿的這種大紅襖裙，已經是簡單不複雜的了，做起來也要七、八天，更別提那種撒金繡花的裙子、衣裳，就是熟手繡工，也得做上一個月。

珍珠身後跟著兩個抬箱子的婆子進來稟報周婷。「主子，上回吩咐做的衣裳回來了，都把腰那邊又改了一回，拿出來您瞧瞧？」

周婷點一點頭。「把大格格的抬到她屋子裡去，我倒惦記那件斗篷呢，天是愈來愈冷了，叫人看好大格格，仔細別讓她滑了跤。」

李氏生病以後一直沒好，大格格的病一痊癒，就自請過去侍疾，周婷很大方地點頭讓她去了。她本來也沒打算把大格格養得跟自己貼心，每次都派個不同的小丫頭跟著，李氏說了什麼、做了什麼，每天都要回報給珍珠聽，有什麼異動，她也好第一時間知道。

「可不，外頭開始落雪珠了。」珍珠搓了搓手。

周婷一天沒出過門，連窗子也只開了西面那幾扇透透風，又燒著地龍，根本不知道下雪了，她衝著珍珠招招手。「快過來暖和暖和，不開窗子，我竟不知下雪了。冬衣可發放下去了？」

「早發下去了，得叫上夜的婆子們警醒些，可不能吃酒。」珍珠答道。夜裡天冷，喝上一、兩口暖暖身子是常有的事，但酗酒就不同了。

「那就好，這回的布料棉花可夠暖？」周婷又問。

家務原在那拉氏手裡的時候，她是事無巨細都要過問，下頭人就是貪財也不敢過分。到了李氏手裡，沒多久就有人偷奸耍滑，秋日裡的衣裳布料拿了再次一等的，因李氏睜隻眼閉隻眼地放了好處給自己的親信，下頭有不滿也不敢洩漏。這回輪到周婷掌管發放冬衣的事，底下人倒唸了好幾聲佛。

這些人家裡都有老小，老的做不動了，小的還沒到當差的年紀，就拿不到分例。府裡年年發的冬衣就有人自己穿舊的，給孩子換身新的，還有把一件衣裳拆成兩件，夠一大一小兩個孩子穿。

「主子吩咐的，哪能不暖？」珍珠笑著說。

周婷點點頭，叫瑪瑙開了一點窗戶縫，眼睛往外頭張了張。果然下雪了，欄杆上面積了薄薄一層，屋簷上的綠瓦都快瞧不見了。「叫人掃雪了沒有？瞧著不像會停，恐怕要下上一陣。把爺進來的道掃出來，吩咐蘇培盛看著爺一點，把地龍給燒好，再叫廚房熱著湯水。」

「是。」珍珠答應著就去了，心裡也高興周婷同胤禛愈處愈好。這些事自弘暉阿哥去了之後周婷還是第一回吩咐呢，她禁不住抿著嘴出去了。

周婷又想起李氏來，她這回失寵倒是安心蟄伏了一陣子，但周婷知道她不會就這麼無聲無息地待在後院裡，畢竟她還有兩個兒子呢。她指一指瑪瑙。「各院的炭可都發下去了？」

「早發放下去了。」瑪瑙咬掉了線頭。她正在幫周婷縫襪子，拿起來給她看。「主子瞧樣子可好？」

「不必繡得這樣密，傷眼睛呢。」周婷拿過來看了一會兒，又說：「南院的可是按著舊年的例送過去的？今年又添了個小阿哥，該多加些才是。」

瑪瑙眨了眨眼睛。「我差人盯著呢，送過去的都是好炭。」說完就狡黠一笑。過去李氏就拿這個哭訴過，這回可沒人會再吃她的虧了。

「不光是炭，所有吃穿用度都要跟之前無異。」周婷叮嚀道。

「我曉得。」瑪瑙點點頭。

手底下的丫頭聰明就是好辦事，周婷安安心心地坐在炕上縫裡衣，一會兒就揉起肚子來。她抿了一口紅糖薑水丟開手上的裡褲，北方的冬天看著嚇人，其實倒還不冷，特別是像周婷這樣的剝削階級，地龍燒得暖烘烘的，身上懶到不想動彈。

外頭小張子差人捧了兩盆花進來了。「給福晉請安，蘇公公差奴才來送馮記剛孝敬來的玻璃盆景。」

玻璃花吹不大，馮記就在數量上動足了腦筋，這回送來的是美人櫻的盆景，一朵朵小花團成一個大圓，淡紫色的花瓣襯著鮮綠色的葉子，異常精緻，讓周婷對馮記更加好奇起來。到底是什麼樣的人，才能折騰出這麼許多東西？看著原理是一樣的，其實做起來可不容易。

「告訴蘇公公，說他有心了。」周婷不過隨口一說，蘇培盛就出力去辦了，可見這條線搭得不錯。她衝著小張子一笑。「雪天路不好走，喝一碗酪再去交差吧。」

指甲輕輕挑了挑那花瓣，做法跟髮釵一樣，看得出花了工夫。周婷覺得時機差不多了。「同蘇公公說，我過兩日有空，叫馮氏過來吧。」

夜裡胤禛披著大氅回來了，周婷坐在炕上收線疊衣，見他進來，就把手爐遞到他手裡。「外頭冷吧？我吩咐人把書房的地龍燒起來了，你去辦事也暖和，要不要喝碗湯，也好祛祛寒氣？」

「來碗熱湯麵吧。」胤禛換了件常服，折袖子的時候又想起夢裡那道明黃嵌邊，再看為他在燈下縫衣裳的周婷，就生出幾分不捨來。

周婷沒有察覺，拿剪子剪掉線頭：「今天去瞧過太醫沒有？」

「瞧過了，太醫說是飲酒又累著了。」夢中情景揮之不去，辦差的時候差點出了錯。

胤禛喝了兩口熱湯吃完麵，放下碗對周婷說：「妳身子不方便，我這幾日就歇在書房裡，有事差人傳話給我。」

周婷露出笑意來，覺得還算滿意。雖然沒想過他會待在書房，可他既然開了口，她就算承了這份情。

胤禛披上大氅要出去時又折了回來。「皇阿瑪把名字賜下來了，老二弘昀、老三弘時，妳得了空，就把名字交代下去吧。」

半句也沒有提及李氏，周婷點頭應和他。「知道了，明天我就去南院。」

誰知胤禛一聽就說：「雪天路滑妳又畏寒，叫個下人去傳一聲吧。」

蘇培盛在前面打燈籠，小鄭子、小張子跟在胤禛身後照路，燭光映著白雪，把路照得分明。胤禛自出了正院就板著臉，蘇培盛跟了他多年也不免納悶起來，剛在屋子裡頭還說說笑笑，怎麼一出院子立刻換了臉色？想歸想，他不敢去觸胤禛的霉頭，低頭隨著他的速度邁著步子，兩個小太監更是不敢吱聲，就這麼沈默了一路。

書房裡的地龍早就燒起來了，此時一進來就覺得從頭暖到了腳，小鄭子打了水來，蘇培盛侍候胤禛洗臉、洗手，又幫他磨好墨，就站到外間去了。

胤禛握著毛筆發怔，懸在紙上半天落不下筆去。夢裡那個低緩沈穩卻字字透著冷意的聲音又在他腦子裡響起來，胤禛一凜，手上拿的筆落到玉版宣紙上，留下點點乾澀的墨漬，胤禛皺了皺眉頭，隨手把筆拿起來一扔。

若是一次，只當是迷了心竅，這第二次又是什麼？當上皇帝興許能算是他潛藏著卻沒發現的願望，可妻子死去絕對是他想都不曾想過的。胤禛在屋子裡咳了一聲，蘇培盛趕緊進來，以為他有什麼吩咐，小張子續上熱茶，洗了筆重新磨好墨，正要退出去時被胤禛叫住了。

「你抬起頭來。」胤禛瞇起眼睛，盯著小張子瞧了又瞧。「叫什麼名？」往常跟著服侍的就只有一個蘇培盛，是以有什麼事胤禛都只叫他，這個小張子，他還是第一回看仔細他的模樣。

「奴才張起麟。」小張子彎著腰，以為自己惹到胤禛，聲音都在抖。

蘇培盛橫了他一眼，剛想說兩句打打圓場，胤禛就揮了揮手。「出去吧。」

小張子正是夢裡那個傳話的大太監，胤禛靠在椅背上揉著眉心，胸口有一股說不出來的煩悶，正有火沒處發，外頭蘇培盛就輕聲傳來一句。「爺，側福晉差人送了點心來，可要進些？」

胤禛心口那股無名火騰地燒了起來，他一揮手砸了個茶盞出去，石榴剛要驚叫，就被蘇培盛按住嘴帶了出去。

胤禛還覺得不夠，狠狠訓斥。「外書房也是內宅婦人來的地方？蘇培盛，堵了她的嘴拖回去，要李氏閉門思過，沒我的話，不許再出院門！」

也是李氏運氣差，偏偏撞在這當口上，胤禛這些時候天天待在周婷的屋子裡，她又不能跑到正院去把胤禛給籠絡回來，能走的路也只剩這一條。

往外書房送東西的事她也曾做過，那時蘇培盛還看在她得寵的分上幫她說兩句好話，胤禛心情不好也會提前告訴她，胤禛自然覺得李氏會看眼色、做事順意。

她現在這樣子，雖然周婷沒有讓人作踐她，但下人們哪有不看風向的，特別是像蘇培盛這樣的人。他是胤禛的近侍，每日貼身跟著胤禛，胤禛的心現在落在哪個院子，沒人比他清楚。

現在下頭有什麼東西孝敬上來，胤禛都要過問一聲，有合用的就全送到正院去，李氏最得寵時也沒得過這樣的待遇。

過去再給李氏作臉，到底還要看著正妻的面子行事，再寵愛李氏，也不能越過正院去。現在正好，捧著正院半點都不用顧忌，要不了多久，四福晉就該跟八福晉一樣威風了。

外面書房的事周婷不用一刻就知道了，周婷不知道胤禛心頭煩躁才會發脾氣，還以為是李氏上回惹得他氣到如今。

瑪瑙繪聲繪色地學小張子的模樣傳話，周婷邊聽邊搖頭笑笑。「這事後宅立時就要傳遍的，妳去安撫安撫大格格，明天李氏恐怕不會見她，心裡先有個底，免得她多想。」

李氏的兩個兒子就像法寶，哪怕她重傷將死，靠著這兩個兒子也能瞬間復活，胤禛現在惱了她，可不代表以後不會想起她的好來，事情須做得讓人捏不住把柄才好。周婷指一指桌上擺著的玻璃盆景。「把這個送一盆給側福晉，寬慰她兩句，別教她想多了。」

瑪瑙抿著嘴巴不樂意，但到底還是聽了周婷的話，叫一個力壯的婆子搬了盆景去南院。

周婷搭著珍珠的手起身去內室換上一條乾淨的帶子，見珍珠把那沾了紅的月經帶往銅盆裡放，就說：「把這燒了吧，天又不好，就別洗曬了。」這東西反覆使用，總覺得內心有點障礙。

珍珠覺得古怪，也還是應了下來。「只怕過去做的不夠用了，再趕出來的也還是要洗要曬，這東西拿滾水煮了再烘乾，等天好了再做新的可好？」

「也好，不知道這天什麼時候放晴。」裙裝穿起來就是麻煩，更換月經帶就要折騰好半天，周婷突然想到要是宮中過年過節吃宴席的時候，福晉跟妃子們來了大姨媽可怎麼辦？吃上一道菜就去更一次衣？

雪下到半夜才停，窗戶被雪映得明晃晃的，周婷躺在新做的墊子上睡不著覺，這才沒多久，倒已經習慣胤禛睡在她旁邊了，突然少了個人，還開始覺得彆扭呢。

瑪瑙聽見周婷翻身，問道：「主子可是要更衣？」

「嗯。」周婷應了一聲，慢慢從床上坐起來。

瑪瑙為她套上棉襖，珍珠重新又灌了回湯婆子，還拿大毛巾包好塞進被子裡，周婷躺下一會兒腳就暖和了，跟瑪瑙還有珍珠說了兩句話，就迷迷糊糊睡著了。

連著在床上養了兩天，周婷才覺得精神足了些，外頭的雪也停了，屋簷上滴滴答答不斷滴水下來，磚地濕漉漉的。大格格一大早向周婷請了安，就要往南院去，周婷見她說了也不聽，就由著她去，結果不一會兒她就又被李氏給推了回來。

山茶面色尷尬，幾個跟著去的丫頭都不說話，翡翠去套了幾句，才知道事情始末。李氏還是關著屋門不讓人進去，飯也不吃，連藥都不喝。

李氏身邊的大丫頭實在沒法子了，見請了大格格過去都不管用，只好求到周婷這裡。

周婷慢悠悠喝了一口燕窩粥，歪在炕上眼睛掃向跪著不動的石榴，心裡覺得好笑，這回是用上苦肉計了。她雖然對胤禛還算不上非常了解，但也知道這套對現在的他來說已經不管用了。

她叫瑪瑙把石榴拉起來。「妳去告訴側福晉，身子是自個兒的，折騰壞了，誰來看著兩個阿哥？」

這女人怎麼就學不乖呢？她生病不過就是折騰自己，好教胤禛心疼，這回又絕食絕藥，不是自討沒趣嗎？一個男人顧念妳的時候，妳怎麼樣他都喜歡，等他不顧念妳了，妳的可愛處就都成了可恨處，看來李氏還在雲端裡作夢呢！

若不是看在大格格的面子上，周婷根本懶得開口，把趕著去侍疾的女兒攔在門外，真是個傻女人。現在除了周婷，後宅裡頭能見到胤禛次數最多的，就數大格格了，李氏不是很會哭嗎？對著自己的女兒示弱就那麼難？

石榴回去原話告訴了李氏，她靠在床上，頭上戴著灰鼠毛的昭君套擋風，臉白得像張紙，往日的豔色一點也沒留下，圓潤的臉頰都尖了起來。聞言她死死拽著被子，眼珠子都要翻出來了。「爺真的沒問一句？也沒說要來見見兩個阿哥？」

李氏還抱著最後的希望。周婷那裡派人來告訴她康熙賜了名給孩子，前腳人走了，後腳她就大著膽子差人去外書房，本想拿兩個兒子當理由把胤禛引過來，誰知他發這樣大的火。石榴是她面前得臉的丫頭，被堵著嘴拉回來，她就什麼臉面也沒了，本想再爭一爭，結果竟如此慘澹。

這話石榴都已經回答她好幾百遍了，不說話，頭一低，算是應了。

李氏眼睛一閉靠在枕頭上，半晌後嘴角挑起笑來。「把那藥拿來吧。」

既然靠不了男人，就只好靠自己了。

第二十一章　靈魂穿越

今天是馮氏要來的日子，周婷換上二色金的大紅洋縐裙，梳個簡單大氣的髻，戴上東珠既大方又貴氣。她想見馮氏許久了，本來以為她在內宅一切都要聽胤禛安排，後來才知道哪怕是正經的嫡福晉，也要得了寵愛才能方便行事，這些根本不用她想，自然有人會削尖了腦袋來討好她。

馮氏並非馮記掌櫃頭一個老婆，她其實應該算是四夫人，馮掌櫃年紀輕輕就娶了好幾個夫人在家裡，後宅人一多就鬧騰起來。馮掌櫃苦不堪言，自己領著人就跑到外省做生意去了。

隔了兩年他還沒回來，外面就有傳言說是到了國境那邊被紅毛鬼子連人帶貨全搶走了，當時的大夫人得了消息昏死過去，幾個如夫人更是吵鬧著要回本家，馮四奶奶站出來一個人把家業撐了起來。大夫人七病八災拖了一年就去了，正在辦喪事的時候，馮掌櫃帶著一隊的稀罕貨物回來了，不僅大發了一筆，還把馮四奶奶扶正，從此之後再沒往後宅裡添一個人。

馮家不算巨富，家裡那點事也沒人想管，原來的大夫人也僅算身家清白，馮掌櫃是瞧中了人家的品貌才娶回家去的，現在這位馮四奶奶的出身就更沒人計較了。

周婷本以為會看到一個像八福晉一樣的女子，從臉上就能瞧出精明勁兒來，結果讓她大吃一驚。馮氏的年紀非常輕，看上去還不到二十，在這樣的冬天，偏偏揀了嬌嫩柔和的顏色來穿，湖色的裙子上頭繡了一串纏枝花，妝也是淡淡的，笑起來不卑不亢，清雅宜人得很。

見周婷出來，馮氏趕緊站起來要向她行禮。周婷揮了揮手，翡翠立刻遞了個拜褥過去，馮氏口角含笑。「請福晉安。」

她一句話說得柔軟，腰彎下去像沒有半點骨頭，可抬起頭來一看，又知道她是有骨頭的。

周婷點了點頭算是回應。「翡翠，上茶來。」

借著小丫頭穿梭倒茶、上點心的工夫，周婷好好打量了一回馮氏，這一看就忍不住想笑了。馮氏竟是連小丫頭幫她遞茶都要點頭說一句「謝謝」，就跟周婷剛穿越那會兒差不多，後來見瑪瑙跟珍珠實在惶恐，才硬生生改掉的。

喝過一盞茶又嚐了兩塊點心，兩人還沒說到正題上。馮氏很沈得住氣，明明有事相求，卻不急著提，陪周婷說了好一會兒的衣料、首飾，哪怕聽到周婷誇她的裙子好看，她也沒有得意的樣子。「俄羅斯時興這樣的花紋，愈是大塊濃豔愈好，我喜歡素的，教人繡起來，竟也能看。」

等翡翠換過了茶葉，馮氏總算提起正事。「不知上回的盆景福晉可還喜歡？」

「我正要說這個，我們爺生辰將至，這時節沒花沒果，那盆景若是能做得多些擺出來，也能添點顏色。昨天我還說要挑兩盆精緻的往上頭進呢！」周婷抿著嘴笑道。

饒是馮氏再淡然，這時也歡喜起來。這玻璃手藝是馮記獨家壟斷，若能把財路開到宮裡去，就不僅僅是衣食無憂了。「原就在琢磨這個，只是不知道什麼花樣好？」

「我們爺喜歡雅的，不能俗氣。玻璃本就是個新奇東西，往新的樣子做，大家沒見過、沒瞧過，自然就好了。」周婷說道。

馮氏把周婷的話記在心裡。她不是空手來的，上回那個髮釵胤禛說了一句好，跌碎之後還叫蘇培盛去補，這回馮氏就帶來一套十二式的玻璃簪子。

周婷點點頭，又問起來。「可有小女孩玩的東西？上回進了一枝梅花髮釵給太子妃，三格格瞧見了很是喜歡，耳鐺或手釧可能做出來嗎？」

周婷只說「上頭」時，馮氏還很激動，一說到「太子」，她反而冷靜下來了，點點頭說：「這東西拉絲難吹圓易，我回去盯著他們辦。」

這下周婷確定了，馮氏肯定又是個同鄉，不然怎麼會對「太子」不抱熱情呢？就是知道將來不是他登基才這樣的。

她看看馮氏，再瞧瞧自己，有人穿越混吃等死，有人穿越勵精圖治，模式不一樣，走的路也不同，她才剛從混吃等死發展到勵精圖治來，要走的路還長著呢！

胤禛生辰這天玻璃擺設果然大放異彩，太子妃盯著那玻璃梅花的盆景嘖嘖稱奇，拿指甲去挑了挑黃花蕊。「真是晶瑩剔透，竟做得這樣像！」

時間上來不及，馮記沒能研究出大朵花卉來，玻璃一吹細一拉絲，就容易斷。周婷就讓他們先揀花朵小、花枝繁茂的做出來，是以送來的盆景也全是小朵的花，只是顏色倒更鮮豔自然了，瑪瑙特地去林子裡折了紅梅花插瓶擺在盆景邊上，遠遠看去竟分不出真假。

前頭宴還沒開，周婷引著一眾妯娌坐在水榭中說話吃點心，聽到太子妃誇獎，就說：「不獨這個是，我屋子裡還有個八仙花的盆景也做得極像，若不是沒味兒，真要以為到四月天了。」

「四嫂藏私，這樣的好東西竟不互通，反而獨占著，該打該打。」八福晉宜薇指著矮几上頭擺著的那幾盆玻璃花嘖嘖出聲。

周婷走上前去一把捏捏她的臉。「真是不識好人心呢，等會兒東西拿來了，偏妳沒有！」

正巧珍珠把周婷準備好的玻璃髮釵拿了進來，周婷還是那番話：「不是什麼精貴的東西，就是新奇，算是我一點心意。」

說著她打開盒子給幾個福晉們挑選，還故意繞過宜薇走到九福晉面前去。宜薇一見，趕緊討饒。「好四嫂，就別跟我一般見識了。」

周婷一把拿起原本準備給宜薇的那一支髮釵，塞進十三福晉惠容手裡。「妯娌中十三弟妹最小，這多出來一的一支呀，就給她。」

福晉們聽了笑成一團，惠容一張圓臉紅撲撲的，從周婷手裡接過髮釵來，就要往頭上戴。「是我的了，八嫂可不許再要。」

宜薇上前抱住她一陣亂揉，頭髮都給揉亂了。惠容急紅了臉。「我這樣等會兒戲酒時可怎麼見人！」

太子妃難得笑得開懷些，她今天把三格格也帶來了，拉住宜薇說：「妳可別欺負她年紀小，這都成什麼樣子了。」

宜薇聽了，這才收了手。

惠容頭上的釵環都要掉下來了，她伸手扶住了，往周婷懷裡躲。「八嫂就會欺負人。」逗得周婷直笑，扶了她去正院洗臉綰頭。

兩人正要走出水榭，太子妃就跟了出來。「我去瞧瞧三格格。」

三格格正和大格格一處說話，眼睛直盯著大格格房裡的擺設。她雖是太子妃的嫡出女兒，吃穿用度樣樣金貴，但住的地方卻沒有大格格寬敞。

「我屋子裡要是能擺這樣大的屏風就好了。」瑪瑙引著十三福晉去梳頭，周婷和太子妃去大格格屋子裡，還沒進門就聽見三格格這樣說。

太子妃嘴邊的笑容僵了僵。毓慶宮裡人口多是人人都知道的事，康熙就怕委屈了太子，一開始就不停地指人，後頭太子自己知道挑了，一年年進人沒斷過，開頭還講究出身，後來只要是樣貌好，哪怕是官女子，也照樣領進來。

人愈來愈多，屋子愈來愈少，太子妃得端住不被別人說嘴，是以自己的女兒也跟側室生的女兒一樣分配屋子，這才導致三格格竟然沒有胤禛庶出女兒大格格住的地方大。

「這是咱們大格格體弱，我專從庫裡挑出這架大屏風來，擺在這裡也好擋擋風。」周婷落後太子妃一步走在後面，大格格剛剛已經見過了禮，此時又再站起來請安。

太子妃擺了擺手。「妳們玩得可好？」

「好！」三格格也向周婷見禮，答應了一聲，聲音清脆，比大格格有活力得多。

女孩之間無非就是些針頭線腦的小玩意兒，周婷早就給了大格格一套玻璃珠花耳環，叫她見機送給三格格的，她正拿出來給三格格看呢。

「這珠子亮晶晶的，比水晶的還要好看。」三格格指著那一盒串珠用的玻璃珠子說：「把這個同翡翠一道串，間隔起來看倒有趣味。」

玻璃在周婷心中還真不是什麼好東西，比琉璃還不如，太子妃卻願意哄著女兒。「拿回去叫下頭人串了給妳玩。」

周婷見大格格這裡的下人舉止得宜，大格格本人也沒再淡著一張臉，不禁暗暗點了點頭，這個大格格倒是比她娘要強。她拉了太子妃說：「讓她們一處，咱們還是回水榭去吧。」

大格格今天得了一堆長輩的賞賜，心知這是看在周婷的分上才有這個體面，一直送她們兩個到門口，才拉著三格格的手往回走。

生孩子這種話周婷敢跟惠容說，可不敢跟太子妃說。其實認真算下來，她們應該是政敵，誰能想到如今她同胤禛見著了都要行禮請安的人，十幾年之後倒要反過來跟他們下跪呢？

周婷有一搭沒一搭地說著玻璃花。「原是剛弄出來的新東西，正想著做好了再獻上去，也不知道各處喜歡些什麼，倒要請教二嫂呢。」

太子一來就先說了一家子兄弟不必拘禮，因此妯娌之間就按排行稱呼了起來，不再叫她「太子妃」。

太子妃微微一笑。「皇阿瑪不愛這些，若是能做山水的，倒好些。老祖宗那裡妳挑熱鬧的花樣送過去就行了，只一條，她不愛素的。」

太子妃見怪不怪，誰家沒個私產，有了好東西總要往上面孝敬，太子手下的產業就不少，卻是太子妃插不了手的，不似幾個妯娌就算再說不上話，家裡的生意總還知道一點。她的日子比尋常的王府福晉還不如，起碼她們還管了一個王府，她能管的，也只有毓慶宮這小小一塊地。

太子妃就這麼日夜揣度著宮中各人的心思，太子卻偏偏不把這個正妻當一回事，也不想想，若他有個嫡子，大阿哥胤禔也不敢逼得這麼緊。

周婷的心情很複雜，易地而處，她肯定不能像太子妃做得這麼好，不光是康熙和太后，宮裡從上到下的主位哪一個不誇獎太子妃的行事，要是太子看重她，能得到多大一個助力啊……

兩人一路說著，回到周婷的屋子，惠容已經妝扮好了，三個人便相攜回到水榭去。那裡已經開了一桌，妯娌幾個圍在一處打葉子戲，開席前贏得最多的就數八福晉。

宜薇手一揮笑著說：「改明兒我做東道，等裝上了這玻璃窗子，咱們烤兔子肉吃。四嫂這裡竟沒酒，怎麼也該來上兩杯才是。」

說說笑笑了半天，前面開宴來請了，宴席上的菜色是周婷盯緊了辦的，剛剛丫頭們在外面套交情的時候，又特地再問清楚各家有什麼忌諱的東西，全都叫上菜的丫頭小心著。

胤禛請太子先點戲，太子點完了，自然該是太子妃點。她左右翻了翻。「《麻姑獻壽》吧。」

八福晉的桌子離得近，盯著上頭的戲班子瞧了瞧，說道：「這該是京裡有名的筱月紅吧，我聽說新寫了個本子，叫什麼《三生三世》，倒賺人眼淚呢，現如今要請她可不容易。」

其實就算再不容易，這些戲班子的老闆也不敢得罪皇親，對面一叫賞，這邊也賞開了，那扮猴兒的小戲子拿著銅鑼接著撒下的賞錢，叮叮噹噹聲不絕於耳。

一齣戲還沒完太子就離了席，太子妃跟著起身，周婷起身送她，那邊八阿哥、九阿哥也站了起來。

八福晉最愛熱鬧，一見丈夫站起來，只得跟著走，滿口抱怨。「哪兒就急在這一時了？

反正住得近，又不怕宵禁。」

「妳也說了住得近，常來常往就是了。」周婷笑著說。

幾個阿哥接二連三抬腳走人，前頭小張子過來稟報。「福晉，爺瞧著像是醉了。」

周婷失笑，怪不得一個個都走了，這才開席沒多久，怎麼會醉。想到胤祥生辰那天喝得東倒西歪的樣子，難道這次胤禛灌胤禛酒了？

前頭幾乎已經散了，戲班子一折戲卻還沒唱完呢！班主急得要命，這到底是唱還是不唱了呀？周婷乾脆叫小張子去打發班主收拾東西走人，剩下的錢要他明天再來結，她自己則帶著丫頭往前頭去。

人果真都走了，胤禛捂著頭，胤祥、胤禛扶著他，周婷一來兩人避也不是，不避也不是。

周婷見了嘆口氣，就猜到他又頭痛了。真是奇怪，「百家講壇」也沒說過雍正皇帝死於頭疼呀？

周婷指揮若定。「把爺扶到書房內室去，地龍燒起來，去打熱水，叫廚房送醒酒湯，上回那個酸筍雞皮湯爺說過好，這回再做。」說著，她又看著兩個小叔，微微一笑。「十三弟、十四弟也留下來吃一碗吧。」

她這麼一說，他們就不好再迴避了，見周婷一派長嫂的模樣，兩人互相看看，就在外間坐了下來。

蘇培盛遞了手巾過來，周婷親自幫胤禛擦臉，湊在他耳邊問：「可是頭又痛了？」

胤禛皺著眉頭點點頭，他不想教旁人知道，哪怕是親兄弟。周婷心下了然，做出一副賢妻的樣子。「早說不讓你喝得急，再高興也得有個限度才是。」又轉頭朝坐在外間的胤禎說：「可是十四弟灌你酒了？看我明天告訴額娘去。」

胤禎聞言跳了起來。「四嫂可不能冤枉我，我這還沒敬上呢，四哥酒量也太差了。」

周婷聽了淡淡一笑，讓胤禛躺在榻上，這場合不方便拿帕子包頭，就拿乾毛巾往他頭上一罩。

「本來是準備宴散了再給你的，蘇培盛，把東西拿出來給了十四阿哥吧。」胤禎聽了周婷的話，真的去找了牛角弓，給胤祥的那張裝飾大於用途，給胤禎的這張，就是實實在在的東西了。

胤禎果然高興，拿起來還試了一回。「多謝四嫂。」

「謝你四哥才是。」周婷拿手按住胤禛的太陽穴，一按一放輕輕揉動，等湯送上來，就問他：「可要喝一口湯？想不想吐？」

外面兩個半大的男孩都是經過人事的，一個剛新婚還拿老婆當妹妹哄，一個有了側室卻還沒體會到老婆的好，見周婷這樣行事，倒感覺出有老婆的好處來。

懷裡的人猛然睜開眼睛，把周婷嚇了一跳，見他神色不對，她趕緊找了個由頭把丫頭指派出去。「快拿銅盆來，爺怕是要吐呢。」

說著一面拿手揉他的胸口，一面低聲問：「怎麼了？疼得厲害？」

胤禛瞇起眼來，似是被屋裡的燈晃著了眼，怔忡了許久，才吐出一口氣來，聲音又低又緩。「好些了，外頭是誰？」

「十三弟和十四弟啊，他們倆把你架回來的。」周婷神情古怪地說。頭疼歸頭疼，不會連這個都沒察覺到吧？

胤禛忽然坐起身來，自行走到外間去，胤祥見他出來，放下了筷子。「四哥可還好？」

胤禛則咂了咂嘴巴。「你不能喝就說一聲，由我代了就是，明天額娘又該唸我，說我不幫襯你了。」話是這樣說，他眼睛裡卻透著關切。

胤禛胸膛起伏甚大，盯著兩個弟弟細看，又轉過頭去看著周婷。

周婷上前拉一拉他，衝著他們點點頭。「這是醉了呢，瑪瑙，趕緊把醒酒湯拿來。」

說著把胤禛扯回內室裡去，問道：「爺這是怎麼了？跟沒見過他們似的。」

周婷重新讓胤禛躺回榻上，拿毛巾幫他蓋住臉。「又痛得厲害了？」

周婷皺起眉頭，該不會其實雍正皇帝生了怪病，但沒有記錄在案吧？

胤禛凝神瞧了周婷一會兒，把周婷看得發毛，又聽外頭的胤禛出聲。「四嫂，我哥這是怎麼了？」

周婷幫他遮掩。「醉了，耍酒瘋呢。」

她的手指按在他太陽穴上不鬆開，嘴裡輕聲安撫。「痛得厲害嗎？太醫不是說沒事，怎得又痛起來了？」

胤禛嘴裡「唔」了兩聲算是應她，他的眼睛閉了起來，臉色看不出好壞，周婷無辦法，只好叫蘇培盛出去送胤祥跟胤禎，自己則留在內室陪他。

「把燈點起來。」周婷吩咐道。胤禛書房裡也用了玻璃座燈，比她屋子裡用的更大，點上極粗的牛油蠟燭，三、四根並在一起亮得很。燈一亮起來，胤禛就先瞇起了眼。

這場生辰宴早早散了場，算是沒辦好，周婷也不知道胤禛為什麼突然發作起來，小心翼翼地問：「是不是席上的酒太烈了些？我明明吩咐過下頭，不幫你那桌拿烈酒過去的。」

胤禛喜歡喝點小酒，但酒量還真不行，家裡的下人心裡都有數，不會在這上頭出錯。

胤禛還是沈默著不答話。明明前一刻他手裡頭還拿著筆，正在為「改土歸流」所引起的叛亂暴怒，怎麼後一刻就到宴席上頭，見著的都是些或死或被圈禁的故人，特別是允礽，那一身明黃的太子常服，臉上是他最熟悉的、那種帶著驕矜的神情，說話間不經意就滲出傲慢來。

胤禛以為自己在作夢，那些被他踩到腳下的兄弟此刻都舉杯向他祝賀生辰，而他竟然不是坐在最上頭的那一個。恍恍惚惚間被扶到書房，等一瞧見周婷、一聽見她的聲音，記憶就像潮水般洶湧而來，一件件回憶衝撞進他的腦海中。

最近的印象是她坐在燈前縫裡衣的樣子，再之前是她夜裡安撫自己的聲音，再往前就是自己把她摟起來扳過去對著鏡子，細瞧她肚兜上頭的並蒂蓮花繡了幾片花瓣。

是她卻又不像她，認真論起來，胤禛還真不記得孝敬皇后烏拉那拉氏的樣子了，能回憶起來的只有她低頭回話、恭順小心的模樣，和如今周婷看著他，問他是不是頭痛、是不是想吐的樣子完全不同。

腦子裡對她的印象少得可憐，可再少，他也知道面前這個跟曾經的那個年紀對不上。記憶像煙影般散開，隨著她絞帕子、解扣子的動作，面前這個女人鮮活起來，看著現在的她，能回想起來的事情多得多，而不僅僅是朝冠下那木訥的臉。想著想著，他頭就往她腿上躺。

周婷無法躲開，只能任由他躺在自己腿上。他不讓她走，她還真不好離開，只好指揮瑪瑙把枕頭墊在腰後面，讓自己靠得舒服些，又幫他蓋上被子，手還托著他的腦袋替他按摩。

「好些了嗎？」

胤禛閉著眼睛點點頭。他想起他以為荒誕的那些夢，夢裡那些事都是他曾經做過的，包括把生病的皇后從圓明園挪出去，甚至想不起她離世時是什麼樣子。還有允禎，當庭跟他爭吵，瞪著眼睛恨不得能咬他一口的親弟弟，現在說出來的話也滿是關切。

他登基以後兄弟為了避諱，名字裡的「胤」字全改成「允」字，因此「胤」禎在他眼裡也成了「允」禎。

胤禛從未想過若有一天能重來，要善待這些他曾經無視和討厭的人，而他也從沒想過有一天竟真的能夠重來。這條路太艱辛、付出太多，親生母親至死不願入太后宮室，直言他稱帝非她所願。

在這種混亂的時刻，胤禛竟然有了笑意。周婷被他笑得汗毛都豎了起來，一身雞皮疙瘩，這人不會是傻了吧？

這種狀況不適合讓他睡在書房裡，下人跟丫頭們都在等周婷開口，她清了清喉嚨問他：「爺要是覺得好些了，可要歇到正院去？」

周婷的意思是要麼睡在書房，要麼去正院睡，反正她是絕不會把他送進小老婆房間裡去的。

胤禛沈吟一會兒。「就去正院吧。」他得好好把事情給理清楚。

他既然開了口，下人們就動作起來，蘇培盛為胤禛拿了帽子過來，周婷幫他戴上帽子又披上毛皮斗篷，才敢讓他走出去。

「你才醉了酒，可別再見風。」周婷這麼說著，前頭就有人撐傘，她自己則跟在胤禛身邊扶著他。

胤禛側過頭瞧了她一眼，嘴巴抿成一條線。時間愈久，他想起來的東西就愈多，除了年氏，還有他如今該有的那兩個兒子。

第二十二章　判若兩人

正院和書房在一條軸線上，從外書房過來必定會經過南院，裡頭還亮著燈，如今時候尚早，還沒關門落鎖。胤禛瞇著眼睛望向那月洞門裡頭，隱隱約約的燈光配著不時往來的下人，他頓住了腳步，周婷也跟著停了下來。他又改變主意，要去看看李氏了？周婷暗忖。

她卻不知道此時的胤禛正在心中冷笑。原本他以為弘時的心大是他慣出來的，那麼長時間裡後院裡只有他一個男孩，跟弟弟之間年紀相差得也遠，就像另一個大阿哥。如今想到李氏拿玻璃燈作怪，才知道原來是從根部就壞了。

未來的弘時想與弘曆爭奪皇位，竟跟他一向痛恨的八弟親近，讓他痛心而不得不將他除去。

守門的婆子丫頭瞧見了胤禛，飛奔進去稟報李氏，周婷順勢問了一句：「爺要不要進去瞧瞧李側福晉？」

胤禛扭過頭來看著她，夜色為周婷的臉也罩上了一層柔光，他這才記起他跟她曾經有過的兒子。那時他沒想過自己有一天會成為皇帝，但也認定這個孩子長大會繼承王府，弘暉的字就是他手把手教的。到底是從什麼時候開始，他們之間再沒有過一句貼心話，他與她到底是怎麼走到了那一步呢？

胤禛這些感慨還沒化成語句吐露出來，就被打斷了。李氏裹著大毛衣裳從院子裡出來，她的眼裡露出喜色，聲音帶了點激動。「給爺請安，給福晉請安。」

她臉上已經瘦得沒肉了，眼睛下面一片陰影，胤禛厭惡得皺皺眉毛，扭開了臉。

周婷見胤禛不說話，又不好僵著，便打圓場。「妳身子不好，就不必多禮了。」說這話的時候還看了看胤禛。這位閻羅王到底想幹什麼呀？

周婷剛準備再說兩句場面話，就聽到身邊的男人用冷淡的聲音說：「這兒掛的燈籠晃眼，撤了吧。」他指的就是李氏院門口那兩盞燈籠。

就在周婷怔愣間，胤禛已經提腳往前走了。李氏眼底那分喜色褪了個乾淨，她白著一張臉搖搖晃晃扶住了身邊的丫頭，還是沒能站穩，暈了過去。

周婷趕緊吩咐人去請太醫，自己則快步跟上前去，心裡惴惴不安。剛剛他的聲音從冷風裡傳出來，足能把人的心給凍碎，看他過去的行事，再對比現在對李氏的態度，周婷都覺得齒冷。

周婷一直小心拿捏著對李氏的態度，事事不教人怠慢了她，就是覺得胤禛並不像不重感情那類人，看他對待德妃和胤禛就知道了。而李氏好歹跟他在一起那麼多年，在後宅裡的寵愛也算頭一分，她想過胤禛會惱了李氏，冷她一段時間，卻沒想到他會如此厭惡她。

周婷不知道自己竟有一天會對李氏生出唇亡齒寒的感覺來，但她現在確確實實感覺到什麼叫男人的寵愛不長久，她不禁嚥下一口唾沫。從剛才開始，胤禛給她的感覺整個都變了，眼前這個男人好像不是她一直接觸的那一個，原來的他說話絕對不會那麼平靜，他惱了李氏的時候口氣多衝呀，而現在李氏在他眼裡，卻還比不過門上掛的兩個燈籠。

心裡那根弦又繃緊了，周婷就怕說錯了話、做錯了事，她可沒有兩個兒子能拉感情分數，對待起胤禛來不免小心翼翼的。回到正院後，她拿手幫他試過茶的冷熱，才送了上去。

沒想到一臉沈鬱的胤禛一句話都沒說，進了正屋後就坐在炕上瞧著玻璃燈出神，周婷幫他換過一回茶他也沒察覺。

再為李氏感到心寒，周婷也沒聖母到為她說好話的地步，但總還要端著正妻的身分略提兩句。「總要顧及三個孩子的臉面才是。」

胤禛沒搭她的話，手指不斷摩挲著大拇指，輕輕叩著桌面，等了一會兒才抬起頭來看她一眼。「明天叫蘇培盛尋好的扳指來。」

啥？他們的話題是怎麼從孩子跳到扳指上頭的？周婷雖然莫名，但還是應了一聲。「要哪種材質？」

「拿和闐玉來。」胤禛說完便站起身來，自己把衣裳給脫掉。「水可備好了？」

幸好這些事瑪瑙做慣了，周婷還在發愣呢，胤禛就已經進內室洗澡去了。

珍珠揀了件湖色繡纏枝蓮的家常衣裙出來遞給周婷。「主子也去洗吧。」

洗完澡，兩個人都帶著一身水氣躺到床上，周婷的頭髮還沒全乾，身上一股玫瑰香脂的氣味，胤禛靠在枕頭上看著那流動的玻璃燈罩，瑪瑙則熄了燈帶上了門。

今天他總該沒心情吃肉了吧？周婷翻身蓋好被子，誰知錦被一蓋胤禛就壓了上來，動作特別凶狠，周婷還沒進入狀態呢，他就把裙子掀起來一下子頂了進去。

周婷吃痛一口咬在他肩膀上，上頭那人卻像沒發覺似地一進一出異常猛烈，弄出來一回，歇過一會兒又壓了上來。

周婷哼哼唧唧地討饒——是真討饒，她還從來沒那麼痛過。可身上這個男人就像要弄死她似的，扳住她的臉不許她躲開，往深處又插又搗，不住喘著粗氣。

周婷皺著眉頭咬著嘴唇，努力放鬆身體配合他，慢慢感覺出點舒服來。胤禛的手按著她不許她動，動作帶著些侵略感，不像之前那樣慢慢讓她興奮，一點點教她喊出聲。他動作大得讓周婷覺得地面都在晃，汗出如漿，那根東西在周婷身體裡面一跳一跳的。

第二回即將結束時，胤禛啞著嗓子在她耳邊低吼。「給……我……生個孩子。」

酒醉還有三分醒，更何況是現在清醒得不能再清醒的胤禛，一個「朕」字到了嘴邊又給嚥下去，十數載的辛苦一夕之間成了泡影，胤禛心裡憋悶，動作起來更猛。

周婷咬著唇不叫出聲來，她的倔強脾氣又犯了，既然怎麼討饒身上的人都不肯停下來，那還不如不出聲，緊閉著雙眼等他結束便罷。

誰知胤禛此時卻慢了下來。他一開始只顧著橫衝直撞，下面的人在發抖都沒發現，等快完了才瞧見周婷煞白著臉，一聲不吭地緊閉雙眼，身體繃得緊緊的，抗拒著他的進入。

胤禛看著周婷皺緊的眉毛，想起來上輩子對她的愧疚，頓了一頓，把嘴巴湊過去埋進她胸口含住一點櫻紅，用牙齒慢慢廝磨，直磨到周婷緊閉著的嘴裡發出輕輕的一聲喘息，才又往裡面動起來。

這回他的動作跟換了一個人似的，小心翼翼地進去再出來，那根硬邦邦的東西動三下搗一下，舌頭舔得尤其起勁。周婷緊繃的肌肉逐漸放鬆，脖子往後仰，身體自然而然地拱了起來。胤禛手肘撐在床褥上，兩隻手把他細心琢磨著的胸脯攏在一處。

胸前那對脂膏似的白兔被胤禛合掌一攏變了形狀，兩點櫻紅靠在一起，胤禛輕笑一聲，兩隻手捏住了磨蹭起來。周婷一聲急喘，扭過臉去咬著手指，臉上的表情從承受變成了享受。胤禛卻還覺得不夠，先對著它們吹氣，再拿舌尖來回勾動。

這動作刺激得周婷的背整個繃直，手肘把自己撐起來往胤禛那邊送，下身不再拒絕他進入，兩個人相互看著對方的眼睛，有默契地配合。胤禛往前進，周婷就抬起來往他那兒靠；胤禛往後退，周婷就把身體往被褥上放。明明剛剛差一點就要結束了，硬是又弄了好幾回合才算完。

剛才的澡算是白洗了，周婷一身黏膩，拿帕子擦了一會兒，還是覺得難受，於是開口問：「要不要叫水？」

胤禛那當皇帝的習慣又跑了出來，他「圈叉」完了之後當然要洗澡，聞言點點頭，周婷就叫了瑪瑙。

外面候著的奴才都有經驗，只要胤禛在這邊過夜，小廚房的熱水都不斷在燒，就怕主子們要用的時候沒有，更何況今天胤禛還喝醉了。幾個力壯的婆子快手快腳把熱水抬了進來，胤禛站起來披件衣裳要過去，轉頭就瞧見周婷喝退了下人抱著大毛巾過來了。

衣服上面也有髒污，她實在不想穿在身上，頭髮隨意一綰，說道：「就不叫她們換兩回水了，明天你還要早朝呢。」

她的本意是想等胤禛沒泡之前分點水出來洗洗就算了，胤禛卻以為她是想和他一起洗澡。

剛才他面對老婆時還有點彆扭，一完事又覺得那點剛生出來的隔閡都沒了。他把她一摟起來就往澡盆裡面放，長腿一伸往裡面跨，周婷就這麼眼睜睜瞧著他下面的東西在她面前晃。

事情是做過了，可還是羞澀，澡盆裡的水不斷往外溢，周婷抓著盆邊扭過臉去，被胤禛瞧見了，又調笑她一回。「摸都摸過了，還羞什麼。」

周婷不搭理他，被蒸氣一蒸，她的臉色更紅，隔著水氣就顯出朦朧的美感來。

胤禛還是第一次跟人一起泡澡，對象正是他愧對的正妻，不禁伸手過去把她摟過來揉她的腰。水面一晃，胸脯顯得更大了，他那雙大手情不自禁慢慢往上移，一邊握住了一個。

對於他的熱情，周婷一下子適應不了。從李氏那邊回來她就提心弔膽的，結果一翻身就被摟住「這樣那樣」，現在又被這個剛才還冷著臉的男人抱在懷裡調情。

發現他下面那東西又有硬起來的趨勢，周婷趕緊速戰速決，潑水洗了兩下站起來擦乾身子，又往被子裡面鑽，胤禛倒慢騰騰地洗了很久，閉上眼睛在澡桶裡思索如今的形勢。

一開始他沒指望過皇位，起碼現在這個時候還沒有，到後來那幾年，特別是允禩被皇阿瑪所不喜之後，他開始琢磨得多了。琢磨著怎麼討皇阿瑪喜歡、琢磨皇阿瑪看重什麼樣的行事作風，如今他又開始琢磨那些失敗的兄弟輸在哪裡。

太子不必說，他心太急，愈急錯就愈多，如果他能穩穩當當坐在那把椅子上頭不動，怎麼也不會輪到下頭的弟弟們爭奪。允禩和他犯了同樣的錯，這裡頭雖說少不得有他自己推波助瀾，可如果他們不是一個個見著了小利就挪不開眼，最後贏的人也不會是自己了。

皇阿瑪是個非常細膩的人，一點點的小節就可能導致失敗。太子本來是他最喜歡、最看重的兒子，小污點多了，不是照樣把他給拉下馬來了嗎？胤禛拿起澡巾擦洗胳膊，瞇著眼睛回想皇阿瑪訓斥老大、老二、老八最狠的那幾次。

老大自不必再說，魘咒皇太子，還順道把眾兄弟給咒了一遍。不孝不悌是皇阿瑪最見不得的事，他一直希望他們兄弟和睦，老大做了這樣的事，還能留下命來，就是最後的父子情分了。

太子是皇阿瑪誇獎最多也最寵愛的兒子，直拿他當心尖子一樣疼，交給他監國理事，儼然已是個二皇帝，就是因為這樣，皇阿瑪才一忍再忍，忍無可忍廢了太子後，竟又重立了太子一回。

至於老八……胤禛臉上露出笑意來。也不知那些結黨推舉他的奴才都在想些什麼，在皇阿瑪眼裡，他就是個怕老婆怕到沒兒子的傢伙。

皇阿瑪自己對正妻情深意長，如果不是這樣，也不會那麼寶貝太子，然而愛妻與懼妻是兩碼子事。最後他登上寶座，佟氏一族有很大的功勞，可若說沒有孝懿皇后的情分，胤禛自己都不相信。

他抿著嘴不斷拿毛巾擦拭身體，水聲嘩嘩不斷，直到已經躺在床上的周婷爬起來催他。

「明天還要早朝呢。」

外頭聽見聲音的丫頭、太監全都低著頭，他們還以為主子倆從床上戰到澡桶裡去了。胤禛這才清醒過來，水都已經有些冷了。他胡亂擦乾身子往被窩裡一鑽，一摸才發現周婷已換過床單，清清爽爽地裹著乾淨的被子睡在一處，手跟著摸上了周婷的臉頰。

皇阿瑪扒下了老八的臉面，說他卑賤無子時，其實他有個庶子，生母的出身也不算低，青州知府張之碧的女兒，可在皇阿瑪眼裡，他竟從未有子。胤禛在思考敵人弱點的過程中，發現康熙一直以來的偏好。

皇阿瑪細論起來並非正統，可他最愛的還是正統，老二做了那樣的事，還能復立，雖與當時朝政不無關係，可他的偏向也很明顯了。

胤禛仔細看著周婷的臉，嫡子……如果皇阿瑪真的看重這點，那他就得有一個或者更多的嫡子。細數下來，幾個兄弟裡頭除了老三沒人有嫡子，怪不得皇阿瑪曾經那麼喜歡弘暉，一個「嫡」字就強過那些兄弟許多了。

細論起來弘曆並不是最理想的繼承人，性情浮躁又喜好奢華，可他的兒子裡頭也只有弘曆略合意些，但若要挑剔，出身跟性格都不是最合適的。既然如今能夠重新選擇，他自然要挑一個更出色的繼承人。

胤禛伸出手去摟過周婷，內心覺得是她，又不是她。要說胤禛心頭印得最深的人是誰，肯定是年氏。年氏最合他心意，柔順解語、文化素養又高，他們在一處時，是胤禛最放鬆的時刻。

有年氏那一筆簪花小楷眉批的書，是他閒時最愛翻看的，直到她去了，他也時常拿出來摩挲，定下大位人選時，內心遺憾過她為他生的孩子全沒能留下。年家尾大不衰，他卻硬是忍到她過世後再發作。胤禛正回想年氏的模樣，卻被周婷打斷了。

她坐起身來為胤禛掖了掖被子，躺下去時順勢枕在旁邊的枕頭上。胤禛的思緒被打斷，腦海中雖已想起一個朦朧的影子，但現在一切美好的懷念沒了著陸點，心思又被拉了回來。

如今重要的，是先把這條路走好。仔細一回想，許多事情雖大致與上一世無異，但細枝末節處卻有些改變。

朝堂上互相傾軋的兩人中，索額圖自縊，明珠正囂張，而老八如今也已經有了些氣候。胤禛把剛升起來的那丁點綺思拋到腦後，後頭該來的總會來，然而機會抓不住，可就不會再來了。打擊能打擊的，拉攏能拉攏的，還要仔細看看哪一個的行事與過去不相同了。

「我記得院子裡在修小佛堂的。」胤禛突然出聲問周婷。

幸好周婷現在已經練出一身功夫來了，就算迷迷糊糊的，也還是接了口。「就要過年了，就停下破土動磚瓦的事，等過了十五，再挑個好日子。」邊說邊打了個哈欠翻身。「怎麼突然問起這個來？」

「等明年開春，就把小佛堂給建起來。」戒急須忍，胤禛緩緩吐出一口氣，合上了眼。

第二十三章　勵精圖治

周婷不知道躺在她身邊的男人經歷了什麼變化，能察覺出來的，只有他身上的氣場不同了。她本來還擔心自己會不會受了連累，結果折騰了她一個晚上的胤禛，又變回原來她熟悉的那個樣子。

早上起來照舊為她挾菜、為他穿衣服時照樣乘機捏手揩油，甚至還在周婷上妝時到妝鏡前晃了一圈，晃得瑪瑙拿眉硯的手都在抖。周婷不怕他看，古代的化妝品種類不比現代少多少，大小刷子一應俱齊，周婷示範過兩次怎麼修眉毛後，瑪瑙就學會了，現在的妝看起來又清雅又精神。

胤禛盯了那眉硯一會兒，時間長得連周婷都從鏡子裡疑惑地看著他了，這才咳了一聲轉身離開。

周婷只擔心了一夜，見胤禛沒有更多變化，就把所有疑惑都拋到腦後去了。不管他是不是發瘋，只要不發到她這兒來，她照樣過自己的日子。

既然要過自己的日子，就要把排在日程上的事給做了。玻璃製品雖然一直以來都有，但顏色、款式和清晰度都不盡如人意，馮記的玻璃一推出，很快就能壟斷市場，用得起玻璃的和夠身分用上玻璃的，哪裡還會挑次一等的買，現在馮記訂下的單子都要做到明年去了。

馮氏也算搭上了周婷這條線，宴會雖然辦得不出彩，但晶瑩剔透的玻璃在上層階級有了一定的知名度，各家福晉都來打聽哪兒能得，周婷一個個說好話，教她們先等一等。既然證明了效果好，那就該先往上頭獻去，等宮裡該用的都用上了，再想做生意的事。

周婷有自己的小算盤，但胤禛並不很看重馮記的生意，只拿這個當成玩意兒看，周婷卻仔細算了一筆帳。馮記現在的商業價值還沒顯出來，是因為東西剛剛推出，等到宮中、王府都有了，玻璃製品的單子可以開始做的時候，那利潤就要成百上千倍地滾了。

她沒想過要把馮記弄過來當她自己的脂粉鋪子開，頂多收點當私房，原來有的那些莊子、田地都是死錢，每年的進項都有定數，好與不好還得看天。那些投到胤禛門下的漢商哪個不是付了錢才能安心做生意，有老闆的老婆罩著，他們還求之不得呢！

然而奢侈品就不一樣了，周婷細問過蘇培盛，知道馮記正卡在產量上，只接小單子，目的就是要把玻璃的價錢炒高。這可是獨門手藝，真的炒火了，說不定能跟現代的鐵皮一樣賣出黃金價來。

既然馮記打算走高價路線，那她就幫忙推上一把，等見了利潤才好跟馮記開口，就是不知道馮掌櫃是不是同鄉。如果不是，馮氏那裡她就要好好打交道，她既然能早早引得丈夫投靠胤禛，那肯定對丈夫很有影響力。

周婷坐在寧壽宮裡，各個妯娌都在說著最近的新聞，也就是宴席上見到的玻璃窗子，宜薇最是活潑。「那東西又亮堂又暖和，坐在窗子前面半點風都不透，還能看得遠。我原還琢磨著四嫂怎麼把咱們領到窗紙都不糊的屋子裡頭去，一看才知道是自個兒蠢了，什麼時候外頭竟製得出這樣的玻璃來。」

惠容歪了歪頭。「瞧我頭上戴的，要是不說，誰知道這是玻璃？」

太后眼睛不太好，聞言就把惠容拉過去細瞧。「我說呢，這時節哪裡來的桃花。」

絲絹做的仿生花做得更漂亮，花樣也更多，但女人生來都喜歡會發亮的東西，日光一照，玻璃簪子就亮晶晶，比珠玉寶石也不差什麼。十三福晉最小，又跟周婷親近，一得到東西立刻就戴了出來。

「原是些小東西，本來是要進給母妃們的，只這花做不大，是以先給了嫂嫂跟弟妹們。」周婷笑著說。

妃子們跟嫡福晉們戴的東西又不一樣，這些花吹得太小，只能添一分趣味，肯定不會有其他首飾做的大氣，妃子們戴了不像樣。

這事也就是個小插曲，在這位分上的人不怕用不著好東西。年關將至，大家討論的事情也多，周婷出的這個小小風頭很快就過去了。

倒是德妃在散場的時候衝著周婷微笑點頭，一路回去就說開了。「怎麼我聽胤禛說老四喝醉了，還耍了酒瘋？」

周婷眼角抽了抽，馬上笑著回答。「並沒有喝多少，許是喝得急了。」

德妃跨過門檻時周婷很自然地扶了她一把。「我也納悶呢，咱們爺雖然酒量不行，可也還是能敬上兩圈的，怎知才喝到一半就醉了。」

「還得仔細著才是。」德妃不過起個話頭，話題馬上扯到十四阿哥身上，她真正要說的是這件事。「胤禎從他哥哥那兒得了一把弓，高興得都要飛上天了。要成家的人了，還跟孩子似的。」

說著，親熱地拍了拍周婷的手背。自己的兒子自己清楚，他要是能想到送胤禎喜歡的東西，兩個兄弟就不會彆扭了這麼些年。

「這可是咱們爺的主意，十三弟生辰那天他就瞧出來，一直擺在心裡呢。我倒是聽咱們爺說阿哥所那兒已經在翻修房子，到明年額娘就又多一個兒媳婦了。」

大挑選中的完顏氏備嫁也備了一段時間，模樣端方大氣，又是一個標準版的大老婆。

「到時候還要妳幫忙，他們倆小時候有點不對盤，但到底是親兄弟，能和睦最好不過。妳是嫂子，要多幫襯弟妹。」德妃一向滿意周婷這個兒媳婦，胤禎也不是沒跟她叨唸過親哥哥送了胤祥他想要的東西，一聽說胤禎也得了，她第一個想到的就是周婷。

小太監上了燕窩粥，德妃指了指白瓷碗。「妳嚐嚐這個，這是剛得的，我吃著倒好。原本給妳的已經吃完了吧，叫他們包一包讓妳帶回去，每日喝一盞，對身子好。」德妃一邊吃一邊問：「顧嬤嬤可還得用？」

周婷知道德妃的意思，但她的大姨媽剛走，明擺著肚皮沒消息，只好紅了臉作靦覥狀。

「顧嬤嬤是積年的老嬤嬤了，媳婦許多事都得了她指點。」委婉地說明目前沒消息，但她有在努力。

德妃也知道這事急不得。「她伺候我好些年了，妳聽她的，準沒錯。」

周婷一圈交際下來就到了胤禛下朝的時間，他一聽說周婷還在宮裡，就在馬上等著。珍珠在外頭看見了，就靠著車簾說：「主子，爺在等著您吶。」

周婷在裡頭掀開了一點車簾，瞧著馬背上的胤禛，衝他笑了笑，馬上那人也回她一個笑，拎著韁繩往前幾步帶路，馬蹄聲不斷砸在磚路上。周婷在車裡抿著嘴笑起來，這個男人其實還是有些體貼。

一進正院，瑪瑙就迎了上來，忖著周婷的臉色說：「側福晉那裡恐怕不大好。」

周婷看了要去書房的胤禛一眼，見他絲毫沒有表示，心裡嘆了口氣。「知道了，我去看看。」

李氏一倒，南院裡外就亂成一團，石榴跟葡萄這樣的大丫頭都臉色慘白，眼圈發紅。看見周婷來了，連聲都不敢出，她們還以為胤禛惱了李氏，全是因為周婷吹的枕頭風呢。

「太醫怎麼說的？」猜也能猜得到，無非就是急怒攻心。周婷細問了方子湯藥，又安撫了幾個大丫頭一回。

兩個孩子一個吃了睡，一個已經有點懂事了，還有大格格每天不斷過來報導，真是一團糟。周婷面上帶笑，心裡直想把胤禛拉出來抽一頓。睡小妾的是你，讓小妾生娃的也是你，現在你不高興就甩手了，讓我來幫你擦屁股！

「二阿哥才剛好，別過了病氣，三阿哥還小，更要當心。妳們主子那兒且仔細著，她原本看著就要好了，怎麼又倒下來了。」她這純粹是睜著眼睛說瞎話，胤禛一句話把李氏的血液給清空了，她要還能撐得住，周婷都得佩服她。

「這麼著吧，妳們倆在身邊侍候也夠了，枇杷和荔枝一個看著二阿哥，一個盯著三阿哥，等妳們主子有精神的時候再說給她聽，這會兒就讓她好好睡。下頭的丫頭、婆子要是敢趁這時候躲懶，全都別想好好過年。」周婷恩威並施，其實她根本不接這個手。李氏不會領情不說，萬一有個什麼，那她滿身是嘴也說不清。

石榴跟葡萄當然沒有異議，拚命點頭。周婷要是藉機把孩子抱過去了，那李氏醒過來連哭都沒地方找墳墓。她們不僅要看好李氏，還要盡心照顧兩個阿哥。

周婷吩咐好事情就回到正院去，一進屋就見翡翠白著一張臉，周婷奇怪地問道：「這是怎麼了？」

「主子，那個抱狗的丫頭香秀，您還記著嗎？」翡翠的聲音都在發抖。

「怎麼了？不是叫她學好了規矩再出來的嗎？」周婷解開披在身上的斗篷，往瑪瑙手裡放。

珍珠還笑說：「妳是怎了？那丫頭不規矩，打發人去教訓就行了，哪還用特地報給主子聽。」

「那丫頭……被爺一腳踢中了心口，剛下頭人來報，說是吐了血。」翡翠結結巴巴地說完。胤禛總歸來說是個寬大的主子，更別提那拉氏一直很和氣，後宅有人犯了錯，最多是拉出去領板子革職，哪裡見過這種事？

「什麼?!」周婷吃了一驚。「到底怎麼回事？不是叫那丫頭沒學好之前不許出來嗎，怎麼跑爺跟前去了？把跟她一個屋子的小丫頭叫來。」

「不是叫妳日夜都看著她嗎，怎麼還能讓她一個人往夾道上跑？」珍珠狠狠瞪了那個小丫頭一眼。安排小丫頭看著李香秀是她辦的事，可才剛過幾天就出事，她聲音一高，那小丫頭就跪著直打哆嗦。

「別急，妳站起來慢慢說。」急也急不來，周婷反而要她好好把話說清楚。

周婷這邊打發人去請大夫，那邊又吩咐底下人不許說出去。才剛坐定，跟李香秀同一個屋子的小丫頭就被叫過來了，她頭都不敢抬，「撲通」一下跪在地上，聲音都在抖。

「奴才一直盯著呢……」小丫頭沒經過事兒，連正屋都沒進過，一見周婷，就害怕得結結巴巴，肩膀抖個不停。

「主子面前，像什麼話！」瑪瑙皺起眉頭來，周婷向她使了個眼色，瑪瑙就過去把小丫頭拉起來。「叫什麼名？哪家的？」

這個年紀的丫頭沒有外頭買的，全是府裡的家生子，小丫頭哭得一噎一噎。「奴才叫滿妞，奴才的額娘是管園子裡花草的。」

那就是管事婆子家的了，怪不得能做這麼輕省的活。周婷心裡再急，也放軟了聲音問她：「妳好好說，香秀是怎麼往夾道裡去的？」

胤禛雖說是去書房，可也是先到正院換了衣裳、洗過臉才去的，在夾道那裡碰上跑出來的李香秀，不知怎麼地衝撞了他，讓他一抬腳就踢了過去。

「奴才原先一直盯著她的……」滿妞委屈地收了淚，抬起眼來看著周婷。見她和顏悅色，並沒有發怒的樣子，這才敢說話。「她是外頭來的，珍珠姊姊說她規矩上還欠缺，叫了奴才的姊姊去教她規矩，又說不好放她一個人住，就把奴才挪過去跟她一個屋。」

到這裡還說得順，說著說著滿妞又開始哭了起來。「她……她有癔症，當著人的面，看上去機靈，可背著人的時候嘴裡卻嘀咕個不停。奴才同奴才的姊姊說了，奴才姊姊還說看起來不像。奴才害怕，才不敢往她跟前湊的。」

「癔症？」周婷看了看瑪瑙，幾個丫頭都很吃驚。那天人過來時話也回過了，明明就是很乾淨、很機靈的小姑娘呀？周婷只好再問她：「妳都聽見她嘀咕什麼了？」

「奴才不敢說。」滿妞伏在地上就哭。「奴才不敢提。」

周婷再問一聲，滿妞就差點哭斷氣，只肯說是大不敬。

「把她帶過來。」周婷不想虐待兒童，滿妞看起來不過八、九歲，一提這事就嚇得要死。哄孩子周婷還真沒經驗，只好軟言問道：「這話妳告訴過妳姊姊沒有？」

「奴才不敢說。」滿妞一想起來就發抖。

本來見李香秀是新來的，她是有些欺生的意思，可她嘴甜手腳也勤快，兩人很快就好上了。夜裡迷迷糊糊起身時聽過李香秀好幾次嘀咕，她也沒當一回事，只以為她是說了夢話。直到有一次聽見她背地裡直呼主子爺的名諱不說，話裡話外還沾著皇家。

滿妞再小也知道事關重大，害怕得不得了，回去就告訴管事婆子，被管事婆子死死捂著她的嘴狠狠教訓了一番，要她絕不能再提起此話，誰知李香秀這麼快就犯了事。

還這麼小知道這事的嚴重性，怎麼會不去告訴爹娘？周婷有心放過滿妞，順手在碟子裡抓了一把糖果塞過去。「拿去吧，那話既然妳不敢說，往後就別再想起來。」說著揮一揮手，讓瑪瑙把她領出去。

還真是個腦子打了結的同鄉，她不會是抱著看一眼雍正帝的心願來的吧？

大夫那裡沒那麼快診斷好，前頭小張子又過來了，他們幾個天天跟著胤禛，事情的起因經過都很清楚。

「回福晉的話，那丫頭是從夾道裡跑過來的，說是在追狗兒，瞧見了爺不低頭也不下跪，一張口就跟主子爺你啊我的，沒規矩得很。」出了院子能跟胤禛你、我的人多了去，一溜兒弟都行，但進了院子，就只有周婷一個人行。

小張子嚥了口唾沫，後頭的話聲放得更低了。「爺原叫奴才帶她下去領板子攆出去，那丫頭就瞪著爺說，爺仗勢欺人……」說到這兒他就不再往下說了，抬起眼睛看看一屋子驚著了的丫頭，又把頭低下去。

周婷一開始還心焦，聽到這裡就瞠目結舌說不出話來，這真是趕著找死呢！

小張子又說：「蘇公公仔細瞧了，是外頭送進來的丫頭。」誰把她送進來算是倒楣了，哪個送進來的人不得仔仔細細教過規矩，一個不安分，倒楣的可不光是她一個人。

「爺說叫福晉看著料理……」小張子嚥了嚥唾沫，才接上後半句。「後事。」胤禛是一邊擦手一邊說這話的，輕飄飄的沒一點重量，小張子到現在脖子後方還在發涼。

這人可還沒死呢！周婷心頭一涼，吸了口氣。「爺真是這麼說的？」屋子裡的丫頭都知道那個李香秀是逃不掉這一次了。雖說在宮裡、王府裡都待過，也只聽見過哪處哪處的奴才杖斃，府內的下頭人這麼接近死亡，還是第一回。

就算她能熬過來，也非死不可了。周婷的心怦怦直跳，手都有點抖，瑪瑙見她臉色不對，趕緊過去幫她揉心口。過了一會兒，周婷才緩過來。「去瞧瞧大夫說了些什麼。」

她內心一陣矛盾。胤禛發了話，事情就定了，要是人給救活，她該怎麼辦？殺人？還是殺一個已經知道是自己同鄉的人……

小張子低了頭回去覆命，蘇培盛進書房幫胤禛洗筆時說：「都已經吩咐好了。」

胤禛手裡拿著本書，嘴裡應了一聲，眼皮都沒抬，翻了一頁書。「把小張子叫進來回話。」

小張子腰彎得都要折過去了，他低著頭進來，等了好半天，待胤禛把一頁書看完了翻過去，才抽神問他：「福晉怎麼說的？」

「福晉有些不忍。」小張子小心翼翼地答道。

「知道了，你下去吧。」胤禛放下書拿起茶盞，嘴角翹了翹。她一向心軟，讓她辦這個倒真是不合適，想著就指了指蘇培盛。「你去辦吧！」說著放下茶盞。「另換了太平猴魁來。」

「嗻。」蘇培盛跟了胤禛這麼多年，這時候也不免在心裡打起鼓來。胤禛的脾氣一向不好捉摸，一會兒高興一會兒惱，喜怒不定。剛才發了這樣大的火，這回竟不能從臉上瞧出波瀾來了。

蘇培盛心一抖，提起十二分的小心低頭退了出去，親自沏好茶送上去，在去下人屋子的時候還往正院張望了一下，慶幸自己早一步跟正院示好，不然這時就顯得矯情了。

同一個院子裡的丫頭們要麼在當差，要麼就全被疏散出去了，偶爾從窗裡露出一雙眼睛來，瞧見蘇培盛來了，就趕緊躲起來。

李香秀躺在床上，被子上頭全沾著一塊一塊的紅。看蘇培盛來了，她眼睛亮得嚇人，臉上露出微笑來，笑得蘇培盛起了一層寒毛。看來這丫頭知道自己要來幹什麼了，等會兒行事的時候，可得把她的眼睛給捂上。

看她這樣子也活不長了，蘇培盛有心再說兩句什麼「怨不得他」、「下回投胎長點眼」之類的話，就看見香秀從床上掙扎著起來。「四爺讓你來瞧了？」說著，臉上的笑容愈擴愈大。「我知道，我就知道會有這一天，我就知道行得通！」

蘇培盛皺起眉頭，向小鄭子使了個眼色。小鄭子頭一回幹這種事，四處瞅瞅，拿了件衣裳過去想要遮住她的眼睛。

「是，是該幫我換身衣裳。」是迴光返照吧，李香秀的腦子已經糊塗了。她拎起被子擦擦臉，剛吐過血的嘴唇紅得詭異。「等我當上皇后，少不了你們的好處。」

小鄭子耳朵一豎，眼睛瞪大，不可思議地看著她，蘇培盛一腳踢了過去。「還不捂了嘴?!」心裡恨不得沒聽見這話。

小鄭子這才醒悟過來，小張子從她身後抽出個枕頭。「公公？」

蘇培盛點了點頭。「活兒做得乾淨些。」

小鄭子、小張子都是菜鳥，一個看另一個，互相打打氣走上前去。小鄭子拎著衣服要蓋住李香秀的眼睛，她人還小小的，看著就讓人不忍，可剛剛卻說了那樣的話，就算是瘋了，也不能留下她來。

兩人一同往前，一個拿枕頭悶住口鼻，一個遮住眼睛，兩人扭過頭用力，身下的人猛然動了一下，手腳直直地伸起來亂抓，一把扯住了小鄭子的衣裳。兩人見狀，這才下了死力氣，過了一會兒，李香秀沒了氣息，手指卻還牢牢扣著沒鬆開。

蘇培盛轉身走了，小鄭子則抖著聲哀叫：「快快，快幫我把這丫頭的手給掰開來！」

丫頭再報上來的時候，就是李香秀沒救過來已經斷氣的消息，周婷怔了一會兒，揮揮手。「拿五兩銀子叫人來裝裹吧。」

她心裡確實鬆了一口氣，這樣的同鄉在古代根本就混不下去，她想不通這人的腦子裡都裝了些什麼。既然說是從小就跟爹娘學習養狗的，自然該知道規矩，難道真指望能因為自己的「與眾不同」而得到皇子的青睞？

周婷突然想起一事來。「那個李香秀，進來的時候可有身契？」

珍珠跟瑪瑙面面相覷，沒多久，珍珠忽然想起來。「我記得……她當時自稱民女。」

「趕緊把蘇公公叫來。」周婷趕緊吩咐道。料理奴才跟下人沒人會管，可弄死了個清白身的丫頭，就沒那麼好過關了。

周婷的眉頭皺得死緊，蘇培盛一進來見她臉色不好，剛想請安行禮，就被周婷攔住了。「正有一樁事要問公公呢，那個送過來的抱狗丫頭，可有身契？」

蘇培盛愣住了。孝敬上來的東西都只能看成是玩意兒，真論起來，李香秀還沒那兩隻白毛狗金貴，她死了，所有人都沒能想起這一齣。

「這，可要奴才差人去問？」蘇培盛也一頭霧水。本來送進來的東西哪有不給身契的，竟是疏忽了。

「一事不勞二主，還請蘇公公跟人去翻找那丫頭的東西吧。」雖然下頭人沒明說，但蘇培盛去了一趟的事她是知道的，接著人就死了，要說沒關聯，周婷怎麼都不信。

「福晉這是折煞了奴才，給主子辦事，哪裡有勞這一說呢。」蘇培盛臉上陪著笑，就怕得罪了周婷。

李香秀的身契最後在衣服的夾層裡找著了，一問滿妞，她說李香秀一進屋就跟她借了針線，說是要縫衣服的。

東西找出來的時候，珍珠倒為她嘆了一句。「恐怕是真的得了癔症呢，這身契縫得這麼密，能做什麼用？」

周婷卻知道李香秀的想法，可能是覺得沒有身契，就沒人能拿捏得了她吧。可這東西不光主子手裡有，官府裡還留著底呢，就是燒了、撕了也沒用，更別說是藏著。

心頭到底覺得不舒服，但周婷能吩咐的也只有一句。「好好葬了她吧，燒兩卷經。」再多也不行了，只能這樣。

蘇培盛聽了，還說：「福晉仁慈。」

這些事蘇培盛不敢瞞著胤禛，一字不漏地報給他聽了，跟著去的小鄭子、小張子跪在下首打顫，聽到「皇后」這樣的字眼時恨不得捂住耳朵，只有把頭垂得更低。

胤禛聞言，冷笑一聲。「原是個瘋丫頭。」

「福晉已經吩咐了叫下頭人噤聲。」蘇培盛補充了一句。

說完，蘇培盛縮著腦袋裝駱駝，跪到腿都麻了，才聽見胤禛發話。「知道了。」他爬起來的時候腿腳不好使，小張子趕緊扶了一把，三人悄沒聲息地退了出去，半晌也沒聽見裡頭有響動。

胤禛捏著書角眯起眼睛，知道一個料理一個。這丫頭是下頭連著狗一起進上來的，老子娘是誰、經手人是誰，都有人接觸過，須得慢慢摸清楚了，必要的時候，一個都不能留。

第二十四章　步步為營

周婷心神不寧了好幾天，到底府裡死了一個人。雖然胤禛那邊沒有口風露出來，她也已經猜到那個同鄉是怎麼死的，難免惴惴不安，不斷告誡自己就算睡覺也要咬緊牙關，不能露出一星半點訊息來。

官方說詞是她發病衝撞了主子才得這個下場，但後宅裡頭不會一點議論都沒有，更何況蘇培盛還去了兩次，一次出來以後人就沒了，一次翻箱倒櫃總會有點動靜。好在下人都會看風向，議論也只是小範圍內地咬咬耳朵或是交換兩個眼色，不敢當面談論。

堵不如疏，死了人總不是什麼好事，現在後宅在周婷手裡，胤禛肯定不願意被人在背後議論，要是沒辦好，就是她無能了。

禁肯定禁不掉，八卦流言、捕風捉影這種事沒幾個人能忍得住，周婷自己也會關注那些明星的八卦，很了解這種心態。要他們不談論，只有找個更有意思或者更關乎利益的事情，好讓他們轉移注意力。

李香秀有沒有得癔症周婷很清楚，但上面的人說她瘋了，她自然就瘋了，攔住胤禛的事也被說成是發病不小心衝撞了主子爺，才被責罰的。她是外頭來的，在後宅裡根本就沒有根，這事被人說了兩句，也就慢慢淡下去了，周婷要做的，就是徹底把它從人們的腦海裡抹掉。

她靠著薑黃色的大引枕，手搭在矮枕上叫珍珠幫她修指甲，指了指紅色的蔻油說：「就這個吧，就要過年了，總要喜慶點。」

「主子生得白，用哪個都好看。」珍珠知道這幾天周婷精神不好。「只這紅色能撐得住衣服呢。」

每逢年節，胤禛手下人總要來走走關係，周婷也要打扮好了見見這些下屬的妻子們。大家說說話、收收禮，有孩子的發點小玩意兒，沒孩子的也要賞東西下去。她這裡傳達出的意思，無非就是讓這些女人們回去告訴自己的丈夫，跟四貝勒混有肉吃，大家歡歡喜喜過大年。

府裡的風氣不太穩，馬上又要過年了，發禮物倒不如人事變動來得教人關心。周婷一邊細瞧自己的手，一邊吩咐瑪瑙。「告訴下頭人，等開了年，我這裡要擇人進來。」

瑪瑙一驚。「可是咱們院子裡有人不妥當？」

上回玻璃燈的事情被李氏知道了，瑪瑙就很是警惕，從上到下教訓了院子裡的丫頭一番，周婷一說要選人進來，她就想到這個。

「倒不是，大格格那裡的丫頭總要擇好的上來，妳同珍珠兩個也要挑些忠厚老實的來調教，等烏蘇嬤嬤回來了，自然要交給她調理。」周婷說道。

珍珠跟瑪瑙對視一眼，又垂下了眼睛。她們兩個就是烏蘇嬤嬤教出來的，本來就盼望著她病好了能回來，卻一直都不敢跟周婷提起。

那拉氏身邊原有兩個嬤嬤，都是從娘家跟過來的，一直很得她的信任。一個早早病故，而這個烏蘇嬤嬤則是從小帶大那拉氏的，最親近不過，後來還照顧過弘暉。弘暉去了，生生割掉那拉氏心頭一塊肉，烏蘇嬤嬤眼看著也不好。那拉氏自己病著，還特地差烏蘇嬤嬤的兒子把她接到外頭去侍候她。珍珠跟瑪瑙一直不敢提起來，就是怕勾得周婷想起早逝的兒子，如今她自己倒提起來了。

後宅裡頭許多事沒個嬤嬤還真是不方便行事，周婷身邊全是未嫁的丫頭，有些事辦起來就有些尷尬，例如早上起來收拾被褥什麼的。她跟胤禛現在這種關係，再讓丫頭來辦這些事，她自己都覺得彆扭。而德妃雖然派了個顧嬤嬤給她，但畢竟是來養老跟調養她身子的，哪能叫她老人家做這些事呢？

「是呢，總有人辦起事來懶惰推諉，嬤嬤一回來，她們也就不敢了。」珍珠細細吹起周婷手指頭上的蔻油。

「妳們兩個難道不厲害了？」周婷笑著虛點她們一下。「下頭有適齡的女孩，就可以開始教些規矩了。雖然大致都懂，也要細細說些忌諱，主子身邊當差可沒有包涵的。」

八卦重要還是前程重要？對這些下人來說，永遠都是前程跟銀子重要，特別是周婷說要選到大格格身邊去的。

大格格再過兩年就要說人家了，照胤禛現在的勢頭，說不定她嫁出去的時候胤禛就能升到郡王。下頭人家裡有女兒的，哪還能不行動呢？接下來打聽大格格喜好、託人拉關係送禮這樣的事一直會持續到年後，再不愁下頭人沒話題，抓著李香秀的事不放。

殊不知，周婷這邊在為了李香秀的事想辦法，胤禛也在做這件事的善後工作。照他一貫的辦事風格，這些人就是不死也要半死不活，再不能透出一點半點讓有心人知道，可他盤點了手下的人，竟然沒有人能幫他做這樣的事，胤禛心頭悶著一口氣，怎麼都出不來。

可事情還是要辦，他先是把孝敬狗兒的那個人罵了一通，訓斥他把個瘋魔了的丫頭送進貝勒府裡來當差，那人討好不成反而倒楣，還不知道自己已經算是走運，留住一條性命。而李家那一房人是不能留了，全被攆了出去，後頭再沒有人打聽他們的消息，死得無聲無息。

胤禛辦這事下了很大的力氣，他閉著眼睛想起過去辦事指東不打西的雷厲風行，忍不住一陣焦躁，他如今能用的人實在太少了。

現下他不過是多羅貝勒，等升到郡王再安排人手就太晚了，徐徐圖之，也要有人可用才是。胤禛在內心盤點了他的現況一遍，不得不承認他目前並不比那些兄弟強。

如今的天下是老大跟太子平分秋色，他根本還沒來得及插進腿去，老三更不用提了，大事不錯，小事不斷錯，才從郡王削成貝勒。其他兄弟還沒分封，跟老大、老二比起來他們全是些泥腿子，縱領了差事，也都不是實缺。胤禛一是無人可以安插，二是無處安插。

胤禛手指一緊，狠狠扔出一枝筆，玉管碰到青磚地「啪」地斷成兩截，碎玉散了一地。

他克制不住心頭莫名的怒火，狠狠捶了兩下桌子。

裡頭的摔筆聲，外間聽得清清楚楚，蘇培盛這幾天愈發小心，恨不得把自己隱形起來，只不過這時候聽見聲了，總得進去侍候。他眼風一掃，小張子頭一低就跟過來了，而小鄭子這兩天精神不濟，夜裡老覺得有人抓他的袖子，直到小張子用眼神提醒他，他才回過神來。

桌子上的紙是不能要了，雕著竹節的玉管也斷成了兩半，三人大氣都不敢出，蘇培盛心裡叫苦，臉上還要帶著笑容。「福晉剛差人來問，主子是不是過去用飯。」

胤禛深吸一口氣，手指摩挲著玉扳指上雕的獸面紋，好一會兒才算平了氣。「去回，說時間到了我就過去。」

周婷早就一身清爽地等著了。冬天她喜歡穿鮮豔的顏色，銀紅色緞繡牡丹的常服瞧得胤禛也感受到暖意，見她站在門邊等他，微微一笑。「怎的不在裡頭等。」說著就握住周婷的手，指一指瑪瑙。「還不給妳們主子準備手爐。」

「並不冷，我今天在裡頭待一天了，外頭雖冷，總爽快些。」一連幾天下了雪，周婷連院子門都不能出，天天隔著玻璃窗看雪景。

周婷是南方人，一開始還新鮮，看上幾天也膩了，各處還要盯著僕婦掃雪撒沙，每天都大小事不斷，她現在是恨不得不下雪了。

胤禛也不知道忙什麼事，天天都待在書房裡，只有晚飯時才露一露臉，小張子也說不出個所以然來。現在朝堂上沒什麼大事，他天天窩在書房裡，連兒子都不去看，就顯得詭異了。

「把這火腿筍湯拿一份去給大格格。」周婷照例要揀兩樣菜出來給大格格，往常胤禛還會問一句飲食起居，自他在南院門口對李氏發怒那天後就再也沒有說過了。不單是大格格，兩個兒子也不見他提，周婷知道事情不簡單，但怎麼旁敲側擊，都打聽不出來。

「大格格日日去為側福晉侍疾呢，是個孝順的好孩子。」周婷補充道。

周婷實在很想從胤禛的反應裡看出點什麼來，誰知他挾了一筷子火腿，還沒送進嘴裡，就把筷子放下來。「她日日去南院，可有到妳跟前請安？」

「都說了是孝順孩子，每日都是請過安才去，到了飯點才回來的。」周婷有心縱著大格格，母女天性隔不斷，她才不枉作小人呢！

胤禛點了點頭。「大格格在妳這裡很好，也開始知禮了，只是往後南院不可多去，既然挪到妳院子裡來，就要像個樣子。」他在孝懿皇后身邊時，就沒有動不動去找德妃。

「李氏不堪為母，弘昀跟弘時那邊也收拾收拾，年前挪進來吧。」這事考慮了兩天，胤禛終究決定了下來。

胤禛內心對妻子的愧疚更濃了。嫡子死了不到一年，就要她照顧庶子，還皆是一人所出。

他放下碗筷握住周婷的手。「我知道妳辛苦，只是李氏那裡……」說著皺緊了眉頭。

「我實在不放心。」

弘昀將要長成卻夭折了，弘時更是不必說，忤逆不孝，覬覦大位。無奈他的子嗣太少，心裡也在矛盾。交給周婷教養他很放心，相信妻子會教弘時什麼叫「安分」，等有了嫡子，弘時也沒什麼可爭的了。如今他要擔心的事實在太多，能相信的只有妻子。

周婷聽見這話就愣住了，現在不僅僅是大格格，還要加上兩個小的？是真把她當保母了嗎？她低聲說：「我是沒什麼，只是側福晉病了，雖說挪孩子出來是常有的事，可……」

後頭的話叫胤禛自己想去，要麼他去解決，反正她是不會去蹚這趟渾水的！

胤禛根本不認為這是問題，以前他會考慮李氏的感受，以至於生下來的女兒沒一個抱給妻子養。隔了這麼長的時間，李氏在上一世對他而言已經算是陌路人了。弘時逆案之後她就一直無聲無息，這一世在他腦子裡留下來的全是對她的壞印象，等於好些年都沒再親近過她，而她生的兒子又做出那樣的事，怎麼也不會再任由她把兒子放在身邊。

弘昀不知養不養得活，若他早些「過來」，也許弘暉也能留下來。想到這裡，胤禛有些惋惜，握著周婷的手微微用力。「妳放心，這些事我都會打理好的，再不教妳為難。」

胤禛的想法很簡單，既然把苦差事交給了老婆，那麼掃清阻礙的活，就該由他來辦了。

胤禛的脾氣跟康熙很像，是個追求完美的人，一直覺得即使是寵妾，自己也沒有滅妻，該給的體面都給過了。現在突然讓他知道自己寵了這些個蹬鼻子上臉的奴才那麼多年，讓正經的嫡妻受了委屈，再看妻子原來這樣知情識趣，吃了虧也從不訴苦，反而老實得可愛，與那些表面憨厚、內心藏奸的女人很不同，看向周婷的眼神就顯現出從未有過的柔軟。

周婷很不習慣他這樣，每次他臉上帶著這種「我很愧疚，我要補償妳」的表情時，她總是一層層往下掉雞皮疙瘩。

雖是這麼想，但她還是抽出一隻手摩挲他的手背，眼睛微微彎起來露出笑意，臉上作出溫情狀。「也別說什麼辛苦不辛苦，我總是他們的額娘，照顧他們是應當的。」

再噁心也要這麼說，難道還能指著他的鼻子大罵嗎？那她的下場估計不會比那個腦子不清楚的同鄉好多少。

「等弘昀跟弘時搬過來，妳這裡就缺人手伺候了，到時我挑兩房乾淨的人家跟著妳。妳這院子平時看著沒什麼，可也有些老鼠洞，妳放心，我再不讓妳擔心了。」

胤禛不知怎麼話就多了起來。「弘昀與弘時的乳嬤嬤也要換，我會叫奶子房挑好的來，最好是鑲白旗底下的，那裡頭的人我還有些譜。」

當胤禛全心為一個人打算的時候，真是恨不得能從髮絲照顧到腳趾，愈想愈細，最後連小廚房的規格都要提高。

周婷愈聽愈覺得詭異。胤禛說出他的決定也就罷了，竟然事事都幫她考慮周全，這就有點不像他了。本來嘛，大格格挪過來的時候，他也只是動了動嘴皮子，周婷要提前跟他交差還得想好說詞，不讓李氏事後給她下絆子，要不是她引著他去看，他根本不會想到妻子有沒有苛待了小妾生的女兒，怎麼現在一樁樁一件件都想得這麼仔細？

這個男人還真教人費解，根本想不透他心裡是怎麼打算的。過去那麼寵愛李氏，幾乎事事都偏向南院，李氏生的孩子最多，胤禛平時歇在她院子裡的時候也最多，在後宅裡公然就是個小主母了，要不是那拉氏下了死力氣來壓制她，指不定怎麼翻天呢！

可現在呢，一掌就把李氏拍到塵埃裡了嗎？周婷忽然覺得自己這條皇后升級之路難於上青天，這位爺一句「不喜歡」，轉眼就能把她扔到腦後去了。

不堪為母，說出這樣的話來，李氏還能有活路嗎？她本來就指望能靠兒子，現在連命根子都要被剜掉，怎麼看都不像只因為玻璃燈就被胤禛遷怒的。到底是什麼事能讓他恨不得一巴掌拍死李氏呢？如果不是身分擺在那兒，恐怕胤禛提腳踹的就是她了。

周婷愈想愈不對勁，一個猜測隱隱冒出頭來，然而剛有了一點模糊的想法，就把自己驚出一身冷汗來。弘暉的年紀不算小，按理小孩子過了五歲就不容易夭折了，弘暉還不是身體弱的那種孩子，他是平平安安熬過了出痘的。

瑪瑙拿茶盞讓周婷漱口，她趁拿帕子擦嘴角的時候順帶把一手的冷汗給擦乾淨。難道說……弘暉的事跟李氏還有關聯不成？她的指甲在手掌心裡掐出一個印子來。除了這件事，她真的想不出還能有什麼事讓胤禛恨不得立即讓李氏死。

胤禛剛才的話可不能算是秘密，飯桌邊侍候的丫頭裡裡外外站了一串，任誰漏出這話去，李氏就不用活了。一個女人先被丈夫給厭棄，又被剝奪了養孩子的權力，她還曾經那麼受寵……周婷愈想愈覺得跟弘暉的死因有關，她緊緊咬著牙關，才能忍住不發抖。

只不過胤禛還是感覺出她在發抖，探手上來。「可是冷著了？」說著轉頭就吩咐丫頭。「還不去廚房幫妳們主子熬薑湯來。」又唸她：「屋子裡氣悶就開窗子透透氣，哪能自己站到屋外去呢？妳一向畏寒，不能這樣亂來。」

周婷起身到了內室靠在炕上，她愈看胤禛的行徑，就愈落實內心的猜測，不然他怎麼會突然對正院好了起來？過去再體面，和現在也不一樣，如今後宅裡頭哪個人敢不看她的眼色行事？想著，她就衝胤禛一笑。「是我不好，倒讓你擔心。」

「我去書房，有些事要辦。」胤禛看著周婷喝下濃濃一碗薑湯，裹起被子躺在床上才離開，走的時候往南院轉了一圈。

胤禛一進院子，李氏就聽小丫頭來報了，但她實在起不來，慢騰騰地換上大衣服，頭髮亂蓬蓬地綰在腦後，妝粉也來不及上，胤禛就進來了。

他眼睛掃向李氏正在吃的燕窩粥，還有托盤上擺的幾樣小菜，又看看屋子裡燒的炭，心裡微微點頭。妻子果然仁心仁意，並未因李氏失寵就作踐她，或苛扣她的用度。這樣一想，他對周婷就又多了幾分滿意。

李氏原來的那點氣焰全退了乾淨，聲音也怯生生的，她站起來就要向胤禛行禮，胤禛也沒攔她，眼睜睜看著她行了全禮。

李氏這回倒聰明起來，不再輕易自辯，專揀能拉分數的事情說：「爺是來瞧阿哥的？」說著就露出一個微笑。「弘昀今天還隔著窗子看了一會兒，弘時也挺好的，奶嬤嬤說他可能吃了，一個人餵都不夠。」

這樣的內容原本很能加分，可惜李氏病了好些天，臉色欠佳，神情懨懨的，又因天氣冷不敢洗澡，怕再著了涼，每天只拿水擦洗一回，現在連頭髮都沒梳齊，形象大打折扣。更何況，現在的胤禛已為她定了罪，沒那麼輕易教她兩句話一說就能哄過去。

「妳病著不便照看孩子，我同福晉那裡已經說好了，把弘昀跟弘時都挪過去讓她教養。」胤禛也不問她病得如何，扔下這句話就等著李氏謝恩。他已經形成了固定的思維模式，孩子交給皇后養，難道不是恩典嗎？

李氏一聽，當場雙眼發黑。她一直害怕的事情果然來了，身子一軟，歪倒在地上，丫頭們愣住了，沒能拉住她。

沒等胤禛再說話，李氏就哭了起來，這時也顧不得什麼梨花帶雨了，哭得一把鼻涕一把眼淚。「兩個阿哥是我的命根子，福晉已經要了大格格過去，怎麼就不肯放妾一條生路呢？」

胤禛心頭火起，這事跟周婷有多少關係他很清楚，她這樣一點邊都不沾，還能被李氏侮辱成這樣，可見平時也沒少說這些話來誤導他。他瞇著眼睛斜睨李氏。「這是恩典，只有謝恩的分，可別不識抬舉。」

地龍燒得火熱，李氏卻感覺身上陣陣發冷，她當下忘了哭，抬起淚眼盯住胤禛不放。胤禛登上皇位後再沒被人這樣瞧過，周婷也從來沒這樣看過他，讓他冷不防地想起那個死了的李香秀來。

一介賤婢竟敢跟他論起「你我」來，還口口聲聲「皇子有什麼了不起，皇子就能欺負人了」。胤禛怒極反笑，捏死她如捏死一隻螞蟻那般容易，既然她一心求死，那就如她所願。如今看李氏也是一樣，如果她能懂規矩，就此老老實實，安分地待在南院不再橫生事端，胤禛並不會拿她怎樣，可她偏偏這麼不識抬舉。

胤禛想把這件事情做得沒有波瀾，原本他一開口李氏就該識趣地謝恩，這才是應當的。哭哭啼啼加上侮蔑正妻，就超過胤禛可以接受的範圍了。

李氏捏著帕子的手慢慢鬆了下來。胤禛這個人說得好聽是「愛之欲其生，惡之欲其死」，說得難聽點就是「無常」。

她揣測了他的心意這麼多年，以為自己已經有了能立身的根本了，突然被他厭惡至此，實在無法接受。「我是他們的親額娘啊，福晉再好，哪裡抵得過我精心，爺這是要我割肉啊！」

這話論起來她是不能說的，說了就是觸犯胤禛的忌諱，他自己就是從德妃那裡被抱到孝懿皇后佟佳氏身邊的。然而李氏現在已顧不了那麼多，就拿這戳心窩子的話去刺激胤禛，指望他能看在過去的情分上將這件事作罷。

「福晉是主母，是主子，妳是奴才，哪怕割肉餵她，也是應當的。」胤禛的眼神冷冰冰的，絲毫不帶感情。

李氏聽了，一口吐出鮮血來，染紅了地上的織金地毯。扶著她的丫頭慌了神。「主子！」

胤禛走出屋子時吩咐蘇培盛。「報我的名字去請太醫來。」

「嗻。」蘇培盛一邊答應著，一邊使了個眼色給小張子。

小張子會過意，出了南院跟了一路，等胤禛進了書房，他就輕輕一拐，往正院去了。

——未完，待續，請看文創風151《正妻不好當》2

顛覆史實 細膩深情／懷愫

既然身為堂堂正妻，就得顯出該有的威風來！

過勞死就算了，還穿越時空當個不受寵的正妻……
要是那些小妾真以為能把她踩在腳底，可就大錯特錯了！

溫柔嫻淑，是滿懷計謀最好的保護色；
女人心機，足將男人玩弄於股掌之間。
看她發揮智慧大展魅力，定要丈夫只愛她一人！

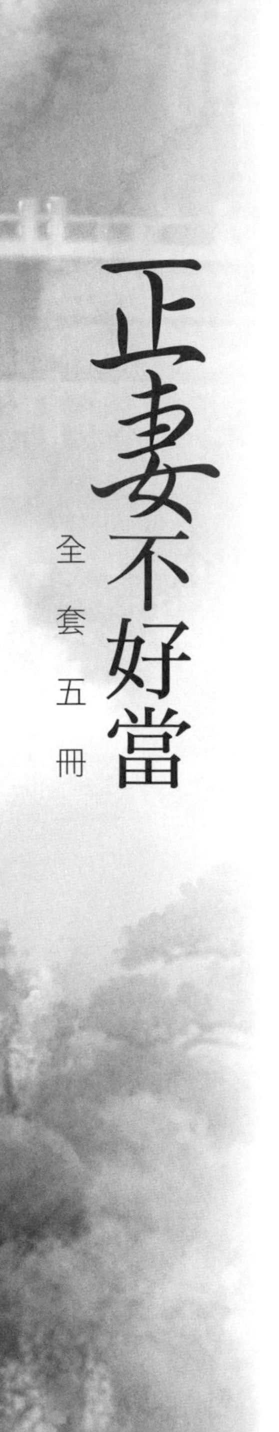

文創風 150 1

在現代要是過勞死，還能上個新聞，提醒大眾注意身體健康，
在古代嘛，累死、寂寞死、傷心死，那都是自己不爭氣！
虧這個身體的原主還是個正經八百的嫡妻，
誰知有面子沒裡子，徒有端莊大方之名卻不得寵愛，
幾個側室都是明著尊敬，暗地裡使絆子，要她不見容於丈夫。
周婷一醒來，就面對這絕對不利的情勢，
要是有個穩固的靠山也就罷了，偏偏她還剛死了兒子……

文創風 151 2

既然身不由己，來到這個光有身分還不夠尊貴的地方，
唯一能讓日子好過一點的方法，就是發揮身為「正妻」的優勢，
光明正大設下許多小圈套，等那些豺狼虎豹自行上鉤，
打擊敵人之餘，還博得溫良恭儉讓的美名，真是不亦樂乎。
原本周婷就想這樣舒心過完一生，豈料丈夫發現她的轉變後，
竟像戀上花朵的蜜蜂，成天黏答答，非要將她吃乾抹淨才甘心，
惹得她心思盪漾，覺得多生幾個孩子也不錯……

文創風 152 3

明知每回小選大挑，府上都會被塞進好些個侍妾，
但「只見新人笑，不聞舊人哭」這事可不許發生在自己身上！
周婷成功打趴後院所有女人，讓丈夫再怎麼飢渴也只上她的床，
非但無人說她善妒，從上到下、從裡到外還全是讚美聲。
就在她以為所有事情全在掌控中時，那個被她養在身邊的庶女，
竟受了生母指示，企圖向她施蠱……

文創風 153 4

既然「家事」搞定了，接下來就是發揮賢內助的本事，
這頭打點、那邊安撫，幫助丈夫在爭奪皇位上取得有利的位置，
好讓兒子、女兒未來的路平平順順，一生無憂。
只不過……既是九五至尊，未來後宮佳麗自然不會少，
成全他長久以來的心願是一回事，要端著皇后的臉面故作大方，
實際上卻委屈了自己，她真能做到嗎……？

文創風 154 5 完

面對那一屋子等著遷入皇宮中，好接受冊封的側室與小妾，
無論如何也無法讓人舒心。
原以為所有的甜蜜都將隨著皇帝、皇后分宮居住而漸漸淡去，
想不到丈夫卻信守諾言，非但只寵幸她，還打破傳統，
跟她「同居」起來，教周婷又驚又喜。
偏偏這時還有人不死心，非得把自己逼上絕路不可，
很好，就別怪她手下不留情，使出看家本領掃蕩「障礙物」了！

柔情似水・情意遲遲／蘇月影

舉案齊眉

全套四冊

柿子挑軟的吃！
嫡女竟不如庶女，
她堂堂將軍府的嫡女，
軟弱到被迫嫁給傻子夫君。
重生而來，
她要的不只是聽命地賴活著，
她不願再任人擺佈，
只是老天爺跟月老似乎沒喬好；
這世再活一遍，
但前世手上纏著的紅線似乎剪不斷、理還亂……

文創風 144 1

病殼子嫡小姐，軟柿子被人捏了一世，
從來都以為是她命該如此，
重生而來，雖然依舊氣弱、不受寵愛，
但她決心要改變命運，為自己努力一回……

文創風 145 2

前世她敵不過命運的安排，嫁給世家嫡子，
那人卻是傻子無知，人人都笑好一個門當戶對！
這世再來，與他相遇，
記起的竟是他為她做月季花香囊的溫柔……

文創風 146 3

他總是叫她「妹妹」，
他說「若是妹妹，那便是要一生保護的人」，
雖然她對他初初無情，但他的好卻一點一滴地流進她心裡，
她很慶幸能嫁如此真心實意的有情人……

文創風 147 4 完

前世舉家被滅，她病發而死……
重生的這世，救了她的竟是她憨直純情的夫君，
他的傻非真傻，對她的情卻比玉石堅定，
她不求榮華富貴，只盼能與他白首齊眉，舉案對心……

女子出嫁前靠的是娘家，出嫁後靠的是夫家，
前世，她娘家夫家都沒得靠，可憐兮兮；
這世，重生後，她立誓——
要活得穩穩當當，不僅要撐起娘家，還要立足夫家……

正妻不好當 1

國家圖書館出版品預行編目資料

正妻不好當 / 懷愫著. --
初版. -- 臺北市 : 狗屋, 民103.01
冊 ; 公分. --（文創風）
ISBN 978-986-328-226-6（第1冊：平裝）. --

857.7 102025932

著作者	懷愫
編輯	連宓均
校對	黃鈺菁　陳盈君
發行所	狗屋出版社有限公司
地址	台北市104中山區龍江路71巷15號1樓
電話	02-2776-5889～0
發行字號	局版台業字845號
法律顧問	蕭雄淋律師
總經銷	知遠文化事業有限公司
電話	02-2664-8800
初版	103年1月
國際書碼	ISBN-13　978-986-328-226-6
原著書名	**《四爷正妻不好当》**，由北京晉江原創網絡科技有限公司授權出版

定價250元

狗屋劃撥帳號：19001626

網址：love.doghouse.com.tw　E-mail：love@doghouse.com.tw